帝都探偵大戦

芦辺　拓

……郎ら捕物帖でおなじみの“名捜査官”が江戸を騒がす奇怪な謎を追う「黎明篇」。軍靴の足音響く東京で、ナチスが探す“輝くトラペゾヘドロン”を巡る国家的謀略に巻き込まれた法水麟太郎・帆村荘六らの活躍を描く「戦前篇」。空襲の傷が癒えぬ東京で、神津恭介が“あべこべ死体”に遭遇し、明智探偵事務所宛の依頼を受けた小林少年が奇禍に見舞われ、帝都を覆う巨大な陰謀に、警視庁捜査一課の名警部集団のほか、大阪など各都市からも強力な援軍が駆けつけ総力戦を挑む「戦後篇」。五十人の名探偵たちの活躍を描く空前前後のパスティーシュ三編に、「黒い密室――続・薔薇荘殺人事件」を特別収録する。

帝都探偵大戦

芦　辺　拓

創元推理文庫

CHRONICLES OF THE DETECTIVES

by

Taku Ashibe

2018

目次

本文イラスト　玉川重機

帝都探偵大戦

帝都探偵大戦　黎明篇

その一

いかにも古き良き江戸の気配を漂わせたその老人は、静かに物語り始めた――。

「その女は、藍天鵞絨色の地に小魚をかたどった小紋を散らし、裾には青海波のまにまに色鮮やかな大魚や珊瑚、珍奇な貝のたぐいを描くという、なかなか大胆な柄の着物をまとっておりました。

けれど、その趣向がのみこめたのは、着物を解いてみたあとのことです。

腰紐の下のおはしょりに隠れてしまった部分に、川を表わすらしき流線と、やや大きくなった魚の群れが描かれていて、それが裾模様とつながっていたのです。

はるか川上で生まれた稚魚どもが、流れ流れつつ育ち、やがて海にたどり着いて大魚と化すということでしょうが、まぁこういうのは理屈ではない。ただ、この意匠を考えた人にも、染めて仕立てた職人衆にも気の毒なことながら、女の着物はべったり血まみれになっておりまして、それは川の流れを描いた腰のあたりも例外ではありませんでした……」

「半七、どうだな。お前の見立ては」

番所に運ばれてまもない、その女の死骸を見つめていた三河町の半七は、八丁堀同心・坂部治助の問いかけに、ハッとわれに返った。

「さようでございますね」

と、あらためて十手の先で、死骸のあちこちを指し示しながら、

「年のころは二十二、三。中肉中背……右手に撥胼胝がありますが、これぐらいでは素人玄人の区別はつけかねます。死に傷は、帯のすぐ上あたりからグイッと刺し貫いて、左の乳房の下を一突き……おや、これは妙だ」

「お前も気がついたか」坂部は言った。「傷口の幅からして大方は出刃だろうが、妙なことに、同じところを二度刺したあとがあるのだ。もっともわずかにズレていて、一方からはほとんど血の出たようすがない。ということは……」

「すでに女が死んだあとに刺した——ということでございますね」

半七が言うと、坂部治助は黒巻羽織の袖を重ね合わせて、渋い顔で、

「そういうことだ。何のためにそんなことをしたのか。相手は女、とどめを刺さねば安心できぬほどの相手とは思えんが……どう思う」

「さぁて……」

と半七が十手をつかんだまま、思案投げ首のていとなったところへ、

「親分、旦那、女の見つかった橋のたもとに、こんなものが」

と言いながら駆けこんできたのは、手先の松蔵だった。その手に握られたものを見て、半七と坂部は異口同音に、

「それは……煙管か？」

いかにもそれは煙管で、長くて細身、羅宇の色合いや柄からして女持ちかと思われる品だった。松蔵に訊いてみると、女の死骸が横たわっていた近くの、天水桶の裏にはさまっていたという。

「この女の持ち物かな」

坂部同心の言葉に、半七は手先から受け取ったそれを、仔細に見ながら、

「さて、この女のようすに合うような気もいたしますし、どうも違うような……おや」

「どうした」

「ごらんくださいまし」半七は煙管をクルリと裏返すと、「この煙管、雁首の下っかわがひどく黒ずんで、焼け焦げております。火口の中はきれいに掃除されてピカピカしているのに、ほら、こちらの黒ずみはこすっても取れないほどしみついている。しかも……」

と吸い口を鼻の近くに持ってゆくと、

「この通り、脂の臭いがいっこうにしません。そのかわり、妙な臭いがかすかに」

半七から煙管を受け取った坂部は、火口や羅宇の継ぎ目などあちこちを嗅いでみたが、

「むむ、確かにそうだ。といって、わしにもこれは何の臭気やらわからんが……半七、この殺

しはどうも妙だな」

「さようで」半七はうなずいた。「二つ力を入れて、御用をつとめさせていただきましょう」

そのセリフに合わせたかのように、日本橋本石町三丁目と町名は変わっても、その呼び名は変わらぬ石町の時の鐘が鳴り響いた……。

＊

「とにかく親分、来てくださいな。とにかく大変なことになったんで、例の化け猫娘が、こないだ話したばかりの女が……」

「お前の大変も久しいもんだが、今日はまた鐘の音と入りまじって、うるさくてしようがねエ。鐘つき人が一息つくまで待ったらどうだ」

石町の時の鐘の音が届く神田かいわい——明神下のお台所町、恋女房お静との二人所帯から引っ張り出されたのは、おなじみの銭形平次。引っ張り出したのは、もちろんガラッ八こと八五郎でした。

「いやもう、とてもそんな悠長なことは言っていられねえんで……はい、こちら、お店の衆、銭形の親分さんのお通りだよッ」

「えい、手を放さねえか、八。まるで孫に手を引かれて寺参りの婆さんのようで、外聞の悪いったらありゃしねエ」

いつになく強引な八五郎に引き入れられて上がりこんだのは、とある名代の俵物問屋。それ

はつい先日、八五郎が一人娘に関する怪しい噂を聞きこんできた大店でした。その噂というのは、

——ここの娘というのは、少し風変わりで癇癖なところがある以外は、評判の小町娘だったが、不思議に縁談があっても祝言にはこぎつけず、何人かいた婿候補のうちには行方知れずになったり、首を縊ったものもいたりして、しだいにその手の話も遠のいた。

一方、取り巻きを連れて遊び歩いたりして、派手で陽気なところも見せていたが、このところどうも奇妙な噂が立っていた。それは、自分の部屋で夜な夜な行灯に顔を突っこんでいる姿をかいま見られたことで、まるで化け猫が油をなめる姿のようなところから、あそこの娘は猫憑きじゃ、化け猫娘じゃと陰口をたたかれるようになった……。

とまあ、ガラッ八はそんな話を平次に吹きこんだのですが、だからといって十手捕縄を持ち出すようなことでもなく、そのままにしていたところ、今日になってこんな騒ぎにまきこまれてしまったのでした。

「これ、いいかげんにしねえか！」

きまりの悪さもあって八五郎の腕を払った平次でしたが、ふと気づけば目の前に一対の男女が立っているではありませんか。平次は、すぐに照れ臭そうな笑顔を浮かべると、

「や、これは……どうも、こいつがおっちょこちょいなもんで失礼いたしました」

そう言って小腰をかがめた相手は、ここの主人夫婦です。いかにも実直そうですが、二人の歳の差、それに娘の年配を考えますと、どうやら女房は後添い、消えた娘には継母らしく思わ

れました。

「これは銭形の親分さん……実はこちらの八五郎さんにはすでにお話ししたのですが、どうも、とんだことでして、それでついお呼びだていたしましたような次第で」

困惑しきったように言うここの主人に対して、女房はどこか吐き棄てるような調子で、

「主人の申します通りで……ただでさえ行灯の油をなめたとか、変な噂が立っていたところへ、急にどこかへ出奔したとなりますと、当家の暖簾にもかかわりますし、何とぞ親分さんにお助けいただいて、その、できますれば穏便に……」

慇懃に頭を下げられて、なぜか平次はかえって不快そうな顔になりましたが、すぐに愛想笑いの中にそれをまぎらかしてしまって、

「承知いたしました。それはさぞご心配でしょうとも。ではまず、お嬢さんの部屋を見せていただきましょうか」

ほどなく通されたのは、庭に面した小ぎれいな六畳間で、豪奢な鏡台や箪笥に長持など、いかにも大家の一人娘のわがままな暮らしを思わせました。

ほかには、ごくふつうの角形行灯が一つ。けれど、化け猫娘の噂と考え合わせると何とも不気味に感じられるのでした。

平次は念のため中を開いてみましたが、ごく当たり前の火皿があるだけのそこをのぞくと、顔をしかめて閉じてしまいました。

それにしても、娘はどこからどう姿を消したのか。商家のことで、主人一家の住む住居から

は商店を通らないと出られず、自然奉公人たちの目につくはずですが、窓を開けてみると裏木戸は飛び石伝いのすぐそこです。

娘が消えた前後、裏木戸の掛け金は下りていたということですが、平次たちが調べてみると、掛け金は外側から折れ釘一本で掛け外しできるようなものでしたから、人知れず出入りすることは造作もないことなのでした。

となると外から入ってきた何者かにかどわかされたか、自分の意思で出て行ったか――。

平次が部屋の中にもどってみると、驚いたことに八五郎は何やら畳に這いつくばってジタバタとしております。見れば、腕を簞笥と壁のわずかなすき間に突っこんで、抜きさしならず往生しているようです。

「おう、八」

平次があきれ半分、呼びかけると、八五郎は情けない声をあげて、

「へエ――」

「そんなところで何をしてやがる」

「それが、この簞笥の奥に、なんかはさまっているようで、それがどうしても取れませんので。ああもう、もう少しなんだがなア。もっともこの手につかんだところで、どうやって引っ張り出したものやら」

「まったく、しょうのねエやつだな」

平次は苦笑いすると、嘆く八五郎の肩をつかんで、多少痛がるのもかまわず腕を引き抜きま

した。そのあと、娘のほとんど使った形跡のない裁縫箱から物差しを取り出し、八五郎には重い簞笥をせいいっぱい片寄せさせながら、ようやくその何かをほじくり出しました。

それは、赤と青の文様も美しい天竺更紗（てんじくさらさ）の煙草（たばこ）入れで、しかし中は空っぽでした。

「お嬢さんだてら、煙草のみとは近ごろの娘さんには驚くね、親分。しかもすっかり喫いきって切らしちまったとは」

「そうじゃねえサ。見や、こうして逆さに振っても縫い目をほじくっても、煙草葉のかけらも出てきやしねエ。つまり、煙草のみと決めつけるのは早計ってもんだ。だいたい、この部屋には、火鉢はあっても煙草盆が見当たらねえじゃないか」

「なるほど……あれっ、何かヒラヒラと白いものが落ちましたぜ」

それは煙草入れの折り返しに、小さく折りたたんではさんであったらしい紙切れでした。八が拾い上げたのを、平次は開いてみると、

「これは芝居の引き札だな」

八五郎はそばからのぞきこんで、

「へエ――、何だか化け物と武者の取っ組み合いみたいな絵が描いてありますが、また妙な芝居があったもんですね」

「おいおい八五郎兄貴ともあろうもんが、これぐらい知ってなくちゃ困るぜ」

平次は苦笑いしながら言うと、ふと真顔になって続けるのでした。

「これはな、岩見重太郎（いわみじゅうたろう）の狒々（ひひ）退治だよ」

＊

「お、親分、五郎長（ごろちょう）親分」

　拍手喝采、掛け声のやまぬ中で、ふとそう口にしたのは、真ん丸眼鏡をかけた目明しの子分、びっくり勘太（かんた）だった。

「何や、勘太」

　ふりむきざま答えた天満（てんま）の五郎長に、勘太はすかさず、

「ポカン！」

　とやってのけた。五郎長は〝しまった、またやられた〟という顔で、

「あほっ、はるばる江戸までやってきて、しょうむないこと言うな」

　と、しかりつけたが、勘太はいっこうこたえないようすで、

「そのお江戸でんねんけどな、親分。わてら、ここでこないなことしてて、ええのかしらん」

「う、うーむ」

　五郎長は思わず言葉に詰まり、そのあと、隣に端座した若い武士に向かって、

「来島（くるしま）さま、このアホの言うのにも一理おまっせ。わたいら大坂城の御金蔵を荒らした賊を追うて、ここまで来たんやおまへんかいな」

　びっくり勘太がそれを受けて、

「さよさよ、それが気づけば、こないな場末の小屋で芝居見物。そら芝居は嫌いな方やおまへ

んが、どうせやったら江戸三座たらいう、大坂で言うなら道頓堀あたりのもっとええ劇場で、できれば弁当や菓子もつけてもろてでんな……」

「こらっ、いらんこと言わいでもええ」と五郎長は突っこんで、「長旅にお供したわてらのことをねぎろうてのことだしたら、ご無用でっせ。それよりも一刻も早う……」

「例の賊の探索の続きをしたいか」

来島さまと呼ばれた武士は、舞台をまっすぐ見すえたまま、よく響く美声で答えた。ととのった顔立ちだが、やや長すぎるのが玉に瑕だった。

「さ、さいでおます」

五郎長と勘太の目明しコンビは、異口同音に答えた。

——例の賊というのは、御金蔵破りをはじめ、上方でさまざまな大仕事を働いたあと、東に向かったと噂される一団で、とりわけ中に一人、雲つくような大男でありながら、おそろしく敏捷で、あちらと思えばまたこちら、サーカスの芸人かオリンピックの体操選手かという身軽さで飛び回るやつがいた。

とうてい人間業とは思えないそいつが、塀を越え、木の枝を渡り、どんな用心堅固な屋敷でもあっさり侵入して、どうやら仲間の先乗りをつとめているらしい。

その足取りを追い、捕物珍道中をくりひろげてきたのが、来島さまこと天満与力の来島仙之助とその一行だ。

それがどうしたことか、江戸の町奉行所へのあいさつと情報収集もそこそこにたどり着いたのが、ここ両国広小路一帯にひしめく中でも、ひときわお粗末なこの芝居小屋なのだった。

「実はな、ここへ来たのは妙の入れ知恵なのだ」

「へえ、お妙さまが⁉」

またしても息の合ったところを見せた五郎長・勘太はきょとんとした顔を見合わせた。

「そうだ」来島仙之助はうなずいた。「そしてこの小屋のことを告げたきり、また独自に探索に向かってしまったのだが――」

お妙さまは彼の妹で、美人のうえに勇敢で知恵もあり、武芸もかなりたしなむ。目明し二人がドタバタと事件を追い、犯人を突き止めたものの逆に襲われたときには、鮮やかに現われて短刀を手に戦うのが常だった。

あのお方が、そない言いはるのやったら――と、納得顔になった勘太たちを横目に、

「ほれ、ここからが見せ場だぞ。人身御供の娘の身代わりを買って出た岩見重太郎が……ほぉれ輿の中から飛び出した。物見大明神の正体見たり狒々親爺――ってところか。まあ、お前らも長旅の中休みと思って楽しめ楽しめ」

仙之助の言葉通り、舞台に躍り出たのは全身白く長い毛に覆われた猿の化け物。いわゆる狒狒というやつだ。

むろんこれは作りもの、着ぐるみに糸や綿を貼り付けた安っぽさは、何やら切ないものがあったが、いざ立ち回りが始まると、これがなかなかの迫力だった。

岩見重太郎兼相、のちの薄田隼人正が大ダンビラを抜き放ち、犠牲となった娘たちの無念を

晴らすべく、ただ一太刀で仕留めようとするが、敵もサルもの引っかくもの。

これには、二人の配下も思わず手に汗を握ったが、そこでふと仙之助がつぶやいた。

「のう、われわれが追っている賊だが」

その言葉に、ハッとしてふりかえった両名に、

「あの先乗りっぷりが人間業でないなら、案外あんなやつかもしれないぞ」

仙之助は、本気とも冗談ともつかぬ調子で言った。

「へ？　けど来島さま、あの狒々の中身は——」

「そやそや、ただの人間でっせ。そらまた何の謎だっしゃろ?」

五郎長・勘太はきょとんとして、こもごも問いかけたが、来島仙之助はそれにはとうとう答えようとはしなかった。

＊

——両国広小路のほど近く、柳橋米沢町（やなぎばしよねざわちょう）の船宿喜仙（きせん）。

その大川に沿った二階座敷では、ここの一人娘のおいとの酌で、若さまがいつも通りちびりちびりと飲んでいた。

御上御用聞（おかみごようきき）、遠州屋小吉（えんしゅうやこきち）はパッチ穿きの膝頭をぴたりと四角にそろえて座ると、こちらもいつも通り、ていねいにご挨拶申し上げてから、

「実は若さま、こんなことがございまして……」

と、若さまの大好物であるところの未解決事件について話し始めたのだが、

「そりゃあ、大方殺したものと殺されたものがあべこべだな。それと、もう一つあべこべがあるから、もう少し掘ってみねえ」

「なに、人間離れした下手人……そりゃあおめえ、人間でない下手人を考えた方がいいのかもしれねえぜ」

「考えてみるんだよ、親分。そこにいねえはずの人間がそこにいる理屈をさ」

ふだんにも増した明察ぶりで、すぐさま謎を解き、疑うべきものを指摘してしまった。今日の小吉の話には、腰を上げるまでもないと思われたのかもしれなかった。

それならば、もっと歯ごたえのある謎をと考えたが、それを言うなら、この〝若さま〟とのみ呼ばれるお方をめぐる謎にかなうものはない。

美男で、無双の剣客(けんかく)で、幕閣(ばっかく)や大名にも一目置かれ、何より捕物の才――もっとほかの言い方があるとよいのだが――に恵まれたこのお方は何者なのか。これは口が裂けても言うべきことではなく、詮索するつもりもなかった。

さて、それならば何のお話をしてさしあげよう。やはり、今、南北両奉行所を悩ましているあの件か――などと考え、所在なげに窓から両国橋のにぎわいをながめている若さまの横顔を見つめたときだった。

ふいに廊下で、同じ二階の客らしき男たちの声がした。

「おお、もう八ツ時(どき)(午後二~三時ごろ)をだいぶ回った。急がねばいかん」

「そうだ。八ツ半きっちりに行かないと、お叱りをこうむるぞ」

そう言うなり、パタパタと足音を響かせながら、廊下を遠ざかっていった。

わかったようなわからぬようなやりとりが、唐突に始まり、終わった。

小吉もおいとも、ちょっとあっけにとられた格好で、言葉を途切れさせた。と、しばらくしてから、

「ハッハッハ！　こりゃ面白い」

突如として笑いをはじけさせたのは、言うまでもなく若さまだった。これには小吉たちも、ますますあっけにとられずにはいられなかった。

「あの、若さま。何かお考えが浮かびましたので……?」

遠州屋小吉がおずおずとたずねると、若さまは「いやなに」とさらなる笑いにまぎらせて、

「そういえば、ここの二階でいつも聞く時の鐘は石町のかい、それとも本所横川町のかい？　ちょうどその中間にあるようだが、鐘撞銭（時の鐘の聴取料）はどっちに払ってるんだ。時を測る手立ても、あればある、ないならないで不便なものだな。ハッハッハ！」

＊

茶店の床几に腰かけた二人連れ、一人は武士、もう一人は町人だが、これがめったとない珍なとりあわせだった。

「はて、うららかな日和だの。このまま動きがないなら、逃けて舟でも仕立てて一杯やるのは

どうだ。その間に、あの屋敷に入っていった連中が出てきてしまうかもしれねえが、どうせ明日も明後日も同じじっことのくり返しなんだろう。捕物なんて無粋なことは、もっとほかの日に回さないとおかげがねえぜ、ひょろ松」

そう言った武士は三十そこそこ、袘のすりきれたような古袷に冷飯草履という、こんな茶店ですら嫌がられそうな貧相ないでたち。だが、これが大変な異相の持ち主で、たださえ長い顔の半分以上を占める――というのはちと大げさだが、とにかく偉大にして長大なる顎の持ち主だった。

「じょ、冗談……それじゃ何のためにここまでご同道いただいたんだかわかりません。阿古十郎さんのお姿を求めて、あちこちの中間部屋を回り、陸尺や馬丁たちに聞き合わせて一苦労したんですからね」

あわてたようすで体を泳がせた町人の方は、顎の武士より三つ四つ年かさか。こちらはむしろ凡相というべきだが、麴室のもやし豆さながら、どこもかもひょろりとして、鷺みたいに長い首の上に蔭干面がのっかっている。これでお上から十手捕縄を預かった岡っ引きというから、世の中わからないものだ。

こう見えてなかなか腕利きの御用聞、ひょろりの松五郎、略してひょろ松というのは、その外見からの命名だから何の不思議もない。だが、連れの武士が姓は仙波、名は阿古十郎――かげでは誰もが顎十郎呼ばわりというのは、いささか出来すぎた話だった。ちなみに、表立ってそう呼べないのは、実は剣の達人だけに大変なことになるからだ。

これで奉行所の例繰方撰要方兼帯というのも驚きだが、おとなしく書物蔵で判例調べをしていそうな男には見えなかった。そんなことはともかく——。

「ふむ、そこまで言うならもう少し辛抱してもやるが……それで叔父貴は相変わらずの獅子嚙か。北番所の与力筆頭もつらいものだの」

顎十郎が団子を頬張りつつ言うと、ひょろ松は渋茶をすすりながら、

「まったくで……森川さまのあのご性分、また今度の件の容易ならぬこととはいえ、ああ二六時中歯を食いしばってられちゃあ、近いうちに歯が残らずすり減ってなくなってしまいます」

森川さまとは、北町奉行所の吟味方筆頭与力をつとめる森川庄兵衛で、顎十郎には唯一といっていい身寄りだった。根は善人だが、短気で頑固で、ぬらりくらりとした甥っ子には毎度癇癪を爆発させつつ、なぜだかまんまとしてやられる。

「そうなりゃ、金助町に小遣いをせびりに行くたんび、ガミガミと嚙みつかれなくて幸いだが、といって親一人娘一人の花世に、三度三度重湯を作らせるのも可哀そうだでな。知恵を貸さねえでもねえのだが……とにかく、何の手がかりも手蔓もないというのだな」

「さようで。ただ、近ごろお江戸を騒がす新参の悪党どもが、また何か大きな仕事をやらかそうとしてることだけは、確かな聞き込みなんでして」

「で、そいつらと思しき連中が、なぜだか毎日のように、ここの真向かいの屋敷に集まって、双六に投扇興、発句に茶の湯に月琴木琴、果てはウンスン歌留多なんて遊びに時を過ごしているというんだな。この時世に、とんだ茶人もいたもんだ」

「だからこそ、阿古十郎さんにご検分をお願いしたんで……。まず、あすこに入ってゆく姿を見て、何かお感じになりはしませんでしたか」

「何かといって、そりゃあ……おい、出てきたぜ」

顎十郎に肘で突っつかれ、ひょろ松はギョッと身じろぎした。見ると、玄関口の暗がりから、頭には黒漆の陣笠をかぶり、打裂羽織(ぶっさきばおり)に裁着袴(たっつけばかま)、腰の刀には柄袋を掛けと、これから長旅に出るような侍がのしのしと出てきた。

まるで衝立(ついたて)が歩いてきたみたいな怒り肩だが、心なしか体を右にかしがせている。門前に出ると、そのままこの屋敷の生け垣沿いに歩いて行ったが、すぐにツイと角を曲がり、姿を消してしまった。

「おい、あのあとを追わなくてもいいのか」

顎十郎が訊くと、ひょろ松はうなずいて、

「いくらあッしだって、そこにぬかりがあるもんですか。ただ、前にも小者をつけてやったんですが……」

「どうした」

「不思議に見失ってしまいましてね。でも、そのあと当人の家に駆けつけてみると、チャンとそこにいたそうで」

「何だそりゃあ」

「ええ、全くけぶな話もあったもんで」

「そりゃ、けぶというより、お前らが間抜けなんじゃないのか」

「そう言われちゃ一言もありませんが……」

ひょろ松は頭をかいたが、すぐまた蔭干面をもたげると、

「あっ、また出てきましたよ。今度は女か……入ってゆくときも思ったが、顔立ちは悪くなさそうなのに、何もそこまで白粉を塗ったくらなくてもなあ」

その言葉に迎えられる形で二番目に出てきたのは、姨子結びの髪を振りふり、派手な紫の着物をまとった、大家の御新造と思われるこしらえの人物。八丁堀同心のバラ緒の雪駄とは大違いな豪奢なやつをチャラチャラと鳴らしながら出てきて、そのまま生け垣の角へと姿を消した。

そのあとで、

「入ったときに比べると、何か違うと思わねえかい」

顎十郎が、聞香でもするときのようにじっと瞑目しながら言った。

「違うと、いいますと」

「足音だよ。何だか雪駄の後金の響きが不ぞろいじゃなかったか、というんだ。右足の方がチャランと大きく、左足がシャラ……と小さいような」

さあ……とひょろ松が小首をかしげたとき、三人目の人物が現われた。今度は茶色の頭巾に被布をまとい、いかにもヨボヨボと年老いた宗匠風だ。竹杖にすがって足取りもおぼつかなく、グラリと体を左にかしがせたときには見ている側がヒヤリとしたが、そのまま持ち直してこれも歩き去った。

その次は、深編笠の浪人者、そのまた次は長唄か三味線の女師匠かと思われる粋な姿、着流しに豆絞りの頬っかむりもいなせなやくざ者、そして最後にいかにも有徳な旦那風の町人が生け垣の角を回って、それで打ち止めとなった。

「〆て七人――それも入っていったときと逆の順番とは律義なことだ」

顎十郎が顎を撫でなで言うと、ひょろ松は指を折りおり、

「はて、そうでしたかね」

と頼りない。それをしりめに、顎十郎は着物のほこりを払うと、さっさと立ち上がった。懐の紙入れから取り出した何かを手のひらで遊ばせながら、

「最前のこのいたずらが、ちっと効いたようだな。さてと……行くぞ、ひょろ松」

ひょろ松はトホンとした顔で、

「行くのはようございますが、もしやもう何か目串をおつけになりましたんで……さすが先生だ！　それはそうと、そのお手の中のものは何でございますか」

「これか、これがそのいたずらの種さ」

言うなり顎十郎は、その種とやらを、ひょろ松の手にポイと投げこんだ。

とっさにそれを受け止めたひょろ松は、とたんにギャッと叫ぶと、目を真ん丸く見開いた。おのが手の中を見つめると、なおも小さな悲鳴をあげながら、

「あ痛たたた……こ、こ、こいつはもしや？」

＊

それこそは花のお江戸に起きた咄々怪事でありました。そもそも一度地中に埋もれた棺桶を掘り起こすさえ墓暴きの大罪を犯せしものなるに、その蓋を取りのけて中身をあらためてみたならば、中にはぎっしり土砂が詰めこまれていたのですから、いかにもこれは奇怪至極な、不思議千万なことと言わねばなりません。

墓の掘り返しに駆り出された人足たちはもとより、ここを管理する寺の僧たちもこわごわ見物に訪れた近所の人々もあるいはギャッと叫び、あるいはただもう呆然として足元もおぼつかぬありさま。わけても奉行所出入りの手下の中でも無類の愛嬌者にして、一度しゃべりだしたら油紙に火がついたように止まらない、人呼んでおしゃべり伝六が黙っていられるわけはなく、

「ななな何です、いったいこりゃ何ごとなんですか旦那。あっしたちが捜していたのは、たった一通の書状ですぜ。すっかり皮と肉の落ちた骸骨──になるには、まだ早いかもしれないが、とにかくこの墓の主がひっそり抱いてるはずの書状を掘り当てるはずが、まさか土詰めとはどういうことです。これじゃあまるで植木鉢だ。死骸入りの植木鉢じゃああありませんか。万年青やら菊やら牡丹を育てるには、いろいろ秘伝があり、土や肥やしに工夫を凝らすといいますが。まさかその伝でこんなことをしたんじゃねえんでしょうね。……ねえ旦那、近藤の旦那ったら！」

呼びかけられたのは、伝六が仕える南町奉行所同心、近藤右門──とすでにお察しの方なら

ば、江戸きっての捕物名人たるこの人が〝むっつり右門〟と呼ばれていることをご存じないわけはありますまい。

ふだんは意外にそうでもないのですが、この日の右門は、まさにその異名通りむっつり押し黙って、伝六の問いかけにもその秀麗きわまりない眉目(びもく)を微動だにさせません。よほどたってから、ようやく伝六の存在に気づいたかのように、

「おう、そこにいたのか」

「旦那、そりゃあんまりですよ。今朝からずっとおそばについて、かたときも離れたことのないこのあっしを忘れるたぁ何という不人情なお方だ。そもそも二十六で御父上の跡目を継いだものの、以来八か月も一言も口を利かない奇人ぶりで誰も相手にするものはなかったのを見かねて手下についたあっしに気づかないとは、そりゃあんまりじゃござんせんか……」

とうとう懐から取り出した小汚い手拭いで顔をゴシゴシやりながら、オイオイとむせび泣きし始めました。しかし、われらが捕物名人はみじんも動じることなく、

「その話はいいから、調べろ」

いつもの調子で言うと、伝六は急に泣き止み、表情も姿勢もスッキリシャッキリと立ち直って、

「へい、何を調べましょう」

「ほかの墓に掘り起こした跡がないかだ。あれば全て掘り返させろ。役儀によって取り調べるでな」

さあ、大変なことになりました。右門の慧眼隼のごとき眼力をもってすれば、いかなる悪事も異変も逃すことではありません。たちまちこの墓地の大半が埋葬後、掘り起こされていることがわかり、大人数の人足を入れ、お上のお許しを得たうえでの大々的な墓暴きが始まったのです。

——そもそもの発端は、こうでした。

さる大家の旦那が急死し、お定まりのお家騒動、跡目争いとなったのですが、実はその家の正当な跡取りとなるべきは、遠縁の子として引き取られていた少女でした。実はこの娘、この家の主筋にあたる貴い家の流れをくむもので、もしそれが真実なら問題はなかったのですが、そのあかしとなる書状が旦那の死後忽然と消えてしまった。

それをきっかけに醜い争いには拍車がかかり、ついには人死にまで出たのですが、そこに颯爽と現われたのが、ほかならぬこの近藤右門で、奉行所の訴状箱に投げこまれながら、並みいる与力同心衆が見過ごした涙の訴えを取り上げたのです。

推断の疾きこと神のごとく、明智の俊敏透徹たること古今に無双というべき右門にとっては、この程度の断案などお茶の子さいさい、別誂えな明智でもってほどなく導き出した結論は、

「問題の書状は、亡くなった主人の経帷子の中に秘しあるに相違なし。それ以外に持ち出す場所なく、燃やしたり破り捨てたりした痕跡も見出せず、しかも家内のどこからも見つからないならば、それ以外にありえず！」

ああ、何という明察。それによっておのが所業を暴かれた、親戚の皮をかぶった悪党は、は

かない抵抗と逃亡を試みましたが、右門お得意の草香流やわらの秘術にズデンドウと投げ飛ばされ、あえなくお縄となりました。

そして、いよいよ棺桶からの書状取り出しということになったのですが、まさかそれがこんなことになろうとは、さすがの捕物名人も予想はつかなかったことでしょう。

しかし当の右門はいっこう動じもせず、一等最初に発掘され、地上に運び上げられた棺桶をしばし見つめておりましたが、いきなり腰に手をかけるや紫電一閃！

これぞ右門得意の錣正流居合の冴え。棺桶はみごと真っ二つに断ち割られ、中からザラリと土があふれ出し、そこから亡き大家の旦那の死骸が転げ出たのです。

右門は恐れるようすもなく、その死に装束の中に手を差し入れると、つかみ取ったのはかの娘に幸福と富貴をもたらす書状に相違ありませんでした。右門がそれを懐中に収めたまさにそのとき、おしゃべり伝六が泡を食ったようすで駆けてきて、

「え、えらいことです旦那。どの墓のどの棺桶も、さっきのとまるきり同じように土でいっぱいです。こ、こりゃあいったいどうしたことでござんしょうね⁉」

顔中を口にしてわめきたて、しゃべりまくる伝六でしたが、右門がどこ吹く風といった無頓着さで、棺桶からあふれた土を探っているのに気づくと、大きく首をかしげて、

「……何をしてらっしゃるんです、旦那？」

「ちょっと、この土に混じった石くれの検分をな。見ろよ、この妙な形の石を、これは明らかに人の手が加わったものじゃ。物の本には、およそ石は霊異類、采用類、変化類、奇怪類、愛

玩類（がんのるい）、光彩類（こうさいのるい）、生動類（せいどうのるい）、寵愛類（ちょうあいのるい）、像形類（ぞうぎょうのるい）などに分類されるというが、こいつはそのうちの鐫刻類（せんこくのるい）。大昔の人が作った、これは鏃（やじり）だよ。そしてこちらは、さらに太古の生き物のなれの果てで『化石』という。……どうじゃ、面白かろうがな？」

いつになく上機嫌な右門の旦那の言葉を一寸一分も理解できず、伝六は持ち前のおしゃべりも忘れて、何だかわからない代物について熱く語る捕物名人をながめるほかないのでした。むろんこれは凡愚の悲しさ、われらがむっつり右門の頭脳にはこの驚くべき事件の真相が、すでにして見えかけていたのでありました……。

その二

――そこはまさに、悪の巣窟だった。

そこに澱（おり）のようにわだかまった奴らによって人は無残に殺され、財物は奪われ、家は焼かれ、無数の人生が台なしにされた。生きた人間を売り買いし、もてあそび、弊履（へいり）のように捨てることも、彼らにとっては三度の飯のように当たり前のことだった。

そこには救いはなく、いかなるごまかしも、おためごかしも通用しなかった。

最大の問題は、奴らがおのれの悪を顔に大書しているわけではなく、その所業はすでに人目の届かないところで行なわれるということだった。明るみに出るものはほんのわずかで、奴らはほくそ笑みながらふつうの人々に立ちまじり、法や社会の恩恵をめいっぱい受けておきながら、ほんのわずかなすきや死角をついて他人に襲いかかる。

くだらぬ作り話の世界ならともかく、人に千里眼や順風耳のような異能がなく、浄玻璃(じょうはり)の鏡のような便利な道具もないからには、奴らにとってこの世はまるで自由気ままな狩り場のようなものだった。

いったんその粘っこい糸に引っかかり、一般人には見えない闇に引きずりこまれたら、もうおしまいだ。毒牙にかかり、生きながら嚙み砕かれるのを待つほかない。せめて、一思いに殺してくれるならいいのだが……。

ここには、こっそりと、あるいは強引に盗み取られた宝があり、かどわかされた女性がおり、脅しの種が山と積み上げられ、人の命を消し去り、さまざまな苦痛を与えるための道具が無数に取りそろえられていた。

たとえ形にはなっていなくても、悪事のための知恵と仕掛けならば、ここに寄り集まった連中の脳味噌の中にぎっしりと詰めこまれているのだった……。

そして、この夜——ここに奴らがずらりと顔をそろえた。それぞれの収穫と、次なる計画を持ち寄って、今まさに饗宴が開かれようとしていた。

ここのことは誰も知らない。なぜなら、悪人どもを除けば誰の目にも触れていないのだから。誰にも見えないものは、誰にも知られず、したがってここは絶対に安全なはずだった。

だが、奴らはあるものの存在を想像していなかった。見えないもの、知られていないものの存在を感知する手段があることを。その手段を駆使し、明るみに出ないはずの悪を暴いてしまうものたちがいることを！

ふいに暗闇の中で、むっくりと立ち上がった人影があった。それも一つではなく、二つ、三つ、四つ、五つ――あるいはもっとたくさんいたかもしれない。

「！」

悪人たちが、その気配に気づいたとき、そのうちの一人の手からサッと放たれたものがあった。細いが頑丈そうなそれは捕縄で、狙いあやまたず、ある一人の男の手首にからみついた。アッと叫び、必死に抵抗しながらも、そのどこか女性的な男はグイグイと引きずり寄せられ、捕縄の持ち手の足元に引きすえられた。

「御用だ、神妙にしろ」

鋭く言ったのは、三河町の半七だった。彼はかたわらに置いていた血まみれの着物を、その男にサッと押しかぶせると、

「この藍天鵞絨色に魚の文様を散らした衣装に覚えがあろう。ないはずがない、これは貴様が女に化けて人を欺くときに着ていたものだからな」

そう決めつけた瞬間、男の顔が青ざめ、破れかぶれの抵抗の姿勢を見せた。だが、それより半七の十手がうなる方が早く、男はあわてて眉間を押えると苦しげにうずくまった。

半七は、その姿を厳しい目で見下ろしながら、

「女形役者くずれだったお前は、強請や美人局ぐらいならまだしも、火付けや強盗、かどわかしに手を染め、ついにあの娘で殺しに手を染めた。それとも、あれが初めてではなかったか。まあ、それもいずれわかることだが……。

お前が殺したのは、俵物問屋の一人娘――ふとしたことから深間になり、金蔓として重宝していたものの、だんだん相手のしつこさが重荷になり、始末することにした。場所は、自宅をこっそり抜け出した娘との逢引き先。そのときお前は得意の娘姿で、相手がたまたまそこにあった内風呂に入るかして素裸になったところをいきなり刺し殺した。

ところが殺しには素人の悲しさ、なまじ左の乳下などを狙ったものだから、たちまちすさまじい出血で、せっかくの着物が血まみれになった。幸い男物の衣装も用意していたから着替えることはできたし、娘がもともと着てきた衣装――こいつは丈足らずで着るのは無理だった――はあとで始末すればよかったが、困ったのは血だらけになった自分の女物の方だ。こんなもの、うかつに捨てればたちまち足がつく。

そこで自分の衣装を脱ぎ、裸のままの娘に着せ替えることにしたが、あいにくお前は男で背が高く、それに合わせて仕立てたあの着物は、死人に着せるには長すぎた。そこでおはしょりをして丈を合わせたまではよかったものの、そのせいで、たくし上げて折りこまれた部分にも、べったり血がついているというおかしなことになってしまった。

しかも、お前の着物には相手を刺した際の傷がついていない。それを怪しまれてはと、着物の上から傷口を刺し直したのだが、そうピタリとはまるわけもなく、本当の死に傷のすぐそばに死後つけられた傷があるというおかしなことになってしまった。どうだ、おれの見立てに申し条があるか。あるなら言ってみろ」

返答はなかった。かわりに、悪人たちの中からすきをついて半七に襲いかかろうとするものがあったが、その寸前、ワッと叫びざま自分の手を、次いで顔面を押えた。

「おお、明神下の。ありがとう」

半七に礼を言われ、「どういたしまして、三河町の」とニッコリしたのは、言うまでもなく銭形平次だった。

ガラッ八こと八五郎をともなった平次は、得意の投げ銭をいつでも放てるように構えながら、

「その続きは、私が話しましょう。……殺された娘には、一つ大きな秘密がありました。半七親分からそれを見せられ、私の中でいろいろつながったものがあった。雁首の底が焦げた女持ちの煙管、形ばかりで煙草葉を入れたこともない天竺更紗の煙草入れ、そして行灯に顔を突っこんだことで生まれた化け猫の噂。

これが何を意味するかといえばアヘンですよ。唐土(もろこし)渡りの恐ろしい魔薬であるこいつは、煙草とは似て非なるやり方で吸うもので、練ったアヘンの塊を火皿に入れ、下から火でずっと炙(あぶ)り続けてその毒煙に酔うのだとか。そのための道具もあるようですが、なければ、ふつうの煙管を手近にある火で炙るほかない――たとえば、行灯に顔を突っこむなどしてね。

これだけでも十分恐ろしいことだが、娘やそこの男がかかわっていたのは、もっと大きな悪事だった。まさかそれが、煙草入れにはさまった小屋掛け芝居の引き札で知れようとは思いま

せんでしたよ」

銭形平次が語り終えたあとに、重苦しく敵意に満ちた沈黙があった。と、その緊張を緩和するかのように、

「おっと、見とれとるうちにわてらの出番でっしゃないか。さ、早う早う」

「そうでっせ。三河町と明神下の次は、大坂天満のええとこをポンポーンと……ほれ！」

それぞれ間の抜けた贅六言葉がどこからか聞こえて、長身にして長顔の若侍が、悪人どもの前に立った。

「以前は上方、昨今は江戸市中を騒がす賊どもの中に、その先乗りをつとめる恐ろしく身軽な奴がおり、そいつの正体さえ突き止めれば、おのずと一味の正体も知れるだろうと探索につとめていたのだが、まさかこんなところに隠れていようとは思わなかった。五郎長、勘太、そいつをここまで連れてこい」

若侍——天満与力・来島仙之助の言葉に、さっきの声の主である二人組が、何だか妙ちきりんな奴に縄を打ち、その端を前後ろからしっかりと持ちながら、引き立ててきた。

それは、あの岩見重太郎の芝居で用いられた狒々の着ぐるみだった。

ひどく暴れて、何とか縄を振りほどこうとするのを、天満の五郎長と、びっくり勘太の二人がかりで押えていたが、ちょっとした拍子に勘太が足を滑らせ、眼鏡を飛ばしかけながらスッテンコロリンと床に転がった。

そのすきに狒々の着ぐるみは、グイッと勘太の手から縄の端をもぎ取り、次いで五郎長から

も奪い取った。仙之助は柄に手をかけ立ち向かったが、狒々の着ぐるみは、大手を広げてひるむようすも見せない。と、そこへ、

「兄上！」

凛とした声とともに、駆け出してきたのは、美しい武家娘。

「あ、お妙さま！」

「な、何をしなはんねん！」

と五郎長たちが叫び、兄の仙之助が、

「やめろ、むちゃをするな！」

と制止するのも聞かず、来島妙はそのまま狒々に斬りかけた。だがその刹那、敵はそのまま大きく横っ飛びし、また大きく跳躍すると妙に躍りかかった。

「キャーッ」

叫びもむなしく妙は、狒々の腕に抱きすくめられ、次いで高々と体を差し上げられてしまった。

とっさに半七、平次らは捕縄や銭を投げようとしたが、妙に当たってしまいそうで躊躇せざるを得ない。五郎長と勘太は、

「こ、こら、わしにしがみついてどないすんねん。早よお妙さまを助けんかい」

「そ、それは親分に譲りますわ。わたい、あんなん苦手だんねん。いやもう、こわいのこわないのて」

などとガタガタ震えながら言い合うばかり、だがそのとき、狒々ならぬましらのように躍り出した男があった。

ひどく貧相な姿と、珍奇な顔つきに似合わず、その男は目にもとまらぬ早業で腰の刀を抜き、また収めた。

一瞬の間のあと、驚くべき光景が展開された。狒々の着ぐるみがペリペリと二つに裂け始め、やがてその中身をさらけ出した。

何とそれは――人間ではなかった！　全身黒い毛に覆われ、不気味だがどこか愛嬌のある顔をし、長く器用な手とバネのような跳躍力の足を持つ猿類がそこに立ち、とまどったようにあたりを見回していた。

すかさず妙が、猿類の手をもぎ放し、その腕の中から逃れる。飛び降りた先には、兄の配下二人がいて、ムギューとか何とか叫びながら彼女の体を軟着陸させた。

そのすきをついて、何本となく捕縄が飛んだ。半七たち岡っ引きに加え、その配下のものたちによるものだった。それらに手足や首をすっかり搦め取られて、巨大な猿類はようやくおとなしくなった。

その一本をピンと張り詰めさせながら、銭形平次が苦笑まじりに言った。

「まさか狒々の着ぐるみの中に本物の狒々が入ってやがったとはねェ。正しくは猩々（しょうじょう）だぞうですが、そうするとこいつ酒を飲むのかな」

「まさか。ありゃ『淮南子（えなんじ）』や『本草綱目』が日本に入ってきたあとの作り話だよ」

狒々の正体を暴いた男――顎十郎こと仙波阿古十郎が、長大な顎をなでながら言った。

「より正しくはオランウータンとかいうらしいがな。はるか南方のボロネヲやスマトラという島に住んでいるそうな。西洋人はこういう人に似た猿をひどく嫌うと聞いたが、賢くて情愛もある獣らしい。全く、どこからこんなもの手に入れやがったか……」

そのオランウータンを、狒々の着ぐるみから解放した手並みはみごとなものだったが、顎十郎は自分を侮辱した相手の着物の紋だけを丸く切り取ったり、閉じた口の中に斬りつける技の持ち主であり、これぐらいは大したことはなかった。

「おそらくは」半七が言った。「紅毛人（こうもうじん）から不正に買い取り、芸のかわりに盗人（ぬすっと）の手先として仕込んだのでござんしょうね。俵物問屋の娘と、娘を殺した男はアヘンでつながり、それはこのオラン……猩々を使った盗賊一味とつながっていた。そして、さらに大きなことをしでかそうとする大物一味ともね」

「その大物一味のことだがの」顎十郎はニヤリとした。「そいつらがお上の目を逃れるための手立ては、狒々の着ぐるみより凝った芝居だったぜ。七化け芸とかいって、一人で老若男女七通りになりかわる変装の名人を一人身代わりに立て、そいつに早変わりで次々に一軒の屋敷に出入りする姿を見せつける。そうしておいて本物たちは、そこからずっと離れた場所で、これまでにない大仕事の指揮を執り、自ら大いに汗をかこうという寸法さ。あとでそれが発覚しようと、自分たちは遠く離れた屋敷に集まって、ウンスン歌留多や何やに興じているのだから大丈夫というわけさ。こういうのをオランダではalibi（アリバイ）とかいうそうだが。

もっとも、そんなお座敷芸にだまされる、このおれじゃない。まず屋敷に入ってゆくのを見たときに、ハハアこれはと気づいたから、最後の一人が入ってゆくときに、そのあとめがけて投げてやったのさ……じかに踏むととびきり痛い、たいがいの履物なら踏み抜いてしまうマキビシをな。ちょっと気の毒だったが、みごとに左の蹠(あしうら)でそいつを踏んでしまい、さてどうなるだろうと出てくるのを待っていたら、何と全員、左足を右足でかばいながら去って行ったから大笑いだ。なあ、ひょろ松?」

連れの岡っ引きに、そう言って声をかけたが、ひょろりの松五郎は苦笑いしながら頭をかくばかりだった。これに対して、待ちかねたとばかりズズッと前へ出たのが、同じ御用聞でも好対照な、おしゃべりの伝六だった。

「さあさあ、旦那。こちらへこちらへ……これなる捕物名人、近藤右門さまはな。ふとしたことからさる寺の墓が一つならず十、二十、いやそれ以上に荒らされて、罰当たりにも中に土砂が詰めこまれているのに気づきなすった。その土というのがただの土じゃない。石にもいろいろある中の鐫刻類やら化石やらをふくんでいた。これはちょっこらちょっと地べたをこすって出てくるようなもんじゃなく、よっぽど深く掘り下げなくちゃ見つからないもんだ。そこで博学多識の右門先生、それがどこから出たかを調べたところ、見ン事場所の特定に至りなすった。そこから芋蔓式に明らかになっちまったのさ——お前らがひそかに地下に抜け穴を掘り、とある金蔵の中身をまるごと抜き取ろうとしているのをな！

……どうです旦那、ここに居並ぶ悪党どもと、ご同業のみなさんにポンポーンと胸のすくところを語ってやってくださいな」

そう言って伝六は、近藤右門を前に押し出したが、当の本人は、それが癖なのか指先で頤ひげを抜くしぐさをしながら、むっつりと押し黙っていたが、やがてそのまま場を離れてしまった。

――そのあとに何とも奇妙な静寂があった。突然自分たちの巣窟にやってきて一方的にまくしたてられ、やや気圧され気味だったのが、しだいに自分たちの優勢に気づいたというか。もとよりお上の権威など恐れるものたちではない。むしろ、そちらを取りこんで身内にしてしまいかねない連中だ。

だが、たった一つ彼らが気味悪く思っていたことがあった。それというのは、

――何で、こいつらは自分たちの悪事を掌を指すように見抜いていやがるんだ。こいつらはどうやって、自分たちの見られないものを見、知れるはずのないことを知っているんだ……？

というものだった。

そのとき、そんな彼らの心を見透かしたように、はじけた笑いがあった。それも半七や右門たちがいるのとは全く別の場所からだった。

「ハッハッハ！　どうやら何でこんなことになったか不思議でならないようすだな。そもそも、どうやってわれわれがここへたどり着いたか、それからまず教えてやろうか」

声の主は、若さまだった。何と若さまは悪人どものただ中に陣取って、さきほどから美酒を

ちびりちびりとやっていたのだった。

「控えろ！」

にわかに色めきたった悪党どもを一喝すると、またもとの洒々楽々とした態度にもどって、

「柳橋米沢町の船宿喜仙の二階で、わしは妙なやりとりを聞いた。一人が『おお、もう八ツ時をだいぶ回った。急がねばいかん』と言い、もう一人が『そうだ。八ツ半きっちりに行かないと、お叱りをこうむるぞ』と答えた。

ふつうでは考えられぬやりとりだったよ。なぜといって、この江戸には、喜仙で聞こえる本石町三丁目や本所横川町のほかにもあちこちに時の鐘があり、たとえば上野寛永寺（かんえいじ）で捨て鐘を三度打てば、それを受けて市ヶ谷東円寺（とうえんじ）が鐘を打ち始め、さらに赤坂成満寺（じょうまんじ）、芝切通の増上寺（ぞうじょうじ）とつなぐなどして、不断に時を告げている。夜中ももちろん変わることはない。

一昼夜に十二度、鐘が鳴らされるまさにそのときならば、場所によって多少前後はあるにしても『きっちり』と言ってもいいだろう。だがな、八ツ半刻などに鐘を打つところは、ただの一か所もないのだよ。ということは『八ツ半きっちり』などという時刻は存在せぬも同然なのだ。

もう一つ、『もう八ツ時をだいぶ回った』とはめったと聞かれぬ言い草じゃないか。時の鐘のどこが回る。お天道さまの影が移ろうので時を測ろうと、あるいは腹の空き具合で見当をつけようと、『回る』という言葉を使う道理はない。

あるとしたら、それは機械仕掛けの時計だよ。大名屋敷や金持ちの好事家宅にあるような櫓（やぐら）

時計や枕時計ならば、確かに針は文字盤を回るし、八ツ半だろうがいつだろうが、きっちりした時刻を指し示す。また、より上等なものならそのときに音を鳴らすこともできる。

ということは、だ――この二人は、とにかく千代田のお城か大名屋敷か、でなければ時の鐘のある場所以外は、江戸市中にそうはない時計のある場所に向かおうとし、しかもそれは喜仙から歩いて半刻で行き着けるということになる。

あの場でそんな話をしたら、これなる遠州屋小吉が興味を引かれたようすで、それに該当する場所を楽々と探し当ててしまった。しかも、何とそこで、かねて追いかけていた一味の者を見出し、とうとうここにたどり着いたという次第さ。どうだ、恐れ入ったか！」

若さまのその声が合図であったかのように、半七、平次、顎十郎、右門とその配下たち、それに上方からの一行が、それぞれの得物を手にキッと身構えた。口々に、

「いいか、おれたちをここまで連れてきたもの――」

「お前たちが捕まえられるきっかけとなったもの――」

「誰にも知られることなく、見られなかった悪事を――」

「白日の下にさらけ出し、裁きにかけるに至ったもの――」

「貴様らには未知であろう、その正体を教えてやろうか――」

続いて彼らは、異口同音に叫んだ。

「そう、それは……『**推理**』というものだよ！」

そのあと、江戸八百八町はおろか日本六十余州に空前絶後の大捕物が始まった――。

「……とまあ、そんなことも昔にはありましてね。とにかく人を助け、悪人を退治するために見えないものを見、知りえないものを知らねばならず、そのため知恵を絞るほかないとすれば、自然理詰めにものを考え、謎を解くという境地にも達するわけですよ。その点では、いつの世も変わりはないんじゃありませんかね。

だとすると、私どものような人間を、今の世では何と呼ぶのでしょうね。西洋に言う〝デテクチブ〟の訳語にそれを当てたものだ、と。〈探偵〉という言葉があるのですか。

ほほう……〈探偵〉――なるほど、なるほどね」

*

かつての江戸の捕物名人は、感に堪えたようにつぶやくと、自分たちの未来に思いをはせるのだった――。

その後、江戸が東京と名を変え、人々の頭からちょん髷が消えたあとも〈探偵〉と彼らがかかげた推理の灯は絶えることなく、大正年間には後の国民的な存在も誕生して、これまでこの国になかった豊かな物語を紡いでゆきました。

そして、昭和の始まりとともに、さらに多彩な探偵たちが登場して、黄金時代の到来さえ予感させたのですが、それはあまりにははかない夢に終わろうとしていました。彼らが抗するには、あまりにも巨大な犯罪、とどめようのない暴力がすぐそばまで迫っていたからです……。

帝都探偵大戦　戦前篇

昭和十五年
七月　烈（ハゲ）シキ心悸昂進（シンキコウシン）ヲ起シ
以来心臓変調ヲ来（キタ）ス。
探偵小説全滅ス。

――江戸川乱歩自筆年譜
「出生ヨリ四十七オマデノ鳥瞰図」より

1

――欄間（らんま）の小窓からさしこむ日差しが、書斎の壁にかかげられた一六六八年版「倫敦（ロンドン）大火之図」を、ほのぼのと照らしていた。

一六六六年九月二日、臓物小路（プディング・レーン）のパン屋から出火し、四日間にわたりシティの九割近くを焼き払った史上最悪の火災。古今東西（ここんとうざい）の膨大な蔵書にすきまなく埋めつくされた部屋にあって、その銅版画を飾った場所だけは例外的に開け放たれていた。

　ここの主人にとっては、よほど気に入りの品であるらしく、それが証拠に、彼は二人の来客を相手にとうとうロンドン大火について、はたまた大惨害の世界史を語り聞かせてやまなかった。

　あの呪われた降矢木一家、門外不出の弦楽四重奏団が織りなす『黒死館殺人事件』の際には、押しかけた新聞記者たちで立錐の余地もないほどだった。だが、今はすっかり客も絶え果てて、つかず離れずの同志だった来客たちですら、今日が久しぶりの再会だった。

「支倉君、熊城君にすれば、とっくに耳に胼胝ができているだろうが、久しぶりなんだから、もう少し聞きたまえ。面白いのは、聖ポール大聖堂をはじめとする一万三千戸を烏有に帰しながら、死者はたったの六人。しかも、この火事のおかげで前年ロンドンを襲った黒死病菌を死滅させることができたというから皮肉じゃないか。かえりみて、かりにもしこの帝都にかねて危惧されている如くにだね……」

「待った待った法水君」

　先の捜査局長、今は警視庁官房主事の熊城卓吉があわてて割って入った。

「いくら私人の身とはいえ、時節柄口を慎んでもらわないと困るね。帝都上空にはたとえ一機たりとも敵空軍を侵入させない、したがって防空演習はするけれども、一切危険はないのだというのが、わが内務省の公式見解なんだからね」

「おや、僕は空襲による大火があろうなどとは一言もいっていないがね」

この書斎の主である法水麟太郎は、熊城の周章ぶりに噴き出してしまいながら、

「いや、わかっているさ。ただ旧友の僕としては、終局がついに到来したときに、君がはるかな先任者にならって、無辜の人民を殺傷する煽動家になってほしくはないのさ」

「あいにく僕はハースト（「市民ケーン」のモデルとされる米国の新聞王）を目指すつもりはないのでね」

短軀を反り返らせての熊城の痛謔に、法水はたまらなく苦笑したが、かたわらの支倉検事の渋面に気づくと、

「何うしたね、支倉君。例の黒疫騒ぎと暴力政変（『二十世紀鉄仮面』参照）のとき一別して以来なんだから、もっと悠っくりしたまえよ。そうそう、広島控訴院次席から、今度はどこやらの地方裁判所長に栄転だそうだね。後先になってしまったが、まずはおめでとう」

「ありがとう。東京の検事局に復帰れるのは、いつになるやらだがね。だが、そんなことより」

支倉はそっけなく言い、さて意外なところから話頭を開いた。

「音楽通の法水君のことだから、フルトヴェングラー率いる伯林フィルハーモニック管弦楽団が、いよいよ来日すると言われているのは、むろん知っていようね」

「知らないでどうするものかね」

法水麟太郎は、にわかに身を乗り出した。

――ナチス・ドイツとの微妙な関係を保ちつつ、ドイツ音楽の本流を受け継いできた名指揮者ヴィルヘルム・フルトヴェングラーの名は、日本でもすでに広まっていたし、それに注目し

ない法水麟太郎ではなかった。

莨に火をつけると、彼はうれしげに目を細めながら、

「かのヒンデンブルク号に匹敵する超大型硬式飛行船《ツェッペリン伯二世号》での日本乗りこみというから、さすがにゲッベルス宣伝相の肝いりというだけのことはある。もっとも日取りがはっきりしないおかげで、永田町の好楽会堂の特等席を年間買い切るはめになってしまったよ。一介の刑事弁護士、街頭に立つ私立探偵には大痛手さ」

「その切符が無駄になるかもしれないとしたら、君どうするね」

支倉検事が水を差すように言うと、法水は愕然として、

「無駄になるとは、どういうことだ。まさかフルトヴェングラーが来ないというんじゃあるまいね」

検事は冷静というよりは、むしろ仮面のような無表情で、

「それが、そういうことになりそうなんだ。欧州の状況いよいよ風雲急を告げるで、なかなか予定が立たない。そこへもってきて、今や飛行船など無用の長物、ツェッペリン伯号は初代も二世も合わせて解体して飛行機の資材にしてしまえとゲーリング空軍元帥のきついお達しだそうでね」

「つまり、延期はならずというわけかね」

法水が煙とともに落胆のため息をもらすと、検事はうなずいて、

「そういうことだ。何でこんなことになったかというと、ここに来てドイツ側が交換条件を出

してきたんだよ。伯林管弦楽団の訪日を実現したくば、日本側からあるものをよこせとね」

「実は、そのフルベンなにがしだけではなくてだね」熊城が言い添えた。「あちらの政府が推し進めている国際文化交驩（こうかん）プロパガンダ一切、および経済や科学技術方面での協力も見直す——かもしれないと、まぁこんなことを言ってきたんだよ」

「とはまた胴欲（どうよく）な話だな。もとよりまともな相手ではないと思っていたし、何で日本の朝野（ちょうや）あげて、ナチス万歳、ヒトラー万歳なのか理解に苦しんでいたが、まさかそんな人質を取りにくるとは。それで先方は、いったい何がご所望なんだね」

法水が言うと、熊城が「それは」と勢いこみ、だが支倉検事にあとを譲った。検事は軽く息を吸ってから、

「法水君、君はTrapezohedron（トラペゾヘドロン）というものを知っているだろうか」

「なにトラペゾヘドロン⁉」

法水は頓狂な声をあげてから、しばし考えこんだ。やおら顔を上げると、

「君の言うのは、立体幾何（ステレオメトリイ）における捩れ双角錐（デルトヘドロン）、それとも結晶学（クリスタログラフィ）にいうところの偏方二十四面体、すなわち四辺三・八面体（テトラゴナル・トリオクタヘドロン）のことかい。もしこっちなら、爪形二十四面体（デルトイダル・イコシテラヘドロン）で、名前は同じながら形からしてまるで違うが、いったいどっちなんだい」

「それがわからんのだよ」

支倉検事は、お手上げといったていで言った。

「とにかくドイツ側はそう呼んでいるし——そういえば〝輝（シャイニング）くトラペゾヘドロン〟と必ず形

容詞をつけてくるから、よほどピカピカしてるんだろう――それを譲ってくれろとさまざまなルートを通じて言ってきているんだ。ドイツびいきの大臣閣下や大使閣下からも矢の催促でね」

「とんだ内憂外患だね」法水は鼻で笑って、「だから、あんなボヘミアの一等兵（ベーミッシュ・ゲフライテ）に、そんなに肩入れするなと言ってるんだ。で、その何だかわからんものを、どうやって先方に進上するつもりなんだね」

「いや、それがどんなものかはわからないんだが、何かはすでにわかっているんだよ」

　熊城が謎々めいたことを口にした。法水は目を細めて、

「どういうことかね、それは？」

「それはだね」検事が答えた。「ドイツ側がほしがっているものが、何かはもうわかっているんだ。以前、内蒙古（もうこ）の黄金城（アルタンホト）、水晶城（ボロルホト）といった古都に探検隊が派遣されたときに発見され、持ち帰られた秘宝――巨大な宝石だか宝玉だかがあるんだが、先方の言うトラペゾヘドロンはどうやらこれでまちがいないらしい。

　ただ……それがいったいどんな形をし、どんなふうに輝いているのかいないのかについては、ほとんど確かめたものはないのだよ」

「とはまたどうして？」

「発掘されたときも今日に至るまでも、その宝石だか何だかは箱の中に厳重に封じられ、ごく少数の権威者以外、中を見ることは許されてこなかったからだよ。そして、その権威者の一人

である帝大史学科の大ボス、怪物的な剛腕と強権ぶりで知られた白墨利善教授が変死を遂げて以来は、ほぼ禁忌となってしまっている……」

　白墨利善というのは、歴史学界の大物中の大物で、帝国大学教授にして史料編纂官。長らく修史事業にたずさわり、国史大典百巻の刊行や国内外各地の遺跡・文物調査に尽力し、その影響力は政官界にまで及んでいた——ある日、赤門内の研究室で死体となって発見されるまでは。

「思い出したよ。老齢ながら頑健きわまりない巨漢の雷親爺が、わが城ともいうべき部屋で、たった一人頓死しているところを発見されたのだったね。すさまじい恐怖と苦悶の表情を浮かべて……。何しろ満蒙での発掘調査では、軍の力を背景にずいぶん強引なことをやったという噂のあるご仁だけに、あのときは和製ツタンカーメン王の呪いだ、などと怪談じみた評判が立ったものだっけが、あれはトラペゾヘドロンとやらが元凶だったのか」

　法水がやや三面記事めいて言うと、検事はそれにブレーキをかけるかのように、

「むろん、当時はそんな風には呼ばれていなかったわけだし、問題の宝石が原因というのには何の根拠もない。確かに白墨教授の死因は、何かの発作というほかに特定されずじまいだったから、いくらでも尾ひれのつけようはあるわけだが、かといって外傷も服毒の形跡もなく、ましてや君たちの大好物である『密室の殺人』などでもありえなかった」

「そう、その通りだった。であれば、君の出馬をあおいでいたろうよ。あれはそもそも事件性すらなかったんだ」

　熊城がとりなすように言った。検事はそのあとを受けて、

「そうだ。それは今さら君が気にするようなことではない。白墨教授の件はともかくとして、彼の死後はことさら問題の宝石を調べようというものはなく——というのも、引き継ぐべき資料も何もなかったので——そのまま帝室博物館に所蔵されたままになっていた」

「その存在が、いつのまにかドイツ側に知られたというわけだね。……それで、僕にどうしろというのだ。無位無官の人間ならば、パンドラの匣を開けて死んでもかまわないというわけかね」

「と、とんでもない」熊城は汗をふきふき、「とにかく知恵を貸してほしいのだよ。いったいナチス政府の狙いは何なのか、そして、そのトラペ何とかいうものの正体は何で、そいつを渡してしまっていいものなのかどうか、そういったもろもろを調べて、われわれに教えてほしいのだよ。そして、そんなことができる人材を、僕らは法水麟太郎のほかに知らないのだ」

「まあ、しようがないね」

法水は、どこか暗い微笑みを浮かべると言った。

「探偵——などという存在が許されようもない今の時世にあって、解くべき謎にめぐりあえるだけ重畳さ。同業者の誰やらや誰やらのように、軍の仕事をする柄でもないしね。それに何より、フルトヴェングラーの来日の有りや無しやが、かかっているとなればね！」

——支倉と熊城が、すっかり満足かつ安堵のようすで辞去したあと、法水はふと壁の「倫敦大火之図」を見やった。

おかしなことに、窓からはすっかり赤っぽくなったものの、十分に明るい光がさしこんでいたというのに、その先にある銅版画はすっかり黒く翳って、炎と煙に包まれたキングスクロス一帯も、テムズ川をはさんで手前にあるブリクストンあたりの市街も、区別のつかないありさまだった。

法水はゆっくりとふりかえった。いつも辛辣さを宿した目が見開かれ、皮肉と逆説がとめどなくこぼれ落ちる唇がこわばり、蒼ざめた。

「黒いファラオ――？」

まるでエジソンの喋るからくり人形にでもなったように、自動的にのどから絞り出された言葉があった。あわてて首を振ると、今度は頭の中の百科全書を大急ぎで繰りながら、

「エジプト第二十五王朝の始祖Piye、またの名太陽神ラーの永遠なる顕現ピアンキ……いや、しかしあれは英邁で慈愛に満ちた、何より生身の人間の王……」

うわごとのようにつぶやいたときだった。ふいに夕刻の光が、再び「倫敦大火之図」を照らし出した。

太陽の光はいつしか弱まっていたのに、銅版画はまばゆいばかりに輝いていた。まるで、絵の中のロンドンが火を噴いて燃えだしたのではないかと、あわてて駆け寄らずにはいられなかったほどだった。

触れてみると、絵は異様なほどの熱を帯びていて、紙からは経年変化による以外の異臭がかすかにした。そう、焦げ臭いような……幸い絵そのものは無傷だったが。

気がつくと、法水をして「黒いファラオ」という言葉を口走らせたものは、もう書斎のどこにも見当たらなかった。

（夢か？　ならば、さっき久方ぶりにここに訪ねてきた支倉や熊城も、きっと夢だろう……）

さしもの博学多識の法水麟太郎も、困惑するほかなかった。

法水といえど、実在のヌビア人エジプト王と同じ異名を持つ、けれど全く別個の存在があることは知らなかったし、ましてそれが、彼が偏愛してやまないロンドン大火とも因縁がある、などとは……。

2

そのビルディングは、先端的な丸の内の一角にありながら、時代に取り残されたようなレンガ造りの建物だった。ひどく陰気で、内部はほの暗い。

法水麟太郎は、長年こもった湿気のせいか、じっとり水気をふくんだような階段を、二階へと上った。

彼がこのような形で、他者を訪ね、教えを乞うなどというのは、めったにあることではなかった。まして相手は同業者ときては、龍の御間に鎮座する孤高の存在に許されることではなかった。

だが、今回に限っては違っていた。いま抱えている疑問に、法水とは全く違う方面からメスを入れられる人物は、ここにしかいなかったのである。

「帆村（ほむら）私立探偵局」——そう記した札がかかった部屋が、二階の一角に見つかった。さっそくノックしてみると、

「どうぞ、お入りください。扉に錠はかかっていませんから、開けてお入りください」

と、中から声がした。

それに応じて、ドアを押し開けたとたん、何かの機械が作動する気配があった。

さっそくおいでなすったなと、そのまま中に入ると、目の前に大きな衝立（ついたて）が視野をふさいでおり、左の方の隅っこに待ち合い用らしき応接椅子があった。

応接椅子のすぐそばには、ずいぶん前のカレンダーを貼りっぱなしにしたドアがあり、ほかに分厚い辞書を収めた本箱が置かれていた。

法水が、その二つ——カレンダーと辞書が何となく気になってながめていると、また声がして、

「さあどうぞ。どうぞ、その椅子に掛けて、ちょっとお待ち……」

そこまで言ったところで、プツリと音が途切れた。続いて椅子のそばの扉が内側に開いて、スラリとして眼鏡をかけた青年紳士が現われたから、さすがの法水もちょっと度肝を抜かれた。

「これは、法水さん……ルーフォック・オルメス氏の歓迎会以来じゃありませんか。もっとも、『ハムレットの寵妃（クルチザン）』の舞台は見に行きましたが、あのときはつい、ごあいさつしそこねてし

まって……」

その人物は、何か作業中だったのか前掛けを外すと、手をハンカチでふきながら言った。

――明るいユーモアをたたえたこの人物こそが、理学士にして私立探偵という変わり種の帆村荘六であった。

奇怪に肉体を改造された殺人鬼『蝿男』との死闘をはじめ、「赤外線男」だの「人間灰」だの「振動魔」だのといった面妖な犯人やトリックに立ち向かってきた功績は、

――また帆村　少々無理な謎を解き

と川柳に詠まれたほどだった。それはともかくとして、

「あ……いや、そのことはまぁ」

法水麟太郎はちょっとあわてた。それは若気の至りというか、沙翁記念劇場のこけら落としに、自作の戯曲を引っさげ、何と自らハムレットを演じた舞台であった（「オフェリヤ殺し」参照）。

「それはともかくとして、帆村さん」法水は咳払いして、「聞きしにまさる理学応用の事務所ですな。今の声は録音ですか。それと、ほかにも何か仕掛けがあるようですな」

「ええ、今は一人なのでね。お察しの通り、衝立の向こうには録音発声器が置いてありまして、来客があると自動的に案内音声を流すようにしてあります。前は助手を置いていたのですが、須永という青年は『流線間諜』事件で敵スパイに捕まったあと精神に異常をきたし、大辻というのは『暗号数字』事件で秘密結社に殺されと、不幸なことになってしまって……」

帆村はサラリと物騒なことをもらすと、法水同様、すぐに話題を変えてほしいかのように言

った。

「それと、お気づきになった仕掛けというのは、あれですよ。ほら、入り口の上の方をごらんなさい」

その言葉に法水がふりかえると、たった今くぐった戸口の上の壁紙に、1コンマで始まる小数点二桁の数字が幻灯仕掛けで、レジスターよろしく映し出されていた。

「あれは、ひょっとして僕の身長ですか、メートル法での」

法水が訊くと、帆村はにっこりとうなずいて、

「その通りです。光電管（フォト・セル）応用の装置で測ったのですが、どうでしょう、当たっていますかな」

「うむ、まあ……ずいぶん内輪の数字ですが、そんなもんでしょう」

法水はやや不満げだったが、あえて計測結果に異をとなえることをしなかった。

「そうですか、それはよかった」

帆村は満足げに言ったあと、〝しまった〟という顔になりながら付け加えた。

「あ、あの数字は履物の分をふくめてなので、実際のご身長はあれよりさらに何センチか……まぁ、そんなことはともかく、お話をうかがおうじゃありませんか」

そのあと招じ入れられたのは、窓際に熱帯魚の水槽を置いた部屋だった。

帆村荘六は、日本ではまだ珍しい月魚や闘魚、極楽魚などの遊び泳ぐさまに目を細め、浮き寒暖計を見て水温を調節したりした。

法水は帆村にすすめられるまま、魚たちに混合餌をやってみたりし、さてテーブルをはさんで向かい合った。

「なるほど」

帆村は法水の話を聞き終わると、眼鏡の奥の目をきらめかせた。

「トラペゾヘドロン……それについては申し訳ないが、さっぱりわかりませんし、聞いたこともありません。ただ、それが何かについては、僕なりの見解がなくもありません」

「ほう、それはどういう……？」

法水が身を乗り出すと、帆村はさきほどまでの快活な笑みを引っこめて、

「白墨利善教授の変死事件に対する解釈からですよ。僕もあの件には、並々ならぬ関心を抱きながら、どうしても介入することを許されませんでした。思えば、あのころから僕たち探偵には生きにくい世の中になったのかもしれません。まして今は、スパイやスパイ狩りの下請けでもしないことにはお上ににらまれる始末ですからね」

「そういえば、明智小五郎氏も、東京ではめっきり見かけなくなりましたね」

法水が言うと、帆村は複雑な表情で、

「氏は陸海軍での暗号教育を委嘱されたそうで、最近は半分ぐらい大陸にいるんじゃなかったかな。大陸といえば、三、四年前に奇怪なトリックを用いた殺人事件をあざやかに解き明かした若手がいましてね。彼はその後どうしているか調べてみたら、何とさっさと兵隊に取られてしまっていましたよ」

「ほう、そういうことが……」

法水が言うと、帆村は話が思わぬ脱線をしたのに気づいて、かすかに顔をあからめた。

「おっといけない。白墨教授の話でしたね。彼が内蒙古で発見されたという正体不明の宝玉を調べていて死亡した、しかも体の内部に一切の異変も損傷もなく――そう聞いたとたん、僕の中にある想像が生じたのですが、その宝玉を直接見分して分析することはおろか、実地調査や、事件についてくわしく聞くことさえ禁じられてしまっては、どうしようもありませんでした。

しかし、法水さんの話を聞いて確信が持てましたよ。白墨教授とともに密室にあった宝玉が、ナチス政府がほしがっているものと同一であるとすれば、その正体はもはや明らかというものです」

「うかがいましょうか」

法水の声にも、いつにない真剣味がこめられていた。帆村は話し始めた。

「時は一九二〇年代にさかのぼります。欧州大戦に敗れたドイツは、アルザスさらにはシレジアの炭鉱区域を失って深刻なエネルギー不足に陥っていた。このままでは産業復興も経済政策もままならない。ところが、かの国ではわが日本では絶対に思いもよらない方向に活路を見出した。キュリー夫妻の発見で、まるで魔法の霊薬のような扱いを受けていたラジューム――その原子に秘められた力から、熱と光を得ようとしていたのです」

「ラジオアクチヴィチー（放射能）……すると彼らは、石炭から一足飛びにそこへ？」

法水はうめくように言った。帆村はうなずき、眼鏡に手をやった。

「さよう、物質を崩壊させれば無限のエネルギーを得られることを知り、そこに切実な期待をかけたんですな。

当時、ドイツでは一か月に二百万トンの石炭さえあれば産業回復が可能だったのに対し、ラジューム一グレーンすなわち〇・〇一七三匁(もんめ)を崩壊させれば、石炭三千トンと同じ力を得ることができると試算されていた。これがもし、ほかの簡単かつ大量に手に入る物質で可能になれば……というわけです」

「だが、そう簡単に原子は崩壊しない。まさに夢物語といったところですか。とりわけ現在のわが国には身につまされる話で……今や世界中を切り取り放題の総統閣下(マイン・フューラー)には無用のことかもしれないが」

すると、帆村はため息をついて、

「それが、そうでもないので……法水さんは、H・G・ウェルズの『解放された世界』という小説を読まれましたか」

「いや、まだ」

法水麟太郎は、森羅万象何ごとも知らぬことはないという看板をあっさり下ろした格好で、答えた。

「そうですか。あの小説の中では、Carolinum(カロリナム)という架空の物質を用いた原子爆弾(アトミック・ボム)が出てくるのですよ。留保性崩壊性元素(サスペンデッド・ジェネレーター・エレメンツ)ということになっているカロリナムは、いったん崩壊が始まると、猛烈なエネルギーを放出して、もはや絶対に止めることができない。婦人持ちのバッグの中に入る爆弾で都市の半分を吹っ飛ばすことができ、現にウェルズの小説では、ベルリンもパリも、このカロリナム爆弾によって破壊されてしまいます。つまり……」

「わが枢軸(すうじく)の盟邦がほしがっているのは、そちらではないかというわけですな」

法水は目を細めた。帆村はうなずいて、

「そういうことです。その手の物質が強い放射線を放ち、しばしば人体に悪影響を与え、ときには死に至らせることを考えると、白墨教授の悲劇も納得できます。教授が至近距離で、長時間にわたり、問題の物体を観察していたとすれば、なおさらね」

「なるほど……しかし」

法水はうなずきつつも、肯定と否定の二つに股裂きされているような複雑な表情を浮かべた。いや、否定というよりは留保だった。帆村荘六の科学者としての意見に、十分に首肯しながら、なおうなずききれないものが残っていたからだ。

「どうか、されましたか?」

帆村がやや失望したように言い、法水が「あ、いや」と言いかけたときだった。

チリチリチリ……と目覚ましのベルのような音が、壁越しにかすかに聞こえてきた。

そのとたん、帆村はけげんな顔になりながら立ち上がって、

「はてな……ちょっと見てきます」

「どうかしたんですか」

法水が腰を浮かし、訊いた。

「今のは自動焼付現像機が、写真が仕上がったよと知らせるベルなんですが……お気づきかもしれませんが、あの応接椅子近くのドアに貼ったカレンダーや、本棚の辞書にはカメラが仕込まれていて、来客のようすを二方向から一分に六十枚の割合で撮影することができるのです。むろん、法水さんを盗み撮りする必要もありませんから、機械は止めておいたんですが……なぜ勝手に作動したんだろう。誰も来たはずはないんだが……」

言いながら部屋を出た帆村荘六は、まもなく三枚の細長い印画紙を手にもどってきた。それは、自動的に連続撮影のできるカメラで撮ったフィルムを棒焼きにしたものだった。

帆村の温顔(おんがん)は、今やすっかり消えて、不審さと不安がないまぜになった険しい表情にとってかわられていた。

法水に言うでもなく、かといって独り言でもないようすで、

「何だろう、これは……写真機の故障でもなし、現像の失敗でもなし……」

法水が見ると、それは確かに、彼がさきほどまでいた事務所の応接椅子のあたりをとらえたものだった。

そこには法水麟太郎はもちろん、ほかの誰も写ってはいなかった。だが、何かの姿が確実にとらえられていた。

それは、まるで影絵人形のように真っ黒な人形(ひとがた)。写真だから当然だが、それにしても平面的で、何のふくらみも起伏もないように見えた。

大きな黒紙を人間の形に切り抜いて、立てかけたかのよう。だが、それにしては一枚ごとに

少しずつ形が変わり、移動していた——まるで生きているかのように。

いや、もっとおぞましいことがあった。黒い人形を切り抜いて置いたのではなく、そこのところの空間が人の形に切り抜かれたように見えるのだ。

「帆村さん、これはいったい……」

法水が言うと、帆村はグイと眼鏡を押し上げながら、

「完全黒体(パーフェクトリー・ブラック・オブジェクト)……理論上しかありえない究極の黒さを持つ物質が、もしあるとしたら、全ての光や電磁波を吸収して一切はね返さないがゆえに、どんなに凹凸(おうとつ)があっても全くわからなくなってしまう。だが、そんなものはありえないし、ましてそれが人間の形をしているなんて……」

かすれた声で言った。法水はややしばらくしてから、

「帆村さん、これはいったん写真に撮られたものだから、まだしもこんな風に見えますが、もしわれわれが、この場にいたとしたら、この通りに見えたでしょうかね。ジャック・ロンドンの『影と閃光(ザ・シャドウ・アンド・ザ・フラッシュ)』——ともに透明人間になろうとした宿敵同士の片割れがそうなったように、見えなくなってしまったのではないでしょうか。少なくともひどく見づらくなって、薄ぼんやりとした人影にしか見えなくなるのではないですか」

「法水さん、あなたはいったい何をおっしゃりたいので……?」

すっかり惑乱したようすの帆村に、法水麟太郎は答えた——。

「僕は一度、こいつに会ったのですよ。ついこの間の黄昏(たそがれ)どきに、かつての捜査仲間たちから

トラペゾヘドロンの話を聞かされた直後にね。ほら、エジプトのファラオかと疑われる、このシルエットそのままの姿を見てしまったのです」

「えっ」

帆村荘六が声をあげた。法水が続ける。

「いや、見たというのは不正確かもしれない。完全黒体のマジックかどうかは知りませんが、僕はそいつの体を視覚で認識できたのかはっきりせず、ただ朦朧(もうろう)とした何かを感じ取っただけなのですから。

そして、まさにこいつ――〝黒いファラオ〟と遭遇してしまったことが、さきほどのあなたの推理に首肯しきれなかった点なんです。どこかに隠秘学(オッカルチズム)の足音が聞こえる……」

「なるほど」

帆村荘六は、夢から覚めたように答えた。

「どうやらこの事件、科学とオッカルトのどちらか一方で解ける事件ではなさそうですな。まして、われわれ二人だけでは、とうてい――」

こうして、二人の探偵は手を握り合った。だが、そこにはもっと多くの手が重ねられる必要があった……。

3

「陪審員諸君——あ、いや、裁判長閣下、被告人らが今もって正体不明の人物の依頼により、某家の所蔵せる古今東西の魔法秘技呪術、錬金術その他に関する書籍を盗まんとして果たさず、かえって逃走中に自動車で事故を起こし、あるいは死亡し、あるいは重傷を負い、生存せるものも精神に異常を生じたことは承知し、かつ起訴事実として受け止めるにやぶさかではありません」

その弁護士は、トレードマークの鼻眼鏡を震わせながら、熱弁をふるった。つい呼びかけをまちがってしまったのは、彼が最近ではめっきり行なわれなくなった陪審裁判を得意としていたからだった。

「でありますが、この私が不審を禁じ得ないのは、親愛なる検事閣下が、被告人らに一部ではきわめて有名なる某家蔵書の盗奪を使嗾（しそう）あるいは指令したかもしれぬ存在について、興味を抱いておられぬらしき点であります。加えて私が問題にしたいのは、彼らに敵対し、その犯行を妨害するのみならず、攻撃せんとする存在があったのではないかということであります。すなわち、彼らが起こした自動車事故こそ、その結果であったのだと。

彼らのうちの生存者は次のように証言いたしております。

『全速力（フル・スピード）にて逃走中、前方車窓に突如黒き人影を発見。よけようとしてよけきれず、ついに把手（ハンドル）ならびに制動踏子（ブレーキペダル）の操作を誤りて付近の石垣に激突大破するに至れり』
と。これはいったい何を意味するのでありましょうか。偶発的な事故と考え過ごしていいことなのでありましょうか。しかりとすれば、現場にその黒き人影の死体もしくは重傷体がなくてはならぬ。しかし、そのようなものはなかった。では、いったい何であったのか、私の推測はこうであります。

――問題の人影は生きた人間のものではなく、たとえば五分板（ごぶいた）のようなものを人形（ひとがた）に切り抜き、道路に立てるか上から吊り下げたものではなかったか。最初は道路に対して平行に置き、問題の車が来たときに垂直に向けるならば、忽然人影が出現したかに見えるでありましょう。とはいえ、単に板を切り抜いただけでは〝黒き人影〟を現出せしむるに至りません。板を真っ黒に塗る必要がある。そのためには何が必要か。

僭越ながら、不肖花堂（はなどう）が過去に扱った事件になぞらえるなら、『黒いペンキを買った男』の探索が必須かと愚考いたします。さすれば、本件の全容はより瞭然となり、被告人に酌量すべき点があれば、それも明らかになるでありましょう。

……は？　発見直後まで生きていた死者の一人が、最期に口走った『黒いファラオ……』に関しての当方の見解でありますか？　あれは事故による錯乱状態がもたらしたもので、狙った品が品だけに、それぐらいの知識はあってしかるべしと思いますが、いかがでしょうか、検事ならびに裁判長閣下？」

そう言うと、花堂琢磨弁護士は、廷内をぐるっと見回した。閑散としたその片隅では、一人の新聞記者が熱心に鉛筆を走らせていた。

＊

「ふむ、謎の自動車事故、出没する〝黒き人影〟、怪奇なる古書を狙うものの正体は……駄目だよ、獅子内君。もうそんな時代じゃないんだよ。読者は猟奇的の殺人事件だの、ましてや、その複雑怪奇なる真相などというものを求めてはいない。いや、内心では欲しているとしても、そうでないふりをしたがっているんだ。であれば、われわれジャーナリズム——じゃない報道戦士はその期待にこたえなくてはならない」

有楽橋のほど近くにある昭和日報社で、尾形編輯長は記事原稿に目を通しながら、いらだたしげに言うのだった。

そのいらだちは、目の前の部下の聞き分けのなさに対して言うよりは、そんなことを説き聞かせなければならない自分自身に対するもののようだった。

「そういうものですかねえ」

新聞記者の獅子内俊次は、長年上司として仰いできた相手のあまりの変容ぶりに、反発するよりとまどいを感じてしまいながら答えた。

「そういうものだよ」編輯長は即答した。「大陸では皇軍兵士が血と泥にまみれて奮闘されることすでに数年、銃後においても一致緊張、職域奉公が叫ばれる中、痴情だの怨恨だの、ましてや利得目当てに人を殺すような非国民は一人もいなくなった……」

「そ、そんな馬鹿な」

机の上に山と積まれた紙面や大刷りをながめながら、編輯長のご高説を聞き流していた獅子内だったが、これには反駁せずにはいられなかった。

尾形編輯長はしかし、苦々しげな顔で手を振ると、

「わかっているよ。だが、日本人同士が殺傷し合うような事件が起きるということは、国内の秩序が乱れている証拠だし、当局はもちろん国民自身が今や望まなくなっていることなのだ」

「すると、外国人が犯人ならばかまわないというわけですか？」

獅子内がズバリと言うと、編輯長はますます苦りきって、

「そこまでは言わんよ。外国人といっても『親日』とそうでないもの、すなわち『反日』には明確な区別があるからね。後者を告発する分には当局も読者も大歓迎だ。どうせ取るなら、そういった特ダネを願いたいね」

「そうでしょうか」獅子内はあごをなでた。「読者はともかく、スパイがこの帝都に跳梁しているという事実は、お上にとってあまり愉快なものとはならないのじゃありませんかね」

「まぁ、確かにな……」

尾形編輯長は、ここで初めて皮肉な笑みをもらし、だが、それをすぐに打ち消そうとするようにかぶりを振ると、

「……と、とにかく、不可解にして不可能な犯罪の謎だの、その意外なる真相だのは願い下げ

だ。こう言っちゃなんだが、君は白墨利善教授の怪死事件にご執心らしいが、あんな古いネタに、今さら誰が興味を持つと思うんだね。

さあ、そんなものにこだわっている暇に、外回りにでも行って来い。新聞記者は頭でこねくり回すより、足で稼ぐのが一番だなんて、今さら言わせないでほしいね。グズグズしてると、大好評連載中の『比類なき我が日本・第七部　全世界より感謝崇敬さるゝ理由』を担当してもらうぜ。それがいやなら、ほら行った行った！」

ていよく社を追い出された格好の獅子内俊次は、しかたなく省線、さらにはお濠端に向かってブラブラと歩いた。

各新聞社、東京府庁に東京市役所、それに情報局、少し離れて大政翼賛会などが集まったこの一帯には、常に活気とにぎわいと、そして独特の気取りとがあった。

ただ、今日はいつになくひっそり閑としていると思えば、土曜の半ドン後だった。新聞社勤めには、カレンダーはあまり関係がないので、ついうっかりしていた。

平日には、ビルディングがそびえ立つ街路を、サラリーマンやオフィスガールがさっそうと行き交う。帝都屈指のビジネスセンター、オフィス街の繁栄には何の翳りもないように思え——だが、空気は確実にかつてと変化していた。

——同じ一帯にある数寄屋橋のたもとの電光ニュースに「北平郊外で日支軍衝突」の文字が輝き、同じ見出しの号外がばらまかれてから、三年数か月が経過していた。

何もかも以前と同じような日常が続いているように見えて、全てがちょっとずつ変貌していた。

それを最も敏感に察知し、炭鉱のカナリヤよろしく真っ先に息苦しさを感じているものがあるとすれば、それは彼ら〈探偵〉にほかならなかった。大正の終わりから昭和のつい近年まで、まるで現代の英雄のように擡頭（たいとう）してきた彼らの居場所は、今やすっかり失われていた。

警察官や検事、裁判官が下した判断に逆らい、別の結論を見出し、真犯人を発見する。海外の同業者たちに比べれば十分に抑制的であり、まちがっても官憲を揶揄（やゆ）したり、その無能ぶりを批判することはなかったのだが、昨今はそれすらも許されない雰囲気になってきた。

推奨されるのは、せいぜいスパイ狩りぐらい。それも官憲の沽券にかかわるから、あまり巨大で手ごわい敵であってはならない。でも、大衆には巨大な敵をやっつけた方が受けがいいし、危機感をあおることもできるのだから、何だか厄介な話であった。

（厄介といえば、何より理不尽としかいいようがないのは……）

獅子内は、心中ひそかにつぶやくのだった。

（殺人という行為が、もはや絶対悪ではなくなったことだ。われわれ新聞はお上のお先棒をつとめて、場合によっては、というよりは命令さえあれば、いくらでも人を殺していいと啓蒙（けいもう）している……ということは、お上の裏づけのない〈探偵〉には、殺人犯を告発する権利すらなくなってしまったということだ……）

たとえば、彼が興味を抱き続けている密室怪死事件の主人公・白墨教授が（帝大に君臨した学界の権威であり、万々（ばんばん）ありえないことではあるが）もし左翼思想にとりつかれ、反軍感情を抱いていたとしたら、彼の生命を奪った人間は愛国者であり、決して罰してはならない――極端な話、そういうことになってしまう。

先ごろアメリカでは、戦争回避をとなえ、新規蒔き直し（ニューディール）政策の危険性を訴える共和党のウェンデル・L・ウィルキー候補を破り、ルーズヴェルト大統領が三選を果たした。

さて、このあとどうなるか……記者としての鋭い嗅覚と、「ルパン・マイナス犯罪」と自称するほどの冒険精神で、『犯罪発明者』『姿なき怪盗』『乳のない女』などの事件を解決してきた獅子内俊次としては、決して楽観できないものを感じていたのだが……。

だが、感じても書く場はない。新聞が今よりはるかに分厚く、時の政治経済はもとより、尖端的な流行も最悪のスキャンダルも、一番面白い小説も楽しめた時代は、もう終わった。今は薄っぺらな紙面に、お上の意向をうかがった記事が一山いくらで並んでいるだけだ。

そして何より犯罪報道！　各社の強者たちを相手に特種記事（スクープ）を抜きつ抜かれつ。どんな世の中でも、それだけはなくなるまいと思っていたら、あっさり引導を渡された。

（そういえば、関東新報の千種（ちぐさ）さんや早坂（はやさか）君は、どうしているだろう）

ふと、同業他社の中でも手強いライバルたちの名が、懐かしく思い出された。

社会部の名部長として名をはせた千種十次郎（じゅうじろう）と、その部下で「足の勇（いさむ）」と呼ばれた早坂勇のコンビ。警視庁一の探偵――刑事といってはふさわしくない――花房一郎（はなぶさいちろう）とともにさまざまな怪事件と取り組んだ彼らは、今でも軽口をたたき合いながら、事件を追いかけることができているのだろうか——。

そんなモヤモヤを抱えたまま、つい左右を確かめもせず車道に足を踏み入れたときだった。いきなり灰色をした巨大な塊が、すぐ目の前を横殴りに通り過ぎたから驚いた。

(な、何だ、今のは?)

あわてて見直すと、それは最新型らしき流線型の乗用車だった。むろん外車だ。獅子内は、みるみる遠ざかってゆくその後ろ姿に、

「ちっ、気をつけろい」

吐き棄てかけてやめたのには、二つ理由があった。一つは気をつけなければならなかったのは自分の方であったこと、もう一つは車窓の中に瞬間見えた人影だった。

運転手がどんな奴だったかは見そこねたが、後部座席に腰かけた二人については、はっきりこの目で確かめた。

男二人……それも明らかに外国人だ。さらに珍しいことには、二人とも立ち襟で白いカラーをわずかにのぞかせた服装をしていた。下半身がどうなっていたかは、むろん見えなかったが、

(今のは西洋の坊さんがよくまとっている衣服じゃなかったか。そうだ、確かキャソックとかスータンとかいう……)

そのことに気づくと同時に、頭のなかによみがえった文字群があった。それはさっき編輯長の席で見るともなく読んでいた紙面の片隅の一段(ベタ)記事だった。

米カトリック司教の来日
米国カトリックの一宗派アルカヌム会は同会の京都教区司教に初めて日本人が選任されたのに伴ひ紐育(ニューヨーク)本部より司教並びに神父一名を派遣し横浜港に到着、帝国ホテルに滞在して諸方面に表敬のあと教区長就任式のため京都に向ふ予定

横浜に着くのなら、当然鉄路で上京、あとはタクシーか迎えの車でホテル行きだろう。だとしたら、今のがそれではなかったろうか。確かに東京駅の方から来て、帝国ホテルへ向かっていった。

だが、かなりムチャな運転ではあった。やはりアメリカさんは聖職者でもああなのだろうか——などと考えながら、また道路を渡りかけたときだった。

「おっと、危ない！」

獅子内は頓狂な声をあげながら、後ろへと飛び下がった。だが、次の瞬間、信じられないという顔で、たった今すぐそばを駆け抜けた車を見送った。

あろうことか、それは——色も形も、さっきのと寸分違わない流線型の高級外車だった！

（どういうことだ？）

今度は、運転手の姿を見落としはしなかった。さっき後部座席に見た二人と少し違っていたが、やはり立ち襟に丸いカラーの神父服（？）を着たいかつい感じの男だった。

こちらは西洋人ではなく、どう見ても日本人——少なくとも東洋人であることはまちがいな

かった。

だが、何でまた同じ車が二度通ったのか？　前方の角を曲がり（そんなようすは見えなかったが）、また曲がって道を逆行し、さらに曲がって曲がって元の通りに入ったというのだろうか？　だとしたら、いったい何のために？

いくつもの疑問符が胸のうちを駆けめぐりだしたときには、獅子内俊次はもう駆けだしていた。

タクシーでも走ってくれれば、飛び乗りたいところだったが、そう都合よくはいかなかった。かつてのように円タクを拾い放題という時代でもなくなっていた。

獅子内は走った。すれ違う人の姿もほとんどないビルの谷間を、ただひたすらに。とても追いつくとは思えなかったが、だからといってあきらめることはできなかった。

――だが、新聞記者獅子内の無謀な挑戦は、まもなく思いがけない形で報いられることになった。

前方からバシャーンともドボンともつかない大音響がしたのだ。これには獅子内はギョッとして、

「今のはひょっとして水音か？　ということは、まさか――」

そう口にしながら、なおも足を励ました。やがて見えてきたのは、前方の濠にたたえられた水と、その中に沈みこんで行こうとするあの高級外車の姿だった。

獅子内が濠端に駆けつけたとき、流線型の外車はやや斜めに傾(かし)ぎながら、ブクブクと泡を立

てて水面下に美しい車体を没しつつあった。

大都会の裂け目で起きた、無声映画の一場面のような出来事。もっと騒ぎになってもおかしくないのに、まるで夢の中にいるかのように、周囲は静まり返っていた。

(中の人たちを助けなくては!)

当然そのことが気になって、獅子内はもう少しで水に飛びこむところだった。

だが、その寸前に気づいたのだ。車内には誰の姿もないことを——前の運転席にも、後部座席にも。

茫然と見つめるうちに、無人の自動車は濠の底めがけて転落していった。もっとも、沈下速度はそれほど速くなかったので、しばらくの間は幽霊のようにゆらめく姿が水面を通して見られた。

——やはり、中は無人のようだった。獅子内は狐につままれた思いだった。

車が無人で走るわけはなし、水に落ちたからといって乗っていた人間が溶けて消えるわけではない。衆人環視とまでは行かないが、獅子内が確かにこの目で運転手と乗客の姿を見ているのだ。

幸い彼らは、車もろともの水没を免れたようだが、だからといって無事とは限らず、そのままにはできない。

獅子内はどこかで電話を借りようとしたが、周囲のオフィスや商店に開いているところは見当たらない。公衆電話のボックスを探すと、すぐに社に電話した。

「よし、わかった。すぐ応援の記者と写真班を送る。それで警察にはもう知らせたのか？」

尾形編輯長の声は、さっきのやりとりのときとは打って変わってはずんでいた。

「いや……通報すれば、他社に筒抜けですからね。死者やけが人が出ていれば格別、十分に昭和日報がアドバンテージを取ってからでも遅くはありませんよ。おっと、こんな英語はご法度でしたっけ？」

獅子内も、すっかり元気を取りもどしながら答えた。

「そう皮肉を言うなよ」尾形編輯長は答えた。「とにかくわかった。それで、君はどうする？」

獅子内は「そうですね」と少し考えてから、

「僕はこれから、帝国ホテルに行ってみますよ」

「帝国ホテル？」

「ええ、僕が見かけたのが、来日した米国の司教どのとそのお連れであるならば、当然ホテルの方で出迎えのものが待ちかまえているでしょうからね。とにかく急を知らせてやる必要がありますし、確認のために人相も確かめたい。あわせて事情を訊くこともできますしね。それに……」

「それに？」

「これは僕のカンなんですが……この微妙な時期に、わざわざアメリカの教会本部から京都の教区の人事のために来日するというのが、どうも解せないんです。なにかそれにかこつけた密命がありゃしないかと思うんですよ」

「密命か……よし、そのへんの判断は君に任せる」

電話を切ると、獅子内俊次は帝国ホテルに向かった。大した距離ではないが、徒歩なので多少は手間取った。

タクシーが拾えるようになったときには、もうフランク・ロイド・ライト設計の威容が近くに見えていて、結局そのまま歩いて行った。

だが、車寄せに足を踏み入れたとたん、獅子内はわが目を疑った。さっき濠に転落し、沈んでゆくのを目の当たりにしたばかりの流線型の外車が、その美しい車体を駐車場に休ませていたからだ。

どういうことだ？　わき起こる疑問を胸にしまって、フロントに向かった。そこで彼に突きつけられたのは、さらに不可解な事実だった。

十数分後、獅子内はロビーからの電話で、まず尾形編輯長を驚かせ、次いで彼自身が驚かされるはめになった。

「……もしもし編輯長ですか？　僕、獅子内です。どうも変てこなことになってきましたよ。というのはですね、僕が見かけた外車ですが、何とそいつが無傷でこっちに到着してるんです。その中身というか乗客と運転手なんですが、こちらも何ごともなかったような顔で、歓迎のレセプションだか何だかに連なってるんだから、さっぱりわけがわかりませんや。

ええ、レセプションを隙見したところでは、僕が見かけた後部座席の二人に、まずまちがいはありません。一人はジョージ・A・ワトニイ、アルカヌム会ボストン教区の司教だそうです。

年齢は五十歳ぐらいかな。もう一人はドワイト・M・スタウト。こちらは四十前後で、アルカヌム神学校に所属する神父だそうです。

そうそう、運転手もいましたよ。これは正真正銘の日本人で、アルカヌム会の東京教区に属する若い神父のようです。もっとも、柔道か拳闘の選手といった方がよさそうな感じです。和風に言うなら荒法師ってところでしょうかね。

……え？　いま何て言いました編輯長？　ええっ、いくら何でも、そんな馬鹿な！」

獅子内は、電話室付近にいた人々がふりかえるほどの大声をあげてしまった。あわてて声をひそめると、

「現場には車なんかない？　濠の中には何も沈んでなんかいない……そりゃ、ちょっとのぞいたぐらいじゃわからないでしょうよ。しかも警察はもちろん、野次馬もいなくて周囲は静まり返ってる？　とはまた、いったいどういうことです。え、『それァこっちのセリフだ』ですって？　そりゃごもっともですが、まさかあとから行ってもらった記者が、場所をまちがえたんじゃないでしょうね。そんなはずはない？

フーム、僕があのお濠端を立ち去ってから、応援の記者がかわって駆けつけるまでは、空白の時間帯があったにせよ……え、何ですって？　僕の勘違い、夢でも見たと言いたいんですか？　そりゃまあ、問題の自動車がここに来てる以上は、濠に落ちたりはしなかったことになりますがね……。

わかりました、わかりましたよ。そうまで言われちゃ引き下がれませんや。この件、責任を

もってカタをつけますとも。はい、はい……それでは！」

受話器を置いたあと、獅子内はしきりと自分の耳たぶを引っ張った。それは、彼の困惑を示すとともに、近年すっかりごぶさた気味となっている、歯ごたえのある謎に出会えたことを示していた。

4

私は久しぶりに、旧友の事務所を訪れた。

久しぶりに、といっても彼とは時折会っていて、ただしそれは自宅の方だった。場所は、東京の郊外――とまでで、それ以上くわしい地名はお預かりとするが、以前もっと足しげく彼と会っていたときは、むしろそちらへ行くことの方が珍しかった。

そのころ、もっぱら語らいの場としていたのが、彼が銀座裏に開いていた探偵事務所だった。彼は私と同様、独身なのを幸い（当時はお互い老母がいた）、少し仕事が立てこめば事務所に泊まりこんだ。私は私で、何かとそこに押しかけては、高等学校時代の延長のような談議に花を咲かせたものだった。

大学では彼は法科に、私は文学青年のしっぽを断つことができないまま哲学科に進み、なまじ家産があったばかりに、そのままあまりパッとしない人生を送った。

難関の司法官試験を突破して東京地方裁判所検事にまでなった彼のことが、ひどくまぶしく感じられたものだが、われわれの友情に変化はなかった。

文学、哲学、芸術……そしてときには恋愛。だが、あのころ私たちの最大の話題であり生きがいであったものは、探偵小説と探偵小説的事件だった。ことにファイロ・ヴァンスの活躍がわれわれにとっての一つの模範であり、最初は単行本で読んでいたが、第六作『ケンネル殺人事件』などは雑誌「コスモポリタン」の連載（一九三二年十一〜三三年二月号）で、いちはやく読んだほどだった。

今でもあのころ買い集めた内外の探偵小説本が、事務所の棚を飾っているはずだ。あのころ、多少翻訳が生硬なのを我慢すれば、さまざまな叢書からの未知の作品を楽しむことができた。たとえば、新たな旗手エラリイ・クヰーンとかアガサ・クリスチーとかディクソン・カアとか……。

だが、時代は変わった。

彼が事務所をたたんだのは五年前。以来、新たな事件が持ちこまれることも、進んで解決に乗り出すこともなかった。

そのせいで、私が彼の驥尾（きび）にくっついて、もっぱら事件に振り回されながら書き留めた事件簿も、わずか三冊で終わってしまった。本当は四冊目を書いてしまわなければならないのだが、あいにく中断したまま今日に至っている。

彼からは格別催促はないし、そもそもその手の話をすることも稀になった。今さらそんなもの、世に受け入れられないというあきらめみたいなものがあったのかもしれない。

最近では——そうだ、ヴァンス探偵の伝記作者の死を話題にした。それも少し前のことになるが、日本では新聞にほんの小さな訃報が載ったばかりで、追悼文も紹介記事も皆無に等しかった。

もう〈探偵〉の時代は終わったのだ——そして、それは私と彼の遅がけの青春が永遠に失われたことを意味していた。

だが、その日、そのあきらめは意外な形で裏切られた。

久々にあそこへ招かれたうれしさに、勝手知ったビルの中に入ってゆくと、「藤枝(ふじえだ)探偵事務所」の文字は昔のままだった。

そのことにも何とも言えない好もしさを感じながら、ことさら仰々しくノックして、中に入る。

するとそこには、予期せぬ先客がいた。

年のころは六、七十か。白髪白髯(はくぜん)を生やした、痩軀(そうく)鶴のごとく、いかにも上品そうな老紳士——はて誰だろうと小首をかしげたとき、ふいに思い出した。

「こ、これは——北小路(きたこうじ)博士じゃありませんか。ぼ、僕、小川雅夫(おがわまさお)です。大学時代はたいへんお世話になりました……」

はるか昔の学生の日々をよみがえらせながら、私はわれ知らず声をあげ、ペコリとお辞儀をしていた。

「おう、わしの講義を取っておられたのですかな。それはそれは……」

北小路文学博士はニコニコと破顔し、握手を求めた。本当は講義にはあまり顔を出さないで、もっぱら博士の著作を愛読していたのだが、そのことは黙っておくことにした。

ともあれ、しきりと恐縮しつつ、大昔の記憶を頼りに、博士の研究に賛辞を述べたりした。

実は北小路博士は、本人の責任の全くないところである事件に巻きこまれ、当人もひどい目にあうやら、新聞にデカデカと名前が書きたてられるやらしたことがあった。

一応、私も物書きのはしくれ、まして奇抜な犯罪にまつわることとあれば、当人から聞いてみたい話もあったが、ここはグッとこらえておくことにした。

そんな私のかたわらで、

「そうか、小川君は文科だったから、博士から直接教えを受ける機会があったんだね。それは、ちょうどよかった」

にこやかに言ったのは、老博士ほどではないが、痩せぎすで背のひどく高い人物だった。などと他人行儀な言い方をするまでもない。彼こそは藤枝真太郎——検事から私立探偵に転じて『殺人鬼』『博士邸の怪事件』『鉄鎖殺人事件』、そしてこれは私の怠惰で脱稿を見ていない『平家殺人事件』などを解決した、わが親友であった。

「実はね、小川君」

藤枝真太郎は、静かに口を開いた。いつも愛用してやまない煙草のエアシップを、細く長い指でつまみだし、私たちにもすすめると、さっそく一服吸いつけた。

そのとき私は、ここ何年か会うことのなかったかつての彼——名探偵・藤枝真太郎と久しぶりに再会できたような気がした。

そして、名探偵の相棒の本家、ワトスン先生に輪をかけて頭が鈍(にぶ)く、いつもしくじりばかりの私にしては、その予感は珍しく的中していた。

「小川君、君も知っての通り、北小路博士は多年にわたり帝室博物館の館長をつとめられ、おかげであの怪人二十面相とやらいう盗賊のため、とんだ目にあわされたご体験をお持ちなわけなんだが——」

ありゃ、それを本人の前で言ってしまうのかと、私はヒヤリとしてしまったが、幸い博士は照れくさそうな苦笑いを浮かべただけだった。

藤枝は、そんな博士を一瞥(いちべつ)すると、またエアシップを口に運んだ。いつのまにか以前よりも充実している本棚の探偵小説群を背にしながら、

「実は今回、博士の管理下にある収蔵物のことで、また何か厄介な事態に巻きこまれておられるようなんだ……」

＊

「ウム。ブルウマア、この辺で一つ僕に韻に就いての指示説明をやらせて呉(く)れないか。」

彼は紙巻(シガレット)を摘(つか)み出してゆつくりそれに火を点けた。「先(ま)づ本棚と絵が裏向(うしろむ)きで壁を向いてゐる。床の絨氈(じゆうたん)は掃除でもした様に裏返しに敷いてある。抽斗附(ひきだしつき)の卓子(テーブル)は——ほら、後方(うしろ)

に二つの割目が見える。つまり、壁の方に逆に向いてゐるんだ。旧式な分銅時計の懸(か)け方もその通りだ。掛け心地の良さそうな椅子も、腰を下す方が全部壁に向つてゐるし、フロワア・ランプも、壁だけを照らしてゐる。大ランプと二つのテーブル・ランプは逆(さかさ)に置かれて、脚の方が不安定に上方(うへ)を向いてゐるぢやないか。なんでもかんでも逆だ。」

（エラリイ・クヰーン作、大門一男訳『支那オレンヂの秘密』、黒白書房版より）

5

乳白大理石と焦褐色(ヴァンダイクブラウン)を基調とした十八世紀維納風(クンメルスブリュケル)の図書室に、採光層(クリアストーリー)からの光が優しくさしこんでいた。

ここの家具はチュイルリー式で統一され、持ち主を示すものかアルファベットの組字(モノグラム)が施されている。そのうちの椅子の一つに腰かけ、天井に描かれた「ダナエの金雨受胎」と、それを囲む黙示録の二十四人長老の図をながめていると、あの絢爛(けんらん)たる七日間の事件がひどく懐かしく、また遠いものに感じられた。

柄にもなく懐旧にひたろうとした折も折、突き当たりの扉が開いて、典雅(てんが)にして鉄の意志を秘めた六十歳手前かと思われる婦人が入ってきた。

「お待たせいたしました、法水さま」

「これはどうも、久我さん。今回はいろいろと……」

法水麟太郎はあわてて立ち上がると、久方ぶりに会う久我鎮子——降矢木家の図書掛りに一礼してみせた。鎮子はしかし顔の筋一つ動かさず、ただ口の端にかすかな笑みを浮かべて、

「黒死館もすっかり荒れ果てて、さぞご失望でしょうね。何しろあの人間栽培実験の哀れな犠牲者は、ほぼ根絶やしとなり、降矢木の家の後継もあんなことになってしまいましたからね。今は、私もたまに書庫の整理のため来るのみですが、そのたびにピラネージ鏤刻するところの廃墟図と化しつつありますわ」

あのときを彷彿させる調子に、法水は久しぶりに居場所を得たような思いにかられながら答えた。

「まさに絵に描いたような美……もっとも、この館は、最初から美泉宮の擬古羅馬遺跡のようなところがありましたけれどね」

「すると、K・K（マリア・テレジアの署名で「女王にして女帝」を意味する）がいなくてはならないことになりますわね。ホホホホ……」

それから二人はしばし、衒学と引用をちりばめた会話を続けたが、かつてのような狂熱はもはやなく、うやむやなままに打ち切られてしまった。

久我鎮子は、ふいに夢からさめたような鼻白んだ表情になると、そっけない口調で言った。

「それで、お申し越しの件ですけれど、あいにくあまりお役には立てませんの。と申しますのは……論より証拠、こちらをごらんなさいまし」

法水は、彼女に案内されるまま、隣接する書庫に入ってみて愕然としないではいられなかった。かつてあらゆる方面の学者をうならせ、好事家たちからは垂涎の的となっていた降矢木家の書架はあらかた空白となりはてていたからだ。

「こ、これはいったい……」

乾いた声をあげた法水を、鎮子は憐れむかのように、

「申すまでもありませんわ。第二の血液（アルテル・サングイス）（pecunia 即ちラテン語で金銭）の慢性的欠乏――しかも、それだけではありません」

「と、いいますと？」

法水の問いに、久我鎮子はあの惨劇のさなかにも見せなかった憂鬱な、そしてどこか哀しげな表情を浮かべた。

「言うまでもないことですわ。昨今の世相は、ここにあった稀覯書を貴ぶようなものではなくなってきたばかりか、いつ愛国者気取りの阿呆どもが『敵性語の本など燃やしてしまえ』と押しかけてきても、おかしくありませんからね。全く無知蒙昧の輩には、住みやすい時代となりました」

「おやおや、西も東も焚書屋（ビューヒャーフェアブレナー）だらけというわけですか」

法水がため息をつくと、久我鎮子は憫笑のようなものをもらして、

「全くね。しかも、そうした時の権勢に踊らされた愚物ではなく、れっきとした賊がここに押し入ろうとしたことがありましたのよ」

「えっ」

「幸い未遂に終わりましたけれどね」鎮子は薄く笑った。「当家自慢の暗号錠に音を上げ、からくり仕掛けの罠（トラップ）におびえたあげく警報に引っかかり、自動車で逃走を図った果てに……まぁその後の哀れな顛末はとにかく、犯行の態様から察するに、この件は、わが黒死館の蔵書を、何らかの探究目的で必要としているものたちがいることを示すものでしょう——あなた以外にもね」

「そ、そんな連中が……」

法水は覚えず腋の下に冷たいものを感じたが、

「そ、そ、それでそれらの蔵書は？」

「ご安心なさい、法水さん。かなりの本は売却せざるを得ませんでしたが、ご所望の書籍は今はここにないだけで、別の場所に寄贈という形で避難させてありますの」

「それを先に言ってくださいよ！」

思わずそう叫び、そのあとに「もったいぶらずに」と付け加えかけて、やめにした。このセリフを言う資格のないことの多い探偵という人種の中で、彼こそはその極北といえたからだった……。

＊

老若男女でにぎわい、だが静かに読書を楽しむ閲覧室で、その一角だけは異様な霊気（オーラ）に包まれていた。誰もがその数メートル四方にはあえて席を取らず、そっと避けているようだった。

それは、机にうずたかく積み上げられた書物が放つ不気味な光彩のせいであり、もう何時間もそこに腰掛けたままの法水の耽読(たんどく)ぶりにも由来していた。

『死霊秘法(ネクロノミコン)』『エイボンの書(ザ・ブック・オヴ・エイボン)』『屍食教典儀(レ・キュルテ・ド・ギュール)』『無名祭祀書(ウンアオスシュプレヒリッヒエン・キュルテン)』『妖蛆の秘密(デイ・フェアミース・ミュステリーズ)』『ナコト写本(ナコティック・マニュスクリプツ)』――そうした装幀もいかめしい洋書にまじって『拉莱耶文本(ルルイエ)』なる漢籍もあり、はたまたいつの時代、どこの国とも知れず、はたして人語で書かれているのかが怪しまれるものまで見受けられた。

なるほど、これでは近寄りがたいのも無理はない。それらがどんな書物なのか、彼にはわかっているようなのも、はた目には異様な感じだった。

目を血走らせ、色蒼ざめて、ときおり額の汗をぬぐっていることからして、ただならぬ内容であることもうかがい知れた。

麹町(こうじまち)区九段一丁目三番地、大橋(おおはし)図書館――関東大震災前は麹町上六番町(かみろくばんちょう)にあった国内屈指の民間図書館である。

博文館(はくぶんかん)の創業者である大橋家の社会事業として始まり、一度は震災で全ての蔵書を失いながら、各方面の寄贈を受けて内外の稀書珍籍二十万冊近くを蒐集し、一般市民に開放していた。

衒学趣味(ペダントリー)で知られる某探偵小説家もここに通いつめて、はるかに遠い西洋、それも中世や近世の秘史だの魔術だのに夢をはせたのだという。なるほど、ここならでは、右のような書物も安住の地を見つけて不思議はなかった。

おかげで、法水はそれらの書物と出会いを果たした。だが、それは必ずしも彼にとって幸運だったどうか。というのも、彼はいつしかこんな譫言(うわごと)めいたつぶやきをもらしていたからである。奇怪な書物の毒気に当てられ、そこに練りこまれた情念に取りつかれたかのように……。

「這い寄る混沌(クローリング・ケーオス)、無貌の神(フェースレス・ゴッド)、闇に棲むもの(ドウエラー・イン・ダークネス)……そして」

ある一言を言いかけて、法水がハッとわれに返ったときだった。彼の連れらしい、眼鏡をかけた人物が声をかけた。

「ありましたよ、法水さん」

その人物——帆村荘六が手にしているのは、これはまた味もそっけもない書類綴りのようなもので、薄っぺらな冊子を綴じこんだだけのものだった。

法水鱗太郎は、悪念と魔道の世界からあやうく救われたように、帆村を見返した。ちなみに、彼とは互いの調べものと情報交換のため、大橋図書館で落ち合うことにしたものだった。

「帆村さん、するとこれが、さっき言っていた——？」

「そうです」

帆村は、軽く眼鏡を押し上げると、その綴じこみのあるページを開いてみせた。

「石原純(いしはらじゅん)博士監修の『日刊国際科学通信』ですよ。僕が危惧している例の件について報じた、わが国ではほとんど唯一の記事です。反応も今のところ、ほぼ皆無ですがね」

それは題号や発行所の記載部分が活版なだけで、本文は手書きガリ版刷りの簡素な雑誌だった。まず冒頭には、

ウラニウム原子エネルギー利用の最新鋭武器
――不気味なドイツ学界の沈黙

と見出しが打たれており、そのあとに次のように書き出されていた。

「『今年のはじめ伯林カイゼル・ウィルヘルム化学研究所のオットー・ハーン教授とフリッツ・シュトラースマン博士Prof. Otto Hahn und Dr. Fritz Strassmannが協力して中性子（ノイトロン）によるウラニウム原子の爆破に成功したことは、当時ドイツの科学雑誌「ナッウルウィッセンシャッテン」その他を通じて公表され』……帆村さん、これはどういう？」

かすかな声で孔版文字を音読したあと、法水麟太郎は帆村荘六をふりかえった。

「H・G・ウェルズが空想した、カロリナム爆弾が一気に実現に近づいたということですよ。ここに書かれたハーン教授の報告を受けて、ストックホルムに亡命中の彼の高弟、リーゼ・マイトナー女史がコペンハーゲンのニールス・ボーア博士のもとに飛び、ボーアは渡米してアインシュタインのもとに向かったと言いますが、くわしいことはわかりません。ただ石原博士は乏しい文献をもとに、これが連鎖反応の発見を意味し、同時にそれは夢のエネルギーなどではなく、恐るべき新兵器の開発につながると考え、この記事を書かせたようです」

帆村が言うと、法水は三日間にわたる「国際科学通信」の報告を読み進めながら、

「これによるとアメリカとフランスで研究が進められている模様だが、先鞭をつけたドイツの

学界がそれなり沈黙を守っているのが、きわめて不気味だ――ということですな」

「そういうことです。しかし、工業化するには莫大な費用と未開発の技術が必要で、アメリカならともかく、ドイツには負担が大きすぎる。だが、彼らが欧州大戦後に抱いたラジューム原子からエネルギーを引き出す夢をあきらめず、しかもそれをより破壊的な目的に応用しようとしていたとしたら……そして、そのために格好の物質が、地球の反対側に存在することを知ったとしたら――?」

「それが、あの〝輝くトラペゾヘドロン〟だというのですな」

法水麟太郎は、乾いた声で言った。帆村荘六は身を乗り出して、

「そうです、それ以外考えられますか」

「確かに……しかし、僕にはそれはそれとして、もう一つの正解があるような気がしてならないのです」

「もう一つの正解?」

帆村が眼鏡をきらめかせる。

「そう、虚実裏表ともいうべき、謎の宝玉の正体がね」

法水は机上の書物の山から一冊を取り上げると、とあるページを開いた。そこには世にもおぞましい怪物の図が描かれていた。

肉塊から触腕や鉤爪、手らしきものが突き出し、その上に顔のようだが顔のない円錐形がのっかっている――。宇宙生物をふくめ、さんざん奇体な怪物と遭遇してきた帆村も、この異形

で妖異な姿には、息をのまざるを得なかった。

「こ、これは……こいつの名は？」

「名前はあるにはありますが、そもそも人間には発音のしようもないものだそうです。そして、千の顔を持つもの（ゴッド・オヴ・ア・サウザンド・フォームズ）と呼ばれるぐらいで、その姿も一定ではなく、しかもどこにでも現われるという。その名もさまざまで、人呼んで〝這い寄る混沌〟、〝無貌の神〟、〝闇に棲むもの〟……そして」

「そして？」

「――黒いファラオ」

さっき言いかけたその名を口にした瞬間、ふいに日が翳り、図書館じゅうを薄闇が包んだかのようだった。

来館者たちが驚いてざわつき、だがほどなく午後の光が取りもどされると、安心したように静まった。

再び返ってきた日常の平穏に、法水麟太郎は独り逆らうかのように言った。

「〝輝くトラペゾヘドロン〟を取り出し、それを闇にさらすとき、こいつは現われるといいます。それも、黒いファラオ――僕らの前に薄ぼんやりと見せたのとは比べものにならない、すさまじいまでに猛悪で醜怪な姿でね」

ややしばらくして、帆村荘六がこわばった笑みとともに口を開いた。

「さて、そうなると……法水さんと僕のどちらの解釈の方が正しいか。どちらとしても最凶最悪……とすれば、さっき言われたように虚実裏表としておくべきなのかもしれませんね」

6

待ちに待った藤枝真太郎からの呼び出しであった。しかも行き先が問題の帝室博物館ときては、覚えずワクワクしないではいられなかった。

「館長の北小路博士から急の知らせでね。とりあえず君にも非常呼集をかけたというわけなんだ」

藤枝はといえば、そう告げたきりむっつりと押し黙り、ともに乗りこんだタクシーの中でエアシップをくゆらせるばかり。だが、そんなようすも、久しく探偵事件から遠ざかった私の目には頼もしく映じるのだった。

——先日、藤枝とともに会った北小路文学博士の頭痛の種。それは博士が責任を負う所蔵物の一つについて、不審な出来事が相次いでいるというものだった。

そのときの北小路博士の話によると、

「実はじゃね、このところ当館の所蔵する、いわゆる〝白墨資料〟について、わが所管官庁たる宮内省、それに文部省からも問い合わせがあり、確かに保管されているか、何か異変はないかと問い質してきとるのですよ。

最初のうちは、さまで気に留めてはおらなんだが、あまり度重なってはそうもいかなくなってきた。そこへまた、こんな手紙が舞いこんできたのですよ」

そう言って取り出したのは、かなり立派な洋封筒とその中に収まった、これも上等のレターペーパーだった。そこにはこんな文言が記されていた。

　貴館が所蔵せる所謂『アルタンホト-ボロルホト鉱石群第九一〇六号』を狙うものあり。断じてこれを許すべからず。一朝これを世に出せば必ず大いなる禍根とならん。注意、注意。

その奇妙な文面を読むなり、藤枝は微笑して、

「これは……怪盗からの犯行予告というのは聞いたことがありますが、盗みに入られないよう用心せよというのは新しいですな。脅迫状ならぬ警告状といったところですか。どう思うね、小川君？」

水を向けられて、私は考えこんだ。

「うーん、少し前に説教強盗といって、盗みに入った先で戸締まりの心得や泥棒防止のこつを説く厚かましい奴がいたが、あれの前後あべこべ版じゃないかな。説教をしてから強盗に入るとでもいうか……」

「なるほどね」藤枝はうなずくと、「ところで博士、ここに書いてある『アルタンホト-ボロ

ルホト鉱石群第九一〇六号』というのは、何なのですか？」

「それが、じゃね」

白髭をしごきながらの北小路博士の話を聞くにつれ、私はもちろん、藤枝の顔にも驚きが広がっていった。

「なるほどね」

藤枝真太郎は、エアシップの新たな一本に火をつけながら、

「白墨教授が蒙古（もうこ）の地から略奪――あ、いや、持ち帰ったのち、その死体とともに発見されて以降は固く封印された宝玉のことでしたか。いや、探偵業から身を引いてはいても、興味深く聞き知ってはいましたよ」

「そ、そ、そんな物騒な代物を狙っているものがあるというのですか」

私の問いに、藤枝は博士にかわってうなずくと、

「この手紙を書いたのが、君の言うあべこべ説教強盗であれ、あるいは善意の警告者であったにせよ、そういうことになるね。――それで、この手紙にともなう異変などは、すでにありましたか？」

藤枝に問われて、北小路博士はますます困惑したようすで、

「うむ……あった。それが異変と言えるのであれば、の話じゃが」

「まったく変な話だったね。帝室博物館とその近辺で、スリやら泥棒やらが次々検挙されてる

なんて。しかも、名も告げずに立ち去った篤志家に取り押えられたり、これも匿名での警察への通報を受けたりしてさ。おまけに博物館の警備の弱点や改善法をことこまかに書き送ってくるなんて、いよいよ話があべこべだね」

「つまり」藤枝は車窓の外を見つめたまま、「問題の宝玉が盗まれるのを防ごうとする一派がいるということは、それを盗むなり手に入れるなりしようとする一派がいるということになるね。そして、今日になってそれに何らかの進展があった……それもどうやら良からぬ方向にね」

そこまで言ったとき、前方に鉄筋コンクリート造りに本瓦葺きの大屋根を冠した大建築が見えてきた。昭和十二年に竣工し、翌年に開館した東京帝室博物館復興本館である。

その名の通り、震災のため、あのドーム屋根の表慶館を除いて使用不能となった旧館に代わるもので、地上二階地下一階、総面積二万千五百平方メートルの威容を誇る。

名探偵藤枝の復帰には、まさに打ってつけの舞台だな――私はそう考えずにはいられなかった。

だが、千両役者の到着に水をさすかのように、復興本館の正面には、黒塗りの大型高級車がすでに横付けになっていた。

それに比べては、われわれの車は貧相で俗っぽかったが、むろんそんなことなど気にしない。

ただ、藤枝は検事のときの知識なのか、タクシーから降り立つなりその車を一瞥すると、

「官有車……それも相当なお偉方のものだね」

つぶやくと、にわかに歩調を速め、館内に足を踏み入れた。

さっそく守衛に止められ、誰何を受けたが、藤枝が名乗るのも半ばに「ああ、あなたでしたか……」とニッコリした。あとで聞けば、この守衛は巡査上がりとのことだったが、名探偵藤枝が忘れられていない生き証人なのには相違なかった。

だが、生き証人の守衛氏は、すぐに笑顔を困惑に入れかえると、

「館長先生をお訪ねとのことですが、実は先生、いま大変なことになっておりまして……」

「大変なこと、だって？」

ただならぬようすに、私は思わず藤枝の顔を見た。彼は冷静さを崩さず、むしろ微笑みさえ浮かべながら、

「その大変なことというのは、もしや表の自動車と関係あるんじゃないかね？」

「そ、そ、そうです」

守衛は、汗をふきふき答えた。

「外務大臣閣下が、直談判に来られたのですよ。当館所蔵の何とかいう宝玉をよこせと。それはもう大変な剣幕で！」

守衛の先導で、やがてたどり着いたのは地下の収蔵庫。だが、もともと静かな博物館で、ことに静謐であるべきそこの廊下には、割れ鐘のような大声が鳴り響いていた。

「何じゃと、この吾輩にもその宝玉を見せることができんというのか。吾輩は恐れ多くも天皇

陛下の御名のもと大臣職をかたじけのうするものであるぞ！　わかっておるのかね、アーン？」

収蔵庫の中には、さまざまな人工あるいは天産の芸術品が厳重に梱包され、置かれていた。その中にちょうど人の背丈ほどの金庫があり、声の主はその前で館長の北小路博士相手に怒鳴りちらしているのだった。

「なに、わかっております？　それならばけっこうと言いたいところだが、わかっておって、この吾輩の言にそむこうというのか、なんじ一介の学者風情が！」

傍若無人にわめきたてているのは、丸刈り頭に眼鏡をかけ、大きな口ひげを生やした男だった。その顔、その声はすでにニュース映画でおなじみであり、この国を枢軸の一員に組みこみ、国際聯盟(れんめい)から脱退させることで国民的人気を得た、かの外務大臣閣下であることは明らかだった。

「わ、わ、わたくしとても」

北小路博士は、折れそうな痩軀をブルブルと震わせながらも、敢然と言った。

「当館ならびに貴重な所蔵物を陛下よりお預かりしている身であります。いくら大臣閣下のご命令とあれど、みだりに金庫から出すわけにはまいりませんし、まして館外に持ち出すことは許されません！」

博士の意外なほどの剣幕に、さすがの大臣も一瞬ひるんだ。だが、すぐにフンと鼻を鳴らし、胸をそらして、

「なるほど、お役目ごもっとも。だがな館長、それは問題の宝玉が確かにここに保管されていればこその話。もし万一、それが盗まれてでもいようものなら、そもそも君が職責を果たしていなかったことになる。おそれ多くも天皇陛下に対し奉り、大不敬をばはたらいたことになりはしないか！」

「な、何を根拠に、そのようなことを」

北小路博士はすぐさま反論したが、そこには何か弱みを突かれたようなもろさが見てとれた。毅然としていた態度が、みるみる弱々しいものになった。

大臣はそうと見るや、ますます勢いづいて、

「ふむ、どうやら身に覚えがあるようだな。もし、その宝玉がすでに盗まれるなり、失われるなりしていて、館長たる君はすでにそれを知っており、にもかかわらずこの事実を隠蔽し、まだ宝玉が厳然と保管されているかのように装っていたとしたら――」

あのジュネーヴやベルリンでの晴れの舞台のときのように、思い入れたっぷりに間を置いてから、

「これはもう反逆である、国家国民に対する背信行為と呼ぶほかないんである。その罪まさに万死に値する！」

百雷のような大音声が、博物館の地階いっぱいに響きわたった。一方、北小路博士は今や蚊の鳴くような声で、

「い、いや、決してそのようなことは……」

「フフン、そうまでシラを切るなら吾輩から言ってやろう。当館のまさにこの階、この場において、暗闇に浮かぶ燦然たる物体を見たものあり。その物体、七色に、いやそれ以上に鮮やかに輝く多面体にして、その大いなること、妖美なること、決して尋常の宝石にはあらざりしと」

「えっ、それは……」

今や満面汗みずくとなり、白髪を振り乱した博士は、はじかれたように私と藤枝のほうを見た。だが、驚いたのは私たちの方だった。

というのも、銀座裏の藤枝の事務所で博士から聞かされた〝異変〟とは、まさに今、大臣が暴露したのと同じ現象だったからだ。

となれば、博士が、もしや私と藤枝のどちらかが漏らしたのかと疑ったのも無理はない。だが、決してそうではないことは、まもなく明らかになった。

「も、申し訳ございません、館長先生！」

転げるように前に飛び出してきたのは、私たちをここまで案内してきてくれた守衛だった。

「じ、じ、実は、先夜、いま大臣閣下がおっしゃったようなものを警備中の暗闇に見まして、最初は何ごとかと思ったのでございますが、そのうちフッと消えてしまいました。ところが、灯りをつけても見つからぬばかりか、あたりには何者の侵入した気配もなかったのでございます」

「そんなことがあったのか。なぜ、すぐ報告してくれなかった」

博士の言葉には、二重の驚きがこめられていた。初めて聞く守衛の報告と、それが自分の体験と重なりあっていることに、であった。

「は、はい。いま申しました通り、何者かが侵入した形跡は皆無で、問題の宝玉の収められた金庫の施錠や封印にも全く変化がありませんでしたので、いちおう上司に報告はいたしましたものの、館長先生のお耳には届かなかったものとみえます」

「そうじゃったのか。君にもそんなことが……」

言いかけて博士はハッとしたが、それを聞き逃す大臣閣下ではなかった。

「ほう？　すると、その宙に浮く謎の宝石を見た者は、その守衛だけではないようだな。もし、館長の君も同じものを見ていたとしたら――？」

「いや、そんなことはありえませぬ」

北小路博士は、あえぐように言った。

「彼とわたくしがそれを見たのは、まったく別の時、別の場所でありまして……」

「何にしても、君もそれを見たわけだな、館長。となれば、なんとしても問題の宝玉の存否は確認しなければならぬ。何としても、それを納めた金庫の扉は開かれねばならぬ。そして、君は鍵を吾輩に渡さねばならぬ！」

割れ鐘が乱打され、耳を聾せんばかりだった。ややしばらくしてから、

「……わかりました。君、金庫の鍵を」

北小路博士は打ちひしがれたように言い、守衛は二、三拍遅れてから、「はい！」と叫んで

駆け去った。

やがて届けられた鍵が、博士の手に渡ろうとしたときだった。

「よこせ！　これ以上不正や隠蔽があってはならん」

横合いから大臣が鍵をひったくり、驚く一同をしりめにズカズカと金庫に歩み寄った。博士もわれわれも、その傲岸不遜な後ろ姿を呆然とながめていることしかできなかった。

荒々しく封印が破られ、金庫が開かれた。次の瞬間、外務大臣がこれまでここで発した怒鳴り声の全てを足したより、なお大きな叫びが轟いた。

「何じゃこれは⁉　中には何もないではないか。空っぽだ、いったいどこへ行ったのだ、『輝くトラペゾヘドロン』は！」

大臣は、われわれに背を向けたまま金庫の中を引っかき回し、手だけではあきたらずに顔まで突っこまんばかりにして叫んだ。

「そ、そんな！」

素っ頓狂な声をあげて、金庫に駆け寄ったのは、むろん北小路博士だった。

「ない……そんなバカな」

搾り出すような声でそう言った背後から、藤枝真太郎が、そして私が金庫の中をのぞきこむ。確かにそこには、何もありはしなかった。ぽっかりと四角い空白が広がっているばかりだった。

「どうだ、吾輩の危惧した通りであったろう。まあ、尋常一様の事態ではないのだし、また武士の情けということもあるから、この件を吾輩の口から公（おおやけ）にするのは、やめておいてやろう。であるからして、おのが身の処し方は自分で決めることだな」

外務大臣は怒るだけ怒ってしまったせいか、むしろ上機嫌なようすで、その場をあとにしようとした。と、そのとき、

「失礼、ちょっと一枚！」

収蔵庫の入り口で、見知らぬ声がしたかと思うと、パチリという音とともにまばゆい光がきらめいた。

「ムッ、何奴！」

さっきまでの居丈高な態度とは一変し、大臣は狼狽（ろうばい）も露わに言った。これに対し、閃光電球（フラッシュ・バルブ）付きのカメラを構えた男は、

「昭和日報の獅子内です。どうかお見知りおきを。ところで閣下、今日はまたどのようなご用向きで、ここ帝室博物館に？　寡聞にして、こうした方面にご趣味をお持ちとは知りませんでした。それとも何かお仕事上のご用向きでも？」

すると大臣は、相手が新聞記者とわかったとたんに、満面朱を注いで、

「うるさいっ、黙っておれ。よけいなことを書くと貴様のみならず、会社のためにならんぞ！」

そう吐き棄てると、獅子内記者を肩で突き飛ばすようにしながら、足音も荒々しく出ていってしまった。

「――さて」

奇妙に気まずい空気が流れる中、獅子内はまるで無頓着なようすで口を開いた。

「みなさん、ここでいったい何があったんですか？　おや、そちらは元検事で私立探偵の藤枝真太郎さんじゃありませんか。こりゃあ奇遇だ。久々にあなたのご出馬とあれば、こりゃ何としてもお話をうかがわないわけにはいきませんね」

7

「没（ボツ）だ、全没」

昭和日報の尾形編輯長は、にべもなく言った。ザラ紙に丸鉛筆で一瀉千里（いっしゃせんり）に書き飛ばした記事原稿を、サラリと机の上に流し落とすと、

「帝室博物館で外務大臣が館長を恫喝して、所蔵品を引き渡せと言ったとか、しかもその品が忽然と消え失せたとか、そんなことが記事にできると思ってるのか」

「素晴らしい特ダネだと思ったんですがねえ」

獅子内俊次は悪びれたようすもなく、答えた。

「当たり前だろう。外務大臣は国民的英雄、『聯盟よさらば！　我が代表堂々退場す』のときの熱狂を覚えているだろう。日本国民が好きで好きでたまらないナチス・ドイツとの緊密な関

係もあの人あってだからな。……どうせ君のことだ、そんなことは百も承知の上だったんじゃないのか？」

「ご明察です」

獅子内の答えに尾形編輯長はムッとしたが、そのあとに続けて、

「そこへもってきて、キラキラと輝きつつ闇に浮かぶ宝石とか、まるでおとぎ話だ。現下の時局では探偵小説的な謎解き行為がいけないのと同様、こういう怪談めいたアヤフヤで現実離れした出来事も、国策にそむくものとして扱うわけにはいかんのだよ」

「おやおや、そうなると密室の殺人や完全無欠の不在証明(アリバイ)だけでなく、お化けや幽霊、鬼神のたぐい、すなわち合理・非合理を問わない怪現象全般に、もはや出番がないわけですな」

「そういうことだ」尾形はうなずいた。「怪現象といえば、あの自動車転落の一件はどうなったんだ。かといって、アルカヌム何とかの人事のことなんか、うちの読者は興味がないぜ。それを放って帝室博物館になんか、何を見に行ったんだ？」

「そちらをたぐっていたら、なぜか上野(うえの)のお山にたどり着いちゃったんですよ。おまけに、そこでかの藤枝真太郎氏にバッタリとね」

獅子内はとぼけた調子で言った。尾形は「うん？」という顔になったが、あえてそれ以上突っこまずに、

「とはいえ、世に事件の種は尽きまじで、獅子内俊次の出番もまたある。……とりあえずは、ここへ行ってきたまえ」

そう言って、手渡したメモを見るや、獅子内の顔に疑問符が浮かんだ。

「ふむ、麻布の《張ホテル》――？　さぁて聞いたことがあるような……と思ったら、ああ、あそこか！」

《張ホテル》というのは、その名の通り中国人の経営で、近年はめっきり見なくなった二階建ての小さな洋館である。もとは、とある西洋人の邸宅だったという。

獅子内は、ここに休筆中の某著名探偵作家が潜伏していると聞いて探りに行ったら、寸前で逃げられたという珍経験があった。

すぐそばにチェコスロバキア公使館があるのをはじめ、一帯にはあまり大きくない国々の駐日公館が集まっている。そのためか客層は外国人が圧倒的で、観光客や商人、中級以下の官吏など雑多だった。

（この人も、そんな一人だったのかな。商売はまるで見当がつかないが……）

獅子内が内心つぶやいて見下ろした人物は、半眼を開き、奇妙にねじくれた姿態で、部屋の床に横たわっていた。

周囲は百パーセント洋風で、しかも古色蒼然。壁紙は色あせ、鉄製のベッドに琺瑯引きの洗面台、つややかな飴色をして彫刻を施したテーブルに椅子、おまけに石炭ストーブは鋳物製ときている。

開け放たれたカーテンの向こう、西向きの窓越しに見える風景も洋館ばかりだ。ヨーロッパの小都会か、中国の港町とはこんな感じかと思われ、ここに引きこもった探偵作家氏の気持ちもわからなくはなかった。

――そこへもってきて、死体まで紅毛碧眼ときては、ここが日本かどうかさえ疑わされそうだった。年齢は三十前後、やや時代遅れの野暮なスーツに身を包んでいる。

「まあ、ここらあたりでは格別珍しいというわけではないからね」

地元署から駆けつけた老刑事が、苦笑いとも、苦虫を嚙みつぶしているとも受け取れる表情で言った。

「ここのボーイが発見したんですね、今朝この外人客を起こしに来て、返答がないのを変に思って」

獅子内俊次は、鋭い視線を死体に注ぎながら問いかけた。

「さよう。まだ子供といっていいほど若いが、なかなかしっかりした子で、こちらの質問にハキハキと答えてくれたよ。もっとも、この男の身元や素性については皆目知らないようだったがね」

老刑事の言葉に獅子内は、死体から顔を上げると、

「まだ若くても、それが職業意識というやつかもしれませんな。――それで死因は？」

「この位置からは見えにくいが、背中を鋭利な刃物で一突き。パックリ傷口が開いてたから、おそらく即死だったろうね」

「死体発見時の現場の状況は、今のままでしたか。調度のようすとか、あそこの窓が開いてい

たか閉じていたとか」

「何もかも、われわれが来たときのまんまだよ……あんたがここにいる以外はな」

老刑事は皮肉に笑い、そのあと真顔にもどると続けた。

「見ればわかるが、窓の締まりはちゃんと下りていて、しかも相当固いから、外から施錠するのはまず無理だ。おまけに真下の地面にも何の痕跡もなかったから、そこからの逃走はまず考えられない」

新聞記者の考えそうなことなんて、お見通しさと言わんばかりな調子だった。

「となると出入り口は、ここのドアだけか……」獅子内はあごに手を当てた。「死体発見時、そこの鍵はかかっていたんですか?」

「いや、開いていた。くだんのボーイが不審に思ってドアに触れてみたところ、そのまま開いてしまったので、死体発見につながったということだ」

老刑事はそこまで答えたところで、なおも質問の矢を放とうとする獅子内にウンザリしてきたかのように、

「おい、昭和日報さん。もうこれっくらいでいいだろう。……おい、早いところホトケさんを運び出せ」

老刑事の指示を受けて、制服私服の警官たちが手分けして死体をかつぎ上げ、手早く担架に載せようとした。獅子内があわてて、

「あ、もうちょっとでいいから見せてくださいよ」

と抗議したが、もとより新聞記者のわがままに耳を貸すはずもない。

そのかわり、老刑事が言ったように、隠れて見えなかった傷跡がはっきり確認できたし、床の絨毯にベッタリついた血痕も明らかになった。今はすっかり乾いた血の紋様は、死体の下から部屋の戸口近くまで続いていた。

と、そのときだった。何とも奇妙なことが起きた。警官たちがヤッコラセと死体を持ち上げた拍子に、その青ざめた口元がわずかに開いて、何やら色鮮やかなものがこぼれ落ちたのだ。

なんだこれは？　と目を凝らした獅子内は、次いでその目をいっぱいに見開いた。

「これは……ミカンの皮？」

思わずつぶやいたかたわらで、老刑事が今度ははっきりと苦々しげな顔つきで、

「ああ、それかい。このホトケ、どうしたことかミカンの皮を口いっぱいに頬張っていたんだ。理由？　そんなもの知るもんかね。まあ、陳皮（ちんぴ）とかいってこういうのを漢方薬では珍重するらしいから、薬のつもりでのみこもうとしたのかもしれんがね」

「だって、あれはミカンの皮を乾かしたやつでしょう。これはどう見てもまだ生々しいし、第一、この人はどう見ても漢方とは無縁そうな西洋人ですよ」

獅子内が疑問を呈すると、老刑事はかぶりを振って、

「いや、それが外国人の浅ましさで、生半可（なまはんか）で生かじりな知識でミカンの皮をそのまま食っちまったのかもしれないぜ。だって、ほら……生のミカンだけにな！」

無理にオチをつけて、老刑事は話を打ち切ってしまった。その後、見張りの警官をわずかに

残して、地元署の一行は死体もろとも《張ホテル》をあとにしていった。

ひとり殺人現場に残された獅子内は、ホテルのボーイを呼び、話を聞くことにした。

やがて現われたのは、確かに美少年といってもいい日本人の男の子だった。抜けるように色が白く、ほっそりとして、でも大人にはもうない生気に満ちみちていた。

かつてこのホテルに某探偵作家が逗留したときは、美少年の日本人ボーイが受け持ちとなり、作家はときに彼を少女歌劇見物などのお供に連れ回したという。ひょっとして、それは目の前にいる彼のような男の子だったのかもしれない。

とはいえ、それはもう六、七年も前のことで、そのときの美少年は全くの別人に違いないのだったが。それはさておき——

「……ええ、今は閑散期で、ちょうど長期滞在しておられた方々が帰国されたので、お客さまはあまりいらっしゃいません。日本人の方はたったお一人で、この方も身元は絶対確かだと支配人が申しておりました」

「ふむ、なるほど。それで、いよいよ本題というべき殺人事件についてなんだが」

たった一人の日本人客というのが妙に気になったが、獅子内はボーイの話を一通り聞き終わると言った。

「さっき運ばれていったこの部屋のお客——ジョン・D・キルロイというそうだが、その人はここ一週間ばかりこの部屋に滞在していて、君が部屋係をしていた。だから、キルロイ氏の行動はおおむね把握していたというのだね?」

「はい……でも、そんなにくわしいわけではないんです」

抜けるように白い肌の少年は、頬をかすかに赤らめながら答えた。

「あの方は、宿泊されたときからほとんど口は利かれませんでしたし、食事も朝食以外は外ですまされることが多かったので、僕がお部屋にお持ちすることはあまりなく、昨日もそうでした」

「なるほど、だから今朝まで異変に気づかなかったというわけだね。いやなに、君がそんなにすまながることはないさ。それから、ほかに知っていることは？」

「はい……宿帳には貿易商とお書きになっていましたが、本当は何をされていたのか、よく存じませんでした。不規則にホテルを出たり入ったり、かと思うと終日お部屋にいらっしゃることもあって、何だか不思議な気がしましたが、そういうお方は特に珍しくはありませんし、それ以上詮索することはいたしませんでした」

できれば詮索してほしかったが、それは言ってもしかたのないことだった。

「そうか。で、キルロイ氏は、昨日はどんな風だったかね」

「朝食は、いつも通りここの朝食を取られました。そのあと昼前にお出かけになったようで、ホテルにもどられたのは午後三時ごろだったと思います。僕はその前にお部屋の掃除に入らせていただきまして、その際、おやつにでもなればとミカンを何個か置いていきました」

「ミカン？」

思わず頓狂な声をあげた獅子内に、少年はいぶかしげな顔になりながら、

「はい……ちょうど当ホテル出入りの商人から大量に買い付けたものですから、今お泊まりの皆さまにサービスとして提供することにしたのです」

なるほど味なことをするものだと、獅子内はいささか感心しながら、

「それはいいことをしたね。それで、その後何があったかね」

少年は「はい……」とうなずくと、記憶をたどるように中空を見つめながら、

「あれは午後五時ごろでしたか。これもお客さまへのサービスの夕刊をお配りしていたときのことでした。二階のキルロイさまのお部屋の扉が開いて、どなたか出てきた方がありました」

いとも無造作に、重要な情報を口にした。

「何だって、この部屋から出てきたものがいた？　そりゃどんな奴だった」

獅子内が思わず意気ごむと、少年はこっくりとうなずいてみせながら、

「男の方でした。僕はそのときそことは反対側の廊下の端っこにいたのと、西日がすごくて半分目がくらんでいましたので、よく顔や風体を確かめることはできませんでしたが、何だかひどくあわてたようすで階段を降りていかれました」

「それで、その後どうしたね」

「キルロイさまのお部屋をノックし、声をかけてから夕刊を投げ入れました。ごらんのようにここの各室のドアは西洋式に、下にすき間が作ってありますから、そこから滑りこませたのです」

「そのとき、部屋の中からは返事はあったかね」

「いいえ」少年は首を振った。「何も返事はありませんでした。でも、キルロイさまはお声をかけても、反応がないことが珍しくないので、特に不思議には思いませんでした」

「ふむ……そこで変なことを訊くんだが、キルロイさんは日本のミカンの食べ方を知らなかった、なんていうことはないだろうね？」

獅子内の奇妙な質問に、少年は目を丸くした。

「え、そんなことはないと思いますが……」

「漢方薬とか東洋医学に興味があるというようなことは？」

「さあ、そんなこともなかったように思いますが」

「いや、ありがとう。すると、こういうことになるわけか。キルロイ氏は昨日午後三時ごろ、この部屋にご帰館のあと、何者かの訪問を受けた。どういう事情あってかは知らないが、その人物に背中を刺されてしまい、まもなく絶命した。そして、犯人であるところの訪問者は凶器を隠し持ち、このホテルから脱出した……と、ここまではいいんだが」

獅子内俊次は、いったん言葉を切ると、そのあと頭をひねりながら、

「その直前か、もしくは背中を刺された瀕死の状態で、キルロイ氏はなぜかホテルのサービスとして出されたミカンの皮をむき、中身ではなくそちらを口にくわえたまま絶命した……すると、中身はどうなったんだろう。当然薄皮もむかずに食べてしまったか。それでは満足できずに、皮まで口に詰めこんだのか……？」

「あの、それは、ないと思います」少年がおずおずと言った。「僕はミカンを三つ置いていっ

たんですが、残りの二つは手つかずでしたから」

　獅子内は「そうか……」と頭をかいて、

「これはちょっと推理を早まった。あとで、ミカンの中身がキルロイ氏の胃袋の中にあるかどうか聞かなくてはいかんな」

　独り言のように物騒な想像を口にする獅子内を、少年は居心地悪そうに見やりながら、

「あの、僕、もういいですか。ここの掃除をしてしまいたいので……」

「ああ、これは悪かった。僕はここでちょっと考えごとがあるから、かまわずに片づけでも何でもしてくれたまえ」

　わかりました、と答えて少年は戸口近くの隅っこにある屑籠を取ろうとした。そのとき、そのそばに落ちていた新聞紙をついでに拾い上げようとして、体のどこかが触れたか、屑籠を倒してしまった。

「あ、申し訳ありま……」

　発しかけた言葉が変に途切れた。そのわけはすぐにわかった。

　少年と同様、驚きに目を見開いた獅子内のすぐそばにまで、色鮮やかな球体がコロコロと転がってきたからだ。

　それは、皮をむいたなり、まだ丸いままのミカンの実だった。

「こ、これは……どういうことなんでしょう」

　そう言いざま、少年の手からバサリと落ちたものがあった。それは今日の日付、すなわち昨

日発行された夕刊で、ごくうっすらと赤いシミのようなものが付いていた。

「それは、ひょっとして？」

獅子内は、その新聞と少年の顔を見比べながら問いかけた。

「はい、僕が昨日配った新聞です。すると、ここについているのはキルロイさまの血……？」

「おそらくはね」

獅子内はうなずいた。犯罪に関係があるかもしれないものを、ぞんざいに捨てて帰った警察に憤慨しつつ、自分の目にとまるよう残していってくれたことに感謝した。

「そして、一つはっきりしたことがある。亡くなったキルロイ氏か、あるいは彼を殺した犯人のしわざかもしれないが、君がせっかく持ってきたミカンの中身を捨てて、皮だけを口に入れる必要があったということだよ」

さすがの獅子内俊次も、あまりに奇妙な事実に首を傾げずにはいられなかった。

と、そのときだった。部屋の戸口の方から思いがけず声がかかった。

「それは、どうでしょうか」

——そこには見知らぬ三人の男が立っていた。

8

――映画監督　青山喬介（あおやまきょうすけ）

――刑事弁護士　大月対次（おおつきたいじ）

――水産試験所長　東屋三郎（あずまやさぶろう）

殺人現場であわただしく交わされた名刺によると、この三人の肩書はかくもバラバラで、何の共通点もないようだった。

このうち青山喬介とは面識があり、それは法水麟太郎と帆村荘六が出会ったのと同じルーフォック・オルメス氏歓迎の宴でのことであった。その青山の紹介によると、何と残る二人も〈探偵〉なのだという。

彼らはどういう縁か、以前から知り合いのようだった。獅子内たち同様、このところは不遇をかこち、いかにも欧米の探偵小説の一場面のようなここで、ささやかな会合を持っているとのことだった。

「さっそくなんですが」

と待ちかねたように語りだしたのが青山喬介だった。

「さっき小耳にはさんだところでは、被害者は昨日五時ごろ、この部屋を訪ねてきた何者かに殺害されたとのことですが、必ずしもそうとはいえないのではないでしょうか」

「ほう、なぜそんなことを?」

獅子内は半分ムッとし、半分は大いに興味をそそられながら聞き返した。

「その新聞ですよ」青山はすぐさま答えた。「ほら、今床にべったり血の跡がついているほど、出血ははなはだしかったし、それはこの部屋の戸口のすぐ近くまで迫っている。もしさっきの証言通りボーイ君が閉じられたドアの下のすき間から夕刊を投げ入れたとすると、どうしたって血溜まりのあたりに落下せざるを得ない。君、ちょっとそれを見せてくれませんか」

青山喬介は、けげん顔の美少年から新聞を受け取ると、そこにうっすら付着した血の染みと、床の上のそれを対照してみせると、

「ほら、この二つはまるで鏡に映したように一致しているでしょう? でも、濃淡はまるで違う。床の血痕は濃く生々しく、もう一つはうっすらとかすれている。新聞に付着したのは転写なのだから差があって当然ですが、それにしてもこちらは、ちょっと見ただけでは気がつかない程度でしかない。

この事実はつまり何を意味するかといえば、答えは明白。このボーイ君が夕刊を投げ入れたとき、この血痕はすでに相当程度床の絨毯に吸いこまれ、なおかつ乾いていたということです」

「つまり」

そのあとを、弁護士の大月対次が引き取った。

「犯行時刻は午後五時ではなく、それ以前にあった出入りのチャンス、すなわち午後三時に被害者がホテルに帰ってきたときでしかありえない。では、被害者はずっと部屋にいて、そこへ犯人が来たのか。こちらのボーイ君はそれを被害者と見間違えたのか。その点は、どうかね？」

大月弁護士に問いかけられるが早いか、美少年のボーイは激しくかぶりを振った。

「そ、そんなことは絶対にないです。キルロイさまはずっとここに投宿しておられて、僕が受け持ちでしたから、見間違えるはずはありません！」

誇りを傷つけられたかのように、彼は敢然と否定した。

「そうか、それは申し訳なかった」

大月弁護士は、ボーイをなだめるように微笑してみせて、

「ということは、午後三時にここに入っていったのが被害者本人であることは間違いない。ならば犯人はどこから来て、どこに逃げたのか。窓は内側から締まりがかかっていて、真下の地面にも何の痕跡もなかったと、さっきの刑事が言っていましたね」

「だから、どうなるというんです」

獅子内俊次は先をうながしたが、彼にもむろん話の続きは見えていた。

「もうお気づきでしょう、キルロイ氏はこのホテルの外のどこかで背中を刺され、やっとのことでこの部屋にたどり着いたのですよ。ドアを閉じるまでは気力を保っていたが、そこが限界

だった。部屋の錠を下ろす余力もないまま、床に倒れこみ、ついに絶命してしまった……」

大月対次の説明に、獅子内はうなずくと、

「なるほど、言われてみれば、さまで珍しい真相ではありませんな。それだけに、あり得ることだ。だが、確かに午後五時が凶行時刻ではないという証拠は？　そのとき、ここにやってきて、すぐまた出ていったのは、いったい何者だったんです？」

それは……と、三人は顔を見合わせた。ややあって、地味な職業のせいか最年長に見える東屋三郎が口を開いた。

「その奥のカーテンですよ」

「カーテン？」

「ええ」東屋三郎はうなずいた。「このボーイ君は、夕刊を届けに来て、問題の人物を目撃したとき、ひどい西日で顔がよくわからなかったと言いましたね。確かにこの部屋の向きからして、そのときあの窓からは、強烈な夕刻の光が射しこんでいたに違いありません。となれば、被害者キルロイ氏はカーテンをぴったり閉めていて当然でした。なのに、そうしなかったのは、被害者がそのときすでに絶命していたからにほかなりません」

そのあとに、長い沈黙があった。次に口を開いたのは、四人の〈探偵〉の誰でもなく、美少年の日本人ボーイだった。

「あの、みなさん。だとしたら、僕がキルロイさまにお出ししたミカンを食べたのは誰なんでしょう。いや、口の中に入っていたのは皮だけでしたが、僕がここにミカンを置いたのは、あの方がお帰りになる前で、そのときすでに何者かに刺されていたわけですから、ふつうだったらミカンなんか食べられないはずです。なのにあんなことになっていたのは……皮だけを口に入れて、中身を屑籠に捨ててあったのは、どうしてなんでしょう？」

「そ、それは――」

「うーん……」

ボーイの真摯な問いかけに、答えられるものはなかった。だがその一方で、このミカンの謎こそが、ジョン・D・キルロイ殺しを――それを包括したもっと巨大な事件を解明する鍵になるのではないかということは、誰もが感じていた。

「とにかく」

獅子内俊次は美少年の疑問に答えられないまま、やや強引に言った。

「そのあとから来て、おそらくはキルロイ氏の死体を発見して逃げ去った男の正体が問題だ。――君、本当に西日で顔はまるきり見えなかったのかね。少しでも人相特徴を覚えてはいないかね？」

「そ、それは……」

美少年のボーイは困ったように後ずさりし、それでも探偵たちの期待にこたえようとしてか、こめかみを赤くなるほど細い指先で押しもんだ。

「そう言われても、まるで逆光写真のように真っ黒で、ほとんど見覚えが……あっそれでも西洋人でないのはわかりました。たくましい体つきに短髪の、日本人でした。たぶん中国人ではないと思います。それはこちらによくお泊まりになりますからまちがいありません」

「日本人か……そうとわかっただけでも収穫だが、しかしいささか茫漠としすぎているなあ」

大月弁護士がそう言い、ほかの三人もうなずいたときだった。彼らは何ともいえず異様な気配を感じて、いっせいに廊下のほうに視線を向けた。

——そこに、いつのまにか一人の男が立っていた。何の気配もなく足音もたてないままに。

生きた人間であることはまちがいないのだが、黒々とした影を浮かび上がらせたところは、特異な現象か何かのよう。いっそ幽霊ならば、もう少し人間味を感じさせたかもしれなかった。

男は全身黒ずくめの装束をまとい、ひどく背が高く痩せぎすだった。

顔色はお世辞にもよいとは言えず、表情は沈鬱そのもの。目も口も重苦しく垂れ下がっていて、しかし瞼のあわいからのぞく両眼は恐ろしいばかりに炯々と輝いていた。

「その男のことなら、私が見ていたよ」

地獄の底から響くような声で、男は言った。その気迫に、というより人を寄せつけない孤愁のようなものに、誰もが答えられずにいるうちに、

「たまたま私は階下にいて、一瞬ですがその男を見たのだ。そして一度でもこの私の目に捉えられたものは、永劫見忘れることはなく、見逃すこともないのでね」

男はそこまで言うと、またむっつりと押し黙り、微動だにせぬまま、もとの現象に戻ってしまったかのようだった。

「これは……真名古さま！」

美少年のボーイが、われに返ったように叫んだ。あわてて獅子内たちのほうに向き直ると、

「こちらは真名古明さまとおっしゃって、当ホテルに長期滞在されている唯一の日本人のお客さまで……あれ、ひょっとしてお知り合いでしたか？」

紹介も半ば、ボーイがけげんそうにたずねた。獅子内は彼にかすかにうなずいてみせると、うやうやしく黒ずくめの男に一礼した。

「お久しぶりですね、真名古警視。かつての——いや退職された今も、警視庁随一の名捜査課長だった！」

＊

《張ホテル》の怪事件は、昭和日報をはじめ、ささやかながら各新聞に報じられ、帝都とその周辺には伝えられた。その記事の中で、死者がくわえていたミカンの皮の問題が、ある種の人たちにのみ異様な反響をもたらした。それが、今やますます生きづらさを感じさせられている〈探偵〉と呼ばれる人々だったのは言うまでもなかった。

9

東京郊外、ＫＫ大学附属病院に、風変わりな一室がある。おそろしく簡素で、椅子が二脚の

ほか最低限の調度がある以外は、気持ちいいほどに何もない。

だが、もしその道の専門家がこの部屋を見たならば、外界の音を遮断するために細心の注意が払われていること、そして自由に明暗が調節できるよう照明装置が工夫されていることに気づいたろう。

そしてもう一つ、表に「精神分析室」と記されたここに、来訪者がちょっと気づかない秘密があることも……。

精神分析室には、午前と午後の二回、入院患者が連れてこられて、医師と対座しつつ診問を受ける。ふだんは分析医の医学士が担当するが、今日は年配も風格もはるかに上の人物が、慈父のような笑みとともに患者に対していた。

当たり前のようでいて、誰にでもできることではなかった。というのは、その患者は顔面と両手を白い包帯でグルグル巻きにされているという、異様きわまりない姿だったからだ。それも一人だけではなく、入れかわり立ちかわりこの部屋に招じ入れられた全員が、であった。

ユニヴァーサル映画のミイラ男――その手の映画もめっきり見られなくなったが――さながら。もっとも、あれとは違ってまっさらな包帯のあわいからのぞく皮膚は赤く爛れ、目はうつろで痙攣的にゴトゴト動いた。

口の部分の合わせ目をパクパクさせながら、発する言葉はとりとめなく、意味不明だった。

たとえば、一人目の包帯男は、

「されば人々の集れる時、ピラト言ふ『なんぢら我が誰を赦さんことを願ふか。バラバなるか、キリストと称ふるイエスなるか』……彼らいふ『バラバなり』ピラト言ふ『さらばキリストと称ふるイエスを我いかにすべきか』皆いふ『十字架につくべし』……」

と聖書の一節をえんえんと引用し、急にまた流暢な英語に切り替えたりもした。

続いて診問を受けた二人目の包帯男はというと、

「熱河ならびに内蒙なるわが方の阿片工場は大増産中なるも、天津の市場はすでに飽和状態に入れり。各位奮闘努力して消費の拡大を図らずんばあるべからず……」

などと、甲高い声の演説口調で、中国大陸における麻薬産業の伸長について恥知らずに語っていた。なお、この男はほぼ頭髪皆無であったが、これは単に当人の体質の結果らしかった。

三人目に至っては、ひたすら冷静に――しかしよくよく聞けば、あらゆるものへの憎悪と侮蔑をたぎらせながら、国家の経営から戦争の遂行、国民生活の隅々までに関する「計画」を、とうとうと語り続けた。寸秒も口をさしはさむ余地さえ与えず、はさめばゾクリと突き出した歯で噛みつかれそうだった。

その次も、そのまた次の包帯男も、と怪しまれるばかり。もっとも、そろいもそろった顔面の包帯をほどいたところで、何一つわかりはしないのは自明だった。だからこその、この診問なのだった。

やがて、全ての包帯男たちの順番がすんだあと、診問者はやおら立ち上がり、疲れのかけらも見せない温顔を、部屋の一方の壁に振り向けると、

「すみましたよ」

と声をかけた。

すると、そこの一角が扉となって開き、それぞれ制服と私服姿の二人の男が、困惑しきった顔を現わした。精神分析室のもう一つの秘密というのがこれで、患者と医師のやりとりを、別室で傍聴できるようになっていた。

そこで息を殺していたうち、ズングリした体形をいかめしい黒の制服に包んだ男が、

「どうですか、大心池（おおころち）先生。何かわかりましたか。いったい彼らは何者なんでしょうか」

息せききった調子でたずねた。と、私服姿の男が、それをかたわらから軽く制して、

「いかがですか。あちらの部屋で聞いていた限りでは、とてもまともな精神状態とは思えませんでしたが。その、偏執狂（パラノイア）とか誇大妄想とかいう……」

「支倉さんとおっしゃいましたか。あなた方が、ご勝手な解釈でそれらの用語をお使いになるのは止められませんが、それを私どもに期待されても困ります」

KK大学医学部精神科の大心池教授――この精神分析室の設計者でもあった――は、口調こそ穏やかながら、きっぱりした口調で言った。そのあとに続けて、

「なるほど、いま診た患者（クランケ）たちの症状（ジンプトーメ）は正常（ノルマール）なものとは言えない。しかしそれは、**生きながら顔と指頭の皮を剝がれ**るという異常かつ残忍きわまりない体験をしたせいであって、だからといって、彼らの言っていることが真実ではないと言い切ることはできないのです」

「しかし、そんなことが」

制服姿の男が、のどに詰まったような声で言った。

「だとしたら、彼らが半狂乱の状態で、あるいは夢うつつに名乗った官姓名は正しかった、つまり当人だとでもいうのかね。そんなバカなことがあるものか。なぜといって、かの大臣閣下にしても大将殿にしても、今日も何の変わりもなく国務に精励を……」

「私は私の分析解釈（アナリティシェンドイツング）の結果を申し上げているだけでしてね。そもそも、彼らがどういう状況で発見されたかについても全く知らされず、ただ肉体的治療を施せ、精神を分析せよと言われましても困ります。それとも、そのあたりについて情報を開示していただけるのですか」

「そ、それは……」

制服姿の男が、言葉に詰まった。その肩に、さきほど〝支倉さん〟と呼ばれた私服姿の男がポンと手を置くと、

「それぐらいにしたまえ、熊城君」

「いや、だからといって……」

〝熊城君〟こと警視庁官房主事の熊城卓吉は、いったんは抗しかけたものの、すぐにあきらめたかのように黙りこんでしまった……。

「さっきは驚いたぜ。あの先生、まるで何でもお見通しなんじゃないか。あやうくあの包帯男たち発見のいきさつを白状してしまうかと思ったよ」

ＫＫ大学附属病院を辞去しての車中で、熊城が支倉に話しかけた。

「まさか、熊城君ともあろうものが、そんなことはせんだろう」

支倉が言うと、熊城は苦笑いまじりに答えた。

「どういたしまして。もともと今のような仕事は向いていなくってね。――知ってのことと思うが、警視庁の官房主事なんてのは、まるでお偉方のための私的諜報機関の元締めみたいなもんだ。機密費は血税から使い放題で、その大半は待合通い（まちあい）に投じられる。主な仕事は政党と貴族院の内情を探り、これを操縦すること。もっとも、これは今や新聞社の社長に収まって、しきりと戦争拡大を煽って（あお）いるあのご仁（じん）が始めたようなもので、その後任となったとたん、当たり前のように薄汚い仕事を命じられた某氏が、激怒したという逸話もあるがね」

「だが、君は極力そういうことを避けてきたんじゃないのか」

支倉の言葉に、熊城は弱々しくかぶりを振って、

「その必要がなくなったからだよ。政党というものが存在しなくなり、手ごわい対抗勢力だった貴族院もすっかり無力化してしまったんだからね。だが、顧客の方はいなくならなかった。それどころか、新たな調査対象を指定してきた。およそとんでもない相手の身辺を調査し、その弱みをつかめというんだ。……知りたいかね？」

「だいたい想像はつくが……訊くのはやめておこうか」

「そうした方がいい。そして、あの日、僕は某方面から提供された邸宅に、うやうやしく伺候（しこう）した。〝あの人たち〟が命じた調査結果を持参してね。だが、そこで僕が見たものは、顔面を真っ赤にし、指先から血を流してのたうち回る男たちの姿だった……。

とにかくここでの会合自体が、絶対に知られてはならない性質のものだったから、大至急手

を回して、彼らの身柄を回収した。そして秘密裏に治療に当たらせたんだが、失われた顔を元にもどすことは不可能だった……」

「ところが」支倉が続けた。「問題の邸宅に集い、そこで襲われたと思われた顧客連中――軍部や官庁、それに新聞社をふくむ企業の大物たちは、それぞれの自宅やら仕事場で健在だった。ならば、邸宅にいて顔の皮と指紋を剝がれたのはいったい何者なのかということだ。しかも、その邸宅での会合は、それきり開かれなくなってしまった……」

「そういうことだ。しかも困ったことに、最前、あの風変わりな名字の先生は、包帯男たちが単に妄想にかられてデタラメを言っているのではないと示唆した。万一、彼が言うのが正しいとしたら、質問はあべこべになってしまう。すなわち……」

口ごもる熊城にかわり、支倉がサラリと言った。

「すなわち、今、政府なり軍部なりの中心にいて、閣下だの何だのともてはやされている彼らは、いったい何者かということになってしまうわけだ……」

そのあとに、長い沈黙があった。その果てに、支倉が妙なことを言いだした。

「法水君がいたら、さぞかし一刀両断してくれたろうな」

「そう、たっぷりと蘊蓄をまじえてね。そういえば、彼はどうしたんだ」

「さあ、それがさっぱり……熊城君の方には何か連絡があったかい」

「いや全然。すると、君の方にもか」

「ああ。例の〝輝くトラペゾヘドロン〟についての矢の催促がやんだものだから、つい彼への連絡も怠っていたが……法水君があれだけ楽しみにしていたフルトヴェングラーの訪日公演も、結局立ち消えになってしまったし、つい後ろめたくてね」

「そういえば、そんな話もあったね」熊城は言った。「それより、そのややっこしい名前の宝玉の件では、警視庁でも妙なことがあったよ。それらしき代物が上野の帝室博物館に収蔵されており、あろうことか外相閣下自らのご検分の際に紛失が判明した件は、君の耳にも入っていようが……」

「ああ、厳重な緘口令が布かれてはいたがね。それで?」

「当然われわれの総力あげての厳探が命じられると思いきや、不思議にも一切の捜査を禁じられた。そして、いつのまにか、それに関してはうやむやになったのをこれ幸いと思っていたら、あの顔剝ぎ事件だ。そうこうするうちにお偉方からのお座敷もかからなくなり、法水麟太郎との縁も切れてしまった……」

「法水君だけではないよ」支倉が言った。「彼と同じく、およそ〈探偵〉と呼ばれる者たちが、この帝都から姿を消してしまった。いや、おそらくはこの国から……あ、そこで停めてくれ。そこから歩いてゆくから。それじゃ熊城君、どうかお元気で!」

10

【昭和十六年一月】陸軍「戦陣訓」示達。食糧増産に学徒動員を行う。翼賛選挙法案決定す。

【四月】小学校を国民学校と改称、義務教育八年制となる。六大都市に米穀(べいこく)通帳制実施。日ソ中立条約成立。

【五月】日本出版配給会社（日配）創立。

【六月】出版用紙割当配給開始。国民徴用規則公布。

【八月】米国、対日石油禁輸強化。学徒報国隊組織さる。


……これは私個人の回顧録だけれども、世界戦争にはいってからの国の出来事は、わたし個人の生活にもヒシヒシと迫って来るものがあったのだから、そのごく概略をしるしておきたいのである。

――江戸川乱歩『探偵小説四十年』より

*

――箱根(はこね)宮ノ下(みやのした)、富士屋(ふじや)ホテル。明治十一年創業というから、日本屈指の老舗(しにせ)である。

正面にあって、まず目につく本館は明治二十四年の建造。唐破風、瓦葺きの社寺風建築でありながら、どこかエキゾチックなふんいきを漂わせる。明治の一時期、外国人専用の宿だったこともあり、今も玄関をくぐる人々の国籍はなかなかに多彩だ。

本館の十五年後に加えられた鎧戸付きの上げ下げ窓も、いかにも明治調に古風な西洋館、日光東照宮本殿をモデルに昭和五年に完成した、格天井も豪奢な食堂棟――。

そして、今から五年前に加わったのが、千鳥破風の大屋根をいただき、校倉造り風の黄色の壁に朱色の高欄をめぐらせた、その名も花御殿である。竣工の翌年にはヘレン・ケラーが宿泊したことでも話題となった。

まだ朝もや立ちこめるころ、花御殿を出た二人の西洋人と、一人の日本人の姿があった。

服装はラフで小じゃれており、風貌も、これといって特徴はなかった。ゴルフバッグを携えていたが、それもこのあたりでは珍しくもないことだった。

しいて言えば、彼らの挙措動作には無駄がなく、軍人かと思われるほど姿勢正しく、歩調まで一定していた。行き会う従業員たちに、にこやかにあいさつを返しながらも、謹厳さを崩すことはなかった。その原則は、

「すみません、関東新報のものですが、少しお話を――」

とカメラを構えていきなり現われた二人組の新聞記者に対しても、破られることはなかった。

やがてホテル差し回しの自動車に乗りこむと、箱根裏街道を北西方向に上っていった。十五分ほどで、仙石原にたどり着いた。

そこには、富士屋ホテル直営のゴルフコースがあった。前身の箱根ゴルフ倶楽部時代には、かつての裕仁（ひろひと）皇太子も足しげく通った名門中の名門である。

そこのクラブハウスのある一角に、やや風変わりな建物があった。ここだけ純和風の二階建てで、山梨県のある村から移築された築百年を超える館《午六山荘（ごろくさんそう）》であった。名目上はホテルオーナーの別荘であり、外国人客に日本の伝統家屋を知ってもらうのが目的となっていたが、実際には、これはという客のためのゲストハウスであった。

切妻（きりづま）式の茅葺き屋根からは小さな越し屋根が二つ突き出し、見るからに古風で重厚な造りだ。中に入ると、まず広い土間があり、囲炉裏（いろり）がしつらえられている。その奥は座敷の居間と、いかにも豪農の暮らしをしのばせる。

一方、二階部分にはガラス障子をめぐらして、明るく近代的な印象も与える。ここには日本間がいくつかと洋間が一つ。それらに囲まれるようにして広間があり、畳（たたみ）敷きの上からカーペットが敷かれていた。

そこでは今、せいぜい三、四十代の男たちが、いそがしく立ち働いていた。見るからに怜悧（れいり）なプロフェッショナルたちで、山積みになった書類やメモも、それが日本語だろうが横文字だろうが、鮮やかに処理していった。

その中心にあって、ときに沈思黙考し、ときに饒舌（じょうぜつ）に指示を与える人物——最年長者である彼ですら、満で五十にはならないのだったが、彼こそがこの山荘の、いやホテルあげての名誉なゲストであった。

だが、いくら名誉でも、このゲストのことは秘密にしなくてはならなかった。そして、当人も、ここでくつろぐ余裕などは、ありそうになかった。

だが、さすがにその連続にも倦んだのか、彼――《午六山荘》のゲストは、静かに立ち上がると、庭に面した部屋の窓際に寄った。その部屋には、わずかな休息のときのためのお茶の道具が、しつらえられていた。

その背後では、彼の若いスタッフたちが、膨大な紙束との格闘に余念がなかった。高度な機密事項ながら、つい声高になってしまうのは避けられないままに、

「ええっと、『日米両国政府は、相互にその対等の独立国にして相隣接する、太平洋強国たることを承認す。両国政府は、恒久の平和を確立し、両国間の相互の尊敬に基づく信頼と協力の新時代を画さんことを希望する事実に於いて、両国の一致することを闡明せんとす』――これでまちがいありませんね？」

「ああ、英文との照合も完璧だ。……おい、日米首脳会談の場所が、ハワイのホノルルのままになってる個所があるぞ。ルーズヴェルト大統領の希望によりアラスカのジュノーに変更したことも明記しとかなくっちゃ」

「了解です」

応えた声のあとには、またひとしきり書類を繰る音だけが響いたが、

「『日本国政府は、枢軸同盟の目的は防禦的にして……軍事上の義務は、該同盟国独逸が、現に欧州戦争に参入し居らざる国により、積極的に攻撃せられたる場合に於いてのみ、発動する

ものなることを声明す』――日独伊三国同盟からの足抜けも、最初はまずこれぐらいですかね」

「これだけでも、いきり立つ連中はいるだろうよ。盟邦ドイツの危機を助けないとは、信義にもとる、とね。あんな獣たちにそんなものが通じると思っているんだろうか。そもそもドイツのソ連侵攻のとき、同盟国への違背行為として当然解消しておくべきだったんだ」

「まあまあ、それを言いだせば、中国関係の項目なんて、まるで地雷地帯だよ。『米国大統領が左記条件を容認し、且つ日本国政府が之を保障したるときは、米国大統領は之に依り蔣政権に対し和平の勧告を為すべし。

（イ）　支那の独立

（ロ）　日支間に成立すべき協定に基く日本国軍隊の支那領土撤退

（ハ）　支那領土の非併合』……」

「最後に『（チ）満洲国の承認』というビッグボーナスがついていても、駄目ですかね」

冗談めかしつつも、苦々しい口調で言ったものがあった。それに答えて、

「ああ、おそらくはね。この分じゃ『日米両国は、太平洋の平和を維持せんとすることを欲するを以って、相互に他方を脅威するが如き海軍兵力及び航空兵力の配備は、之を採らざるものとす』にも、どんな難癖がつくことやら」

うんざりしたように言ったあと、その声の主はふと視線を上げると、

「どうかなさいましたか、閣下？」

それにつられて、他の者たちも〝閣下〟——この館のゲストの方を見やった。

すると彼は、端整で、どこか芸術家めいた線の細い風貌に微苦笑を浮かべ、言った。

「うん？　ああ……あの連中も、こんな空の下、ずいぶんご苦労なことだと思ってね。ほら、窓の向こうの木陰の——」

スタッフたちが彼の後ろからのぞくと、庭に何本となく生えた老木の一本ずつに、妙な人影がとりついているのが見えた。

「何です、あれは？」

スタッフのうち最年少の、眼鏡をかけた青年がたずねた。

「憲兵だよ」

〝閣下〟は温厚な彼としては珍しく、吐き棄てるように言った。

「憲兵？　すると護衛ですか？」

別のスタッフが問いかけると、彼は弱々しい微笑とともにかぶりを振ってみせ、言った。

「監視さ」

瞬間、スタッフたちの間に驚きと怒りと、そしてむなしさが駆け抜けた。

誰もが唇をかみしめた。それが少しでもゆるめば、こんな言葉が噴き出すのを止められないに違いなかった。

——一国の命運を決める最高の国策が、それに最もふさわしい人の手で、今まさに練られているのを、憲兵が監視するとは……こんな国が世界のどこにあるもんか！

と。

あいにく、それが、彼らの愛する大日本帝国の厳然たる現実だった。

どうしようもないやりきれなさに襲われながら、彼らは複雑微妙をきわめた作業を再開した。

そして、そのあとは手を休めることはなかった。

――それは、いつ起きてもおかしくないまでに緊張した、日米の開戦を回避するためのものだった。

憲兵に敵視され、警戒された《午六山荘》のゲストは、彼らを静かに見守り、無言のうちに叱咤しながら、静かにそのときを待っていた――アメリカ大統領の密使が訪ねてくるのを。

そして、そのときはついに来た。たった今までゴルフを楽しんでいたかのような風体の三人組は、ひどくきびしい表情で二階の洋間に招じ入れられた。

「アルカヌム会ボストン教区の司教、ジョージ・A・ワトニイです。お目にかかれて光栄です、閣下(ユア・エクセレンシィ)」

「アルカヌム神学校所属の神父、ドワイト・M・スタウトです。どうぞよろしく……」

「アルカヌム会東京教区神父、柘植(つげ)連太郎(れんたろう)と申します。不肖ながら、この場の通訳をつとめさせていただきます……」

丁重だが手短なあいさつがすむやいなや、テーブルをはさんでの会談が始まった――すでに決定的と見られた開戦を阻止するための「日米避戦交渉」が。

――昨昭和十五年、京都教区の司教人事を名目に来日した二人のアルカヌム会幹部は、実は重大な任務を帯びていた。泥沼化した日中戦争と、愚かな選択のくり返しにより国際的に孤立した日本に、さらなる最悪の選択をさせないことは、アジア各地に布教拠点を持ち、アメリカ国籍であることを義務づけたアルカヌム会にとって最優先事項であった。

帝国ホテルでのレセプションを皮切りに、精力的に日本でさまざまな人と会い、年の暮れにいったん離日した。

翌年、すなわち昭和十六年一月、ついにルーズヴェルト大統領との会見に成功。その裁可を得て、いよいよ水面下の交渉が開始された。今、スタッフについている何人か――その多くが、軍や官僚機構とは無縁の民間ブレーンだった――が日米を往来し、「日米諒解案」が作成された。

その思いがけないほど日本側に有利な内容は、各方面から好意的に受け取られた。ナチス・ドイツとの一体感に酔いしれる軍と外務省の一部を除いて……。

そしてついに、アルカヌム会のワトニイ司教とスタウト神父が再来日して富士屋ホテルに投宿。午六山荘に滞在中の日本側と秘密裏に会談するに至ったのだった。

だが、避戦交渉とアラスカでの日米首脳会談に向けての打ち合わせは、初手から奇妙な展開を見せた。

熱心に日米諒解のための項目を説明する日本側に対し、相手方の反応は妙に薄かった。何となく心ここにあらずという感じで、やりとりはかみ合わず、しばしばトンチンカンなことになった。

「そこで、わが方から特に希望したい点でありますが……あのぅ、どうかされましたか？」

たまりかねたように、日本側の最年少スタッフが言いかけたときだった。一座に異様きわまりない緊張が走った。

もっともそれはアメリカ側に限ってで、日本側はただとまどうばかりだった。

えっ？　これは？　いったいどういうことだ？——〝閣下〟をはじめとする日本人たちの顔から疑問符があふれ出たときだった。

アルカヌム会の三人の手が電光のように動いて、ポケットに差し入れられた。次いでそこから不吉で凶悪な何かが現われ、至近距離の前方に狙いを定めるかと思われたとき——突如、流れてきた声があった——この場の誰でもないものの声が。

「臨時ニュースを申し上げます。臨時ニュースを申し上げます。大本営陸海軍部本日午前七時発表。帝国陸海軍は、本日未明、フィリピン及びインドネシアにおいてアメリカ、イギリス軍と戦闘状態に入れり。帝国陸海軍は、本日未明、フィリピン及びインドネシアにおいてアメリカ、イギリス軍と戦闘状態に入れり。今朝、大本営陸海軍部からこのように発表されました……」

それは、部屋の片隅に置かれたラジオから流れ出た声だった。

この思いがけない音声に、日本側もハッとしたようすを見せたが、アメリカ側の三人の反応はいっそう奇妙なものだった。明らかに狼狽した顔を見合わせると、

――ど、どうする？

――どうするって、どうしようもないぞ。

――とにかく状況が変わったんだ、あの方たちの指示を仰がねば……。

軋(きし)るような小声で、早口に言い交わしているのが、かろうじて聞き取れた。そこで初めて交渉相手の存在を思い出したように、

「ここに電話はありますか？　至急、連絡を取りたいので」

息せききったようすで、日本人神父が言った。

「あいにくですが、ここにはありません」

丸眼鏡をかけた最年少のスタッフが、にべもなく言った。続けて、

「クラブハウスの方に行けば、むろんありますが……ご案内しましょうか？」

「いや、けっこう！」

吐き棄てるように言うと、彼らは持参した書類をかき集め、いきなり部屋を飛び出した。階段を駆け下り、土間を抜けて外へ飛び出す。

それを受けて、庭の老木群に身をひそめていた憲兵たちが、いっせいに姿を現わし、三人に歩み寄った。だが奇妙なことに、三人は男たちを恐れもせず、むしろ仲間であるかのように呼びかけた。

「どいてくれ！　緊急の用件があるんだ」

だが、その言葉に反して木陰の男たちはますます歩を進め、見る間に三人を間近から取り囲

んだ。彼らが異変に気づいたときには、四方八方から手をのばし、その体を取り押え、腕をねじ上げた。

その指先から、次々と芝生にこぼれ落ちたのは……黒光りする拳銃だった！

そんなものをポケットに隠し持ち、あの場に現われるぐらいだから、三人もれっきとしたプロフェッショナルだった。だが、いきなり現われた未知の男たち相手では多勢に無勢、さらに機智と計略という点では、もとよりかなうものではなかった。

——数分後、男たちは三人を引き立て、《午六山荘》の玄関までやってきた。

驚きを隠せぬまま二階から降りてきた〝閣下〟とそのスタッフたちに向かって一礼すると、

「ご協力ありがとうございました——内閣総理大臣、公爵近衛(このえ)文麿(ふみまろ)閣下！」

「近衛閣下には、ご公務のところお騒がせしまして、大変申し訳ありません。しかし容易ならぬ事態出来(しゅったい)ということでお許しくださいますよう」

「大統領の密使とすりかわり、閣下とその協力者(ブレーン)の方々を暗殺して日米の避戦交渉を破綻させ、開戦に追いこもうとしたものたちは、これこの通り捕縛してございます」

「すりかえの事実は、富士屋ホテルを発つ前と現在とで顔が違うことで明白。ほら、この写真をごらんください。まだ濡れておりますが……」

「なお、本物のワトニイ司教、スタウト・柘植両神父は、私どもの手ですでに救出しまして、こちらで待機されています。とんだ災難にはあわれたものの、いつでも会談を始められるそうです……」

「あと、某大臣や某大将の私兵として派遣されたとはいえ、監視の憲兵諸氏を眠らせて入れかわるような真似をしましたことは、できればお忘れ願えば幸甚です」

口々に、驚くべき事実を言ってのけた。

これには、近衛首相や彼のスタッフ――公爵家の令息でベルリンやモスクワにも飛んだ国際派の西園寺公一、元外交官で日米諒解案の立役者である実業家の井川忠雄、同盟通信編集局長で西安事件（一九三六年の張学良による蒋介石拉致監禁事件）をスクープした松本重治、彼らブレーンが集う「朝飯会」を組織した首相秘書官の牛場友彦らも言葉を失ったようすだった。

近衛首相は、やがて典雅な風貌に微笑を浮かべると、

「ありがとう。どうやら、われわれはとんでもない罠にはめられたところを、君たちに救われたということらしいね。だが、それを誰よりも先んじて突き止め、かくもみごとな解決をつけた君たちは、いったい何者なのだね」

「探偵ですよ」

最初にあいさつした男が、言った。

た、探偵？　と首相たちの間でとまどいが広がる。

そのようすを満足げに見ながら、彼ら――法水麟太郎、帆村荘六、獅子内俊次、藤枝真太郎、青山喬介、大月対次、東屋三郎、真名古明その他、日本全国から駆けつけた〈探偵〉たちは、うやうやしく一礼した。自分たちのような存在にとっても最後の砦である人々に対して……。

――昭和十六年八月末のことだった。

11

かつてはネオンサインが広くもない路地に花を咲かせ、そこここからジャズの音がもれ聞こえてきた銀座裏の飲食街も、今はすっかり火の消えたようだった。

度重なる営業規制、時間短縮、不良学生狩り、果てはコーヒー豆の輸入全面停止……あれほど街にあふれ、当たり前のように享受できていたものが、こうもあっさりと失われるものか。そしてそのことに、誰も文句を言わず、黙々と耐え忍ぶものか……旧世代に属する私には、やりきれないばかりだった。

《カフェ・青蘭（せいらん）》のネオン看板をかかげたその店も、今はその輝きを絶やして久しい。にもかかわらず、そのドアの向こうには客たちが久々に詰めかけて、すでにさまざまな知的談議に余念がなかった。

「いらっしゃいまし……あ、藤枝さんに小川さん。もうみなさんおそろいですよ」

カウンターから声をかけたのは、ここの支配人（バー・テン）で西村（にしむら）という男。こう見えて彼もなかなかの素人探偵で、ここ《青蘭》の真向かいの煙草屋で起きた不可解な殺人「銀座幽霊」事件では、あざやかな推理を発揮した。

つまり、今日の会合に場所を提供するに当たっては、最適任の人物であった。あるところにはあるもので、というよりは西村支配人（バー・テン）の奔走の結果だろうが、酒も魚も料理も菓子もお茶も、ここにはふんだんに用意されていた。

　それはここに集まった〈探偵〉たちにとって、あまりにも短かった〝良き時代〟を彷彿させるものでもあった。そこへまた、ドアの開く響きとともに、

「やあ、みなさんお集まりですな。これは壮観だ」

「ほんとだ、帝都の名探偵連が勢ぞろい——今晩この近辺で悪事を働こうという奴がいたら、そいつはよっぽど馬鹿に違いないや」

などと言いながら入ってきたのは、一人は華奢で小作り、もう一人はいかにも屈強そうで、とりわけ足腰がガッシリした二人組——関東新報社会部の千種十次郎部長と早坂勇記者だった。

「やあ、千種さん、早坂君」

　店の奥から声をかけた獅子内俊次記者に、千種部長はニッコリすると、

「やあ、獅子内君。今回はちょいと首実検をしただけなのに、お招きいただいて申し訳ないね」

「とんでもない。あの《午六山荘》で会談が行なわれることを探り出したのは、あなたと『足の勇』君の功績じゃありませんか。ささ、どうぞどうぞ」

「もっとも、ただの一行も記事にすることはできませんでしたがね。とにかくそういうことだから、早くご馳走にありつくとしようや、兄貴」

「品のないことを言うもんじゃないぜ、勇。じゃあ、遠慮なく上がらせてもらいますよ」

上司と部下なのに、この口の利き方かとびっくりさせられたが、なぜこんな集まりが持たれたかといえば、それは言うまでもない。

法水麟太郎氏が依頼され、帆村荘六氏が協力した〝輝くトラペゾヘドロン〟に関する調査に端を発し、帝室博物館で、私と藤枝真太郎の目前で起きた、それとおぼしき宝玉の消失事件、一方、獅子内俊次記者が遭遇した謎の自動車事件、花堂琢磨弁護士が担当した降矢木家すなわち黒死館の蔵書を盗もうとした一味の奇禍、さらには《張ホテル》の殺人――そしてついに近衛公爵とそのブレーン諸氏を救った箱根仙石原の一件に至るまでの謎解きを、互いに報告しあうためだった。

ところで、私こと小川雅夫は、名探偵藤枝真太郎の事件記録係をもって任じている。シャーロック・ホームズにおけるワトスン博士、ファイロ・ヴァンスにおける作家ヴァン・ダインのごときものであり、何かと一人合点になりがちな〈探偵〉の推理を解きほぐす役割を担っている。

だとしたら――今夜のこの推理の饗宴を克明に記録し、ときに疑問を出し、はたまた補足説明を加えるのは、私の仕事でなければならない。これまでのように藤枝だけでなく、次から次へと壇上（そんなものはないが）に立つ探偵たちの相手をしなければならないとしてもだ……。

まず皮切りは、昭和日報記者の獅子内俊次君だった。彼はまず、今回命拾いしたうちの一人であるアルカヌム会の柘植連太郎神父について語り始めた。

「僕が彼——柘植神父を最初に見かけたのは、お濠端近くで同じ流線型の自動車が二度そばを駆け抜けた、その二度目のことだった。その後まもなく帝国ホテルでのレセプションにワトニイ司教、スタウト神父とともに参加しているのを目撃し、同じアルカヌム会に所属する日本人聖職者と気づいたんです。

さて、あのとき僕が目撃した怪現象の真相はこうです。——東京駅に着いた二人のアルカヌム会幹部は、かねて打ち合わせた通り、迎えの自動車に乗りこんだ。車種も色も、あらかじめ聞いていたのと同じだったし、運転手は同じ会に所属する日本人神父と名乗ったからには、まちがいがないはずだった。

だが、実はこの車も人も、真っ赤なニセモノで、彼らを拉致し日米交渉を妨害しようとするものたちの謀略だったんです。だが、すぐそのことに気づいた、迎えの柘植神父——むろん本物の——が、これまた本物の自動車であとを追った。

僕が見たのは、まさにこの二台の自動車競走だった。ちなみに先の車には偽の運転手と本物のワトニイ、スタウト両氏が乗り、後続車には本物の運転手である柘植神父がハンドルをにぎっていて、後部座席は空だった。つまり僕は別々の車の運転席と後部座席に乗っていた人物を、一台の自動車のものと思いこんでしまったのですな。

僕の目前を通り過ぎた少し先で、偽運転手が車から飛び降りた。そのまま行けばお濠に突っこんで、二人の神父はお陀仏となる運命にあったが。彼らもただものではなかった。寸前で、自分たちも車から飛び降りた。そこへ柘植神父の車が駆けつけ、二人を拾うと、予定通りに帝国ホテルに向かった――というわけです」

「なるほど」私は言った。「で、あなたはそれ以降、アルカヌム会の動向を探り始めたわけですな」

「そう、ワトニイ司教とスタウト神父は帝国ホテルに逗留していたので、何度かようすをうかがいに行くうちに、たまたまその周辺で柘植神父が平服姿でいるのを見つけてね。こいつは妙だとあとをつけていったところ、なぜか上野の帝室博物館まで出かけていった。そこで展示物を参観しているようなふりをしてはいるが、その実どうやら警備状況をつぶさに調べているようだから、これは臭いと見張っていたら、物陰で何やらサラサラと書き始め、しかもそいつを博物館の事務室に投げこんでいった。あとで訊いてみると、防犯上の不備を指摘したものだったから驚きましたよ。てっきり泥棒の下見でもしているのかと思ったら、何と正反対だったとはね。

そのあと、何食わぬ顔で館内をぶらぶらしているから監視していると、いきなり来館者の一人に飛びかかって腕をねじ上げた。するとそいつの手から落ちたのが大きな紙入れで、正体はスリとわかった。柘植神父はそいつを守衛に引き渡すと、さっさと立ち去ってしまった。しかも、そういったことが二度三度とあったと知って、ますます驚かされた次第です」

「北小路博士が言っていた〝異変〟の一つの正体がそれだったんですな」

「そうです」獅子内記者はうなずいた。「そこへ、あの『アルタンホト＝ボロルホト鉱石群第九一〇六号』の消失騒ぎが起きたから、柘植神父ひいてはアルカヌム会は、問題の宝玉を手に入れようとする側とむしろ対立していることがわかったわけです……」

「なるほど……では、あなたもその場に居合わせた宝玉消失事件について、藤枝、君から説明してくれないか」

藤枝真太郎は「わかった」と答えると、エアシップに火をつけながら、

「集まりの諸君には、すでにおわかりのことかもしれないが、結論からいうと、犯人はかの外務大臣閣下だった」

と、いきなり爆弾発言を、白い煙とともに放ってみせた。それに続けて、

「法水氏が話を持ちこまれた〝輝くトラペゾヘドロン〟のドイツ引き渡しに、かのナチスびいきの大臣閣下がかかわっていたのはまちがいないだろう。ところが、容易なことでは帝室博物館側が引き渡してくれないのと、一部に盗難の噂——館長の北小路博士と守衛が別々のときに『暗闇に浮かぶ燦然たる物体』を見たという——もあると知って、あのとき博物館まで押しかけた。

そのあげく、いかにもあの人らしく強権的に金庫を開けさせてみると、意外というか、本来そうあるべきというか、問題の宝玉がちゃんとそこにあった。それならそれで満足して引き下がればいいものを、そうするには、かの大臣閣下はあまりに我が強く、誤りを認めたがらなかった。加えて、北小路博士は、ああ見えて圧力に屈して館蔵品を手渡すような弱腰ではなかった。

そこで考えたのは、あろうことか素早く宝玉をポケットにしまい、持ち去ってしまうことだ

った……」

藤枝真太郎は、エアシップをさらに一服吸いつけると、続けた。

「まさか直前まで博物館側の非を鳴らし、宝玉の引き渡しを要求して、もしなくなっていたら承知せんぞと息巻いていた当人――ましてや大臣閣下ともあろうものが盗人とは思えない。かくして、行き当たりばったりで粗雑きわまりなかった犯行が、完全犯罪として成立してしまったというわけだね。

だが、唯一わからないのは、今も話した『暗闇に浮かぶ燦然たる物体』の件だ。証言を聞けば聞くほど、二人が見た物体は同一のものとしか思えず、だとすると、暗闇はもちろん、明るみにも溶け消えて見えない何者かが、開かずの金庫から宝玉を抜き取ったとしか思えないわけだが――」

「たとえば法水氏や帆村理学士が遭遇したという〝黒いファラオ〟のような?」

私が口をはさむと、花堂琢磨弁護士が鼻眼鏡を落としかけながら、

「何と、私が扱った事件の被告人たちが見たのも、そうした超自然的な存在なのでしたか。人の形に切った板に黒ペンキを塗っただけのしろものではなく?」

すると、藤枝は「かもしれませんね」と否定も肯定もしないままに、

「だが、外務大臣犯人説が正しいとすれば、その時点では宝玉はまだ金庫内にあったわけで、だとすると〝黒いファラオ〟の出番はなさそうだ。館長と守衛が見たのは、幻影か錯覚のたぐいということになるが、複数の人間がそっくり同じものを見たというのも変な話ではあるね」

「それはおそらく――閃輝暗点（シンティレーティング・スコトム）だよ」

と身を乗り出したのは、法水麟太郎氏だった。閃輝暗点？　と首をかしげた私や探偵たちに、

「うむ……これは一種の視覚異常で、ギザギザした形の、色とりどりにきらめきながら回転する物体が、視野の中にフワフワ浮かんで見えるものだ。その形状は万人にとってほぼ同じで、ゆっくりと視野の外に出てゆくまでは、周囲の明暗にかかわらず、また目を開けていようと閉じていようと消えはしない。しばしば事後に激しい偏頭痛をともなうが、そうでないものもある。その原因は脳の変調と呼ばれているし、ふと心的圧迫（ストレス）から解放されたときに発症しやすいともいう。

二人が見た、もしくは見たと思ったのが、この閃輝暗点だとすれば、つじつまは合う。二人とも、この厄介な代物をめぐって強い緊張にさらされていたとすれば、なおさらだし、宝玉の現物は見たことはなかったのだから、そこに〝輝くトラペゾヘドロン〟のイメージを重ねてしまっても無理はない話さ」

「何と、人は違えど、同じ幻影を見るということがあるのか……」

私は思わず、感嘆の声をあげてしまった。そしてまた何と法水氏が語るにふさわしい真相だろう、とも。だがすぐ気を取り直すと、

「では、《張ホテル》の殺人事件に移りましょうか。これについては……ああ、青山さんにお願いできますか。それではどうぞ」

私の言葉を受けて、青山喬介氏は静かに語り始めた。

「その後判明したことですが、あのホテルで殺されたジョン・D・キルロイという外国人客も、アルカヌム会の一員で、宝玉をナチス・ドイツに引き渡すまいという活動に身を挺していました。そしてあの日午後三時ごろ、何らかの任務を達成して帰還しようとしたとき、敵方に刺されてしまい、そのまま瀕死の状態でホテルまで帰ってきた。やっとのことで自室にたどり着いたものの、そこでとうとう倒れてしまったのですな。

部屋の外には血痕が見当たらなかったことからして、たぶんその時点では凶器の刃物が刺さったままで、それを服の下に隠すなどしていたのではないか。そして帰り着いた直後、苦痛のあまりか、あるいは自分で手当てをしようとでも思ったのか、凶器を引き抜いたところで出血を起こし、絶命してしまった……。

そのあと、五時ごろになってキルロイの部屋を訪れたのは、彼の仲間であり同志である男だった。その男は、キルロイの蘇生が無理なのに気づくと、凶器となった刃物を持ち去った。おそらくは何らかの特徴を備えていたそれが、犯人の特定手がかりになり得るのと、それを日本の官憲に渡さないためにね」

すると、獅子内俊次君がそのあとに続けて、

「その男の顔は誰も見ていないかと思いきや、同じ《張ホテル》に逗留中だった真名古元警視が、とっくりと見覚えていた。真名古氏の正確無比な記憶力と表現力で再現されたその顔は、僕の記憶の中の柘植連太郎神父のそれとぴったり一致していた……そうですね、真名古さん？」

店の片隅で、暗がりにまぎれて黒一色にしか見えない人影が、こっくりとうなずいてみせた。人間というより、さながら不吉な現象のような陰々たる雰囲気(アトモスフェール)を漂わせていた。

「じゃあ、殺されたキルロイ氏がミカンの皮をくわえさせられ、中身は屑籠に捨てられていた件については……ああ、帆村さん。お願いします」

私の言葉を受けて、帆村荘六理学士は飄逸(ひょういつ)な調子で話し始めた。

「そもそも日本でミカンといえば温州蜜柑(うんしゅうみかん)でして、これに味や大きさ、色合い、さらには手で簡単に皮がむけることもふくめて、最も近いものを欧米のオレンジに求めるなら、マンダリン、タンジェリンと呼ばれる種類となるでしょう。これらを、かの地ではチャイニーズ・オレンジ、つまりチャイナ橙(だいだい)と通称するわけだが、この時点でピンと来た諸君も多いのではありませんか?

それだけならただの偶然ともいえようが、死者がその中身を捨てて皮を口にくわえていた――つまりあべこべ(バックワーズ)な食い方をしていたとなれば、にわかにある事件とその記録を想起せずにはいられない。*The Chinese Orange Mystery*――今や米国探偵界の第一人者となったエラリー・クイーン氏の『支那オレンジの秘密』（『チャイナ橙の謎』の初訳タイトル）をね」

そういうことだったのかと、私は今さらながら驚いたが、《青蘭》の客たちはいっせいにうなずいていた。どうやら、これがわからなくては探偵とは名乗れないらしかった。

「クイーン君に敬意を表して詳細は避けますが、あの事件では、被害者の身元を隠すために、何もかもが〝あべこべ〟な殺人現場が構成されました。むいたミカン――チャイニーズ・オレンジの実が捨てられ、皮が死者の口にねじこまれたのは、逆に彼の身元を明かすため。すなわち服装からはわからないが、キルロイ氏はキリスト教の聖職者であるということを知らしめようとした。

とはいえ、警察当局にはこんな謎々は気づいてもらうことすらできず、それは柘植神父と彼の同志たちの望むところでもなかった。では、誰にそのことを伝えたかったかといえば——それは、われわれ〈探偵〉だったのですよ。ミカンの皮と実の〝あべこべ〟に気づけば、そこからエラリー・クイーン氏の〝チャイニーズ・オレンジ〟事件に連想が飛ぶだろうし、そこから死者が牧師もしくは神父であるという推理に容易に到達できましょう。そして、それをほんの小さく報じられたカトリック・アルカヌム会の動向と照らし合わせ、同業者たちと連絡を取り合えば、おのずと明らかになることだった——これが日本の存亡とともに、われわれの運命をもにぎる避戦交渉につながっていることがね！」

そういうことだったのか——私はうならずにはいられなかった。そして理詰め一点張りの探偵ぶりが日本にまで聞こえたクイーン君と、帆村理学士の取り合わせが意外に思えたが、どうやらそれは事件の外見のみにとらわれた偏見であるようだった。

そのあと話は、彼らがやがてたどり着いた《午六山荘》でのクライマックスに及んだ。——紆余曲折を経て実現にこぎつけた、アラスカでの近衛‐ルーズヴェルト会談。その下準備のため箱根で行なわれることになった日米の打ち合わせ。だが、それは開戦強行派の知るところとなり、恐ろしい陰謀が仕組まれた。

それは、ざっと次のようなものだった。富士屋ホテルからゴルフ場に向かうアルカヌム会の三人を、中途で襲って拉致監禁し、まんまとすりかわった偽者トリオが《午六山荘》で首相らと対面する。そして会談などはどうでもよく、適当なところで日本側のメンバーを射殺し、逃走する。

監視の憲兵たちは、もとより陸軍トップの私兵みたいなもので、そこからの命令とあれば総理大臣が暗殺されようと見過ごしにすることに何の呵責も感じはしない。三人の暗殺者はそれに助けられてまんまと逃走し、そのあと総理とそのスタッフ殺しの証拠を存分になすりつけられた本物の司教たちが死体で発見される——というのが結末だ。

ここまですれば、日米の融和は一瞬にして消し飛び、戦端が開かれるのは必至だ。こうまでして戦争がしたい連中がいるのかと理解に苦しむほかないが、何としてもこれは防がねばならない。

どうすれば彼らの正体をあぶり出し、かつ凶行を阻止することができるのか。そのために用いられたのが、あのラジオ放送だった。

正確にはラジオに接続されたマイクロホンからの〝大本営発表〟——帝国陸海軍が奇襲攻撃を開始し、英米軍と戦端を開いたという虚報であった。近衛首相らには、同じ回線を通じてあらかじめ「このラジオから特殊な音声が流れるが、気にしないでほしい」と伝えてあった。

「日米もし戦わば」という想定は、双方の国でくり返し行なわれており、これは極秘情報だが、政府が今年創設した「総力戦研究所」では、官・軍・民の若きエリートたちが〝仮想内閣〟を組んでの図上演習(シミュレーション)が実施されていた。まずフィリピンと蘭印すなわちインドネシアを奇襲攻撃するというのは、その予想から採ったものだ。

とにかく、あれを聴いた偽者トリオは、極度に周章(しゅうしょう)狼狽したに違いない。なぜなら、日米開戦となった瞬間、彼らの使命は意味を失ってしまうからだ。そこで彼らは山荘内にはないと告げられた電話を探し、彼らに暗殺指令を出したものらと確認を取ろうとした。あとのことは、ことさら説明の必要もないだろう。

ちなみに、一行がホテルを出たあと、偽者にすりかわったことは、ゴルフ場に車で先回りした千種・早坂の記者コンビによって見抜かれていた。

ただ、わからないのは帝室博物館所蔵の宝玉——〝輝くトラペゾヘドロン〟が、結局どうなったかだ。《張ホテル》で殺されたキルロイは、いったんは親ドイツ派に渡ったそれを取りもどそうとして殺されたとも考えられるが、結局取りもどしたのかどうか。取りもどしたのなら、それはいったいどこに行ったのか——この点は、避戦交渉に当たった人々も把握していないらしい。

これについては、真名古明元警視からこんな話があった。真名古氏は、かつて警視庁の名捜査課長であり、今も庁内にひそかに信奉するものが絶えないことから、余人の知りえない情報をつかむことができたらしいのだが、

「どうも問題の宝玉——かつて私がかかわった安南(アンナン)皇帝秘蔵の大金剛石『帝王(ラジャー)』より厄介な代

物らしいが、その所在が最後に確認されているのは、とある秘密の邸宅であり、その直後に、その邸内で顔面と指紋を剝がれた男たちが発見された。それに関し、かつてこの真名古の四銃士と呼ばれた部下たちが調べたことだから絶対の信頼がおけるのだが、三つの事実が判明している——一つは、《張ホテル》で死んでいたキルロイらしき人物が、その邸宅に出入りしていること。二つ目は、黒死館所蔵図書の盗難未遂事件は〝輝くトラペゾヘドロン〟について知るべく、ここから発せられた指令にもとづくものであったこと。そしてもう一つは、現在某所に秘密監禁されている男たちが、身長体重血液型骨格既往症などあらゆる条件において、かつてその邸宅に集い、現在も帝国の指導者であり、開戦強行派として活躍中の高官たちと完全に一致するということだ……」

「ま、まさか」私は思わず訊いた。「今、近衛首相らを悩ませている彼らは、本物の顔の皮をかぶった真っ赤な偽者だとでもいうんですか」

「私は単に、私のかつての部下たちの捜査結果を述べているだけだ。それ以上でもそれ以下でもありません」

ぶっきらぼうに言うと、それきり押し黙ってしまった。

そのあと、真名古元警視に目でうながされる形で、立ち上がった人物があった。年のころ四十代で白髪まじりの髪を短く刈り、顔にはていねいに剃刀を当てていた。

「その件については、私から……あ、私は南波喜市郎(なんばきいちろう)と申しまして、大阪からまいりました」

何と遠路はるばると思ったら、この人は『船富家の惨劇』事件では紀伊半島全体を、『瀬戸内海の惨劇』事件では、読んで字のごとくの広範囲を舞台とした事件を手がけていて、長旅は苦にならないらしかった。

聞けば関西の警察に奉職して名捜査課長とうたわれ、地方警視まで昇進したあと私立探偵に転じたというから、真名古明氏とのつながりもそのあたりだろう。その南波探偵の言うには、

「大阪の財界できわめてユニークな立場を占め、中央の政官界とは常に距離を置くばかりか、しばしば反発さえしてきた某氏から聞いた話なのですが……東京の有力者たちの一部がまるで人が変わったように怜悧かつ人品上等になっており、しかし聖戦完遂という点ではますます純化されていて、何とも異様な感じがしたというのです。某氏はその有力者たちから、とある会合への参加を求められて断わり続けていたのだが、ふっつりとそのことを言い出されなくなっていた、とも――」

何気ないようで、どこか不気味さをたたえた話だった。

そのとき私の脳裏をよぎったのは、この事件でしばしば姿を見せた〝黒いファラオ〟のことだった。その本体であり、〝輝くトラペゾヘドロン〟をいたずらに弄(もてあそ)べば、顕現(けんげん)して災厄をもたらすという邪悪なる神。そう、あれは何といったか……。

「Nyarlathotep(ナイアルラトホテップ)……」

そう、ナイアルラトホテップ……とうなずきかけてハッとした。今のは誰が言ったのだ？と見回すと、けげんな顔の人たちが何人もいた。どうやら空耳ではなかったらしい。

そのあとに、一種異様な沈黙が流れた。ここに来て全く不可解で非合理な部分が残されたこ

とが、彼らをしてひどく敗北感を覚えさせたらしかった。

聞こえるのは、西村支配人（バー・テン）がカクテルをシェイクする音ばかり。と、そんな状況を打ち破ろうとするように、

「それに関しては、僕の友人から一つ報告がある」

法水鱗太郎氏の声が、店内に響きわたった。それに応じて、それまでカウンターで黙々とグラスを相手にしていた精悍そのものといった人物が、われわれの方に向き直った。

「諸君、折竹孫七（おりたけまごしち）氏を紹介しよう。鳥獣採集人としての世界的フリーランサーであり、幾多の人外魔境を踏査したことでも著名だが、今回久々に帰朝した彼から、驚くべき情報がもたらされた」

法水氏の紹介を受けて、世界的探検家であるその人物はおもむろに口を開いた。

「どうも、折竹です……結論から申し上げると、みなさんが話題にしていた宝玉ないし〝輝くトラペゾヘドロン〟は、アメリカに運ばれたと信ずべき証拠があります。アルカヌム会の目的は、あくまでこれをドイツに持ちこませないことにあり、最終的には帝室博物館に返されるはずだったのが、何らかの強い意思——おそらくは合衆国政府の——により、その意図がゆがめられた気配があるのです。そして現在、極秘裏にある計画に用いられていると……」

「そ、その計画とは？」

矢のように飛んだ質問に、折竹孫七氏は答えた——。

「あいにく、その名前しか明らかではないのですが……『マンハッタン計画（プロジェクト）』という」

そのあとも探偵たちの宴は、時のたつのを惜しむかのように続いた。誰もが自分たちの将来を楽観視できた一夜だった。

あのカトリック神父たちと日本側の賢明な人々の努力は、きっと実を結ぶだろう。ちなみに総力戦研究所の結論は「日本必敗」であり、ということは、あのときのような「大本営発表」がラジオから流れることはありえないということにほかならない。

それは、名探偵たちの頭脳を借りなくても、私のような凡人にとっても、あまりにも自明のことだった。たとえ人面の皮をかぶった人ならざるものどもが、どんな悪さをしたとしても！

＊

ワーッというわめき声に、ヒョイとふりむくと、大通りは一面の火の海だった。八角筒の小型焼夷弾が、束になって落下して、地上に散乱していた。僕はあやうく、それに打たれるのをまぬがれたのだ。……

刻々に、あたりは焦熱地獄の様相を帯びて来た。東京中が巨大な焔に包まれ、黒雲のような煙が地上の焔に赤く縁どられて、恐ろしい速度で空を流れ、ヒューッと音を立てて、嵐のような風が吹きつけて来た。……

もう町に立っていることは出来なかった。瓦、トタン板、火を吹きながら飛びちがう丸太や板きれ、そのほかあらゆる破片が、まっ赤な空から降って来た。ハッと思うまに、一枚のトタン板が僕の肩にまきついて顎に大きな斬り傷を作った。血がドクドクと流れた。その中へ、またしてもザーッ、ザーッと、焼夷弾の束が降って来る。僕は眼がねをはねとばされてしまったが、探すことなど思いも及ばなかった。……

——江戸川乱歩「防空壕」より

これは、全てが失われ、もう一度よみがえりのチャンスを与えられた時代の物語――。

〈探偵〉という存在そのものを否定した連中は裁きにかけられ、とりあえず表舞台から去りました。

禁じられていた謎と論理の物語は息を吹き返しました。新憲法と民主警察の誕生に背中を押されたかのように、個性ある探偵たちが続々と全国各地に名乗りをあげて、それぞれに頭脳を競い合い始めたのです。

今度こそ、この国に黄金時代がめぐってきたかのようでした。たとえそれが、つかの間のことではあったとしても……。

帝都探偵大戦　戦後篇

0

(こ、こ、これは……いったい何がどうなってしまったんだろう……)

少年は、ともすれば唇の間からあふれ出しそうな言葉を必死にこらえた。

目の前の現実を認めたくなかったからだが、誰もがそんなわけにはいかず、同行の子供たちの間からは、悲鳴にも似た声が次々とあがった。泣き出してしまうものも少なくなかった。

それも無理はなかった——もう何年も暮らしたような気がする疎開先から汽車に揺られ、かつて出発した駅に着いてみると、東京が消え失せていたのだから。

少年の目前にあったのは、一面の焼け野原。数か月前、帝都を見舞った最大級の空襲の傷跡は、まだ少しも癒えていなかった。

学童疎開。親と離れて個人的に、あるいは少年のように学校ごと田舎へ移住させられた子供たちを待っていたのは、都会と変わりのない腹ペコ生活と、地元の子供からの絶え間ない暴力だった。

そんなつらさから仲間同士での争いも絶えず、といって帰ってなぐさめてもらう家はあまりに遠い。これが、文部省が小学生、いや、国民学校生たちに与えた生活だった。

だからせめて東京に帰れさえすれば、と願ってきた子供たちは呆然とその場に立ちつくした。駅やそのかいわいをにぎやかに行き交っていた人々が、根こそぎいなくなってしまったかのようだった。

　この空の下のどこにわが家があり、親兄弟がいるのかと疑われるほどだった。そんなさなか、

「まぁその、諸君……ウォッホン！　ころは建武三年、かの楠木正成公は湊川の合戦に赴くに際し、一子正行を呼び寄せて申し告げたことには――」

　本人も動揺が隠せない校長は、それでも胸を張って親子の別れにまつわる、すでに国史や修身の教科書で聞きあきた故事を引用し始めた。そのあげく、

「たとえ親御さんが亡くなっていたとしても、日本の子供としての誇りを持ち、雄々しく生きてゆけ」

などと不吉なことを述べて、子供たちの顔を感激によるものではない涙でぬらし、ゆがめさせた。

　何ともいえず不安な時間が流れた。それでも大半の児童は、迎えに来た家族にともなわれ、三々五々立ち去っていった。

だが、少年とあと何人かの同級生については、その幸運は訪れなかった。彼らの身に、いや、その両親や兄弟姉妹に何が起きたかは明らかだった。

とりあえず学校で引き取り手を待つことになって、瓦礫の砂漠のただ中をトボトボと歩いた。

かろうじて焼け残った学校はひどくガランとしていて、壁や床には影のような黒ずんだ跡がついていた。そこに逃げこんだものの焼け死んだ人々の、無念の姿をとどめたものらしかった。

そこへポツリポツリと訪ねてきた親たちがあって、子供たちの数はさらに減った。

「あと四人……いや、今ので三人か」

教師の一人がうんざりしたようにもらしたつぶやきが、思いがけず校舎内に鳴り響いた。

「残り二人か。まだ帰るわけにはいかんか」

「あ、今また誰か来たみたいですよ。ということは——」

哀れみといらだちがまじった声と視線が、少年の背中に投げつけられた。

少年は、そのままふりかえることもできなかった。

もしこのまま誰も迎えに来ず、引き取り先も見つからなかったら？　それは、疎開児童がそのまま戦災孤児となり、かなりの確率で廃墟をさまよう浮浪児となることを意味していた……。

1

臓物までジクジクと濡れそぼって、カビの生えそうな雨の日のことだった。

「特許新案　蓑浦義肢製作所」——と、かろうじて読み取れるすすけた看板。その横を、黒い雨合羽（あまがっぱ）に黒帽子といういでたちの男が、ビシャ、ビシャ……と足音を立てながら通り過ぎていった。

やけに張り出した帽子のつばと立てた襟の間には、バカでかい色つきの眼鏡レンズがギロリと光っていて、表情どころか顔立ちもはっきりとわからない。

そのまま門内に入りこみ、そのすぐ先にある引き戸をガラガラと開いた。中はさまざまな工具や機械がひしめいて、さしずめ工房といった感じだった。

そこここにぶら下がるのは、ここで生み出された〝作品〟たち。それらは初めて訪れる人の言葉を失わせるに十分だったが、男は数少ない例外であったらしく、

「ごめんなさい……ちと仕事をお願いしたいのだが」

帽子も合羽もそのままに、ひどくしわがれた声で呼びかけた。そのとたん、片隅の机に肘をついてうたたねしていた初老の男が、びっくりしたように飛び起きた。

「ご主人ですかな」

「さ、さ、さようで……」

言いながら眼鏡をかけたここの主人でベテラン義肢職人の蓑浦は、来客の風体に二度びっくりし、ゲッともギョッともつかぬ声をのどから発した。

黒ずくめの客は、そんな反応にも頓着しないようすで、

「こちらでは、義手や義足、それに義眼のたぐいまで手広くあつかっておられ、しかも相当な腕前と聞きまして、それでぜひにと思いましてね。……ほう、これはみごとだ」

黒ずくめの客は、機械じかけみたいな動きで首をめぐらした。そのようすが、蓑浦をゾッとさせるとともに、職業的な好奇心をも呼び起こした。

帽子の下からのぞく、まだ水滴のついた一対のレンズ。それらが向けられた先にあったものは、金属やゴムで作られた形や寸法もさまざまな人工の手足であり、あるいは電灯にキラキラと照り映える無数の目玉であり、着脱式の耳や鼻といった人体の部分品であった。

そして、それよりもっと驚くべきもの、おぞましくも哀しいものたちが一方の壁にかけられていたのだが、それは——。

切った張ったの時代からあったそうした需要を、近代戦がいっそう高めた。人間の体など砲弾一発でバラバラになり、手足はあっけなく吹っ飛ぶことを人々はわが身で思い知らされた。

——そして第一次大戦。愛国心にかられて志願した兵士たちは、お話の中の英雄のように勇猛に戦えると思いきや、泥水まみれの塹壕で過ごすはめになった。

そこで蛆虫のような日々を強いられた果てに、雨あられと撃ちこまれる銃弾に芋刺しにされるのは幸運な方で、しばしば新発明の毒ガスに血を吐きながら悶死し、これまた新顔の戦車の履帯の下に踏みにじられていった。

生きのびたものも、多くは壊れた人形のような無残な姿となり、なまじ発達した医学によって死ぬことを拒否された。そうした人たちのため急激に進歩したのが、これらの人工物によって欠損を補う技術であった。

もともとこの工房では、日清戦争のころから義肢の製作を手がけていたが、そうした技術革新をいちはやく取り入れ、やがてそれを十二分に活用する機会に恵まれた。ついこのあいだまで続いていた大陸と太平洋での戦いである。

それだけに、ここの主人もたいがいの注文には驚かなかった。この謎めいた客がやってきた、今日という日までは――。

「あの、それでご用向きというのは、いったい――？」

蓑浦はとまどいながらも訊いた。すると客はシュッシュッと蒸気のもれるような奇妙な笑い方をひとしきりしてから、

「おう、そうでした……用というのはですな、こちらの腕を見こんで〝義顔（ぎがん）〟を作っていただきたいのです」

のっけから妙なことを言い出した。

「ギガンといいますと、入れ目のご用命でございますね。それでしたら――」

蓑浦が聞き返すと、客は体全体をゆするようにかぶりを振って、

「いえ、眼（まなこ）のガンではなく顔面のガンの方です。つまり『顔』を作っていただきたいのですよ」

「顔を、でございますか」

蓑浦はきょとんとして訊いた。

「さよう……それもこれとそっくりの顔をね」

言いながら、手品のように黒い雨合羽の下から大判の封筒を取り出した。差し出されたもの

の、すぐには受け取るのを躊躇していると、怪しい客はいつのまにか自分ではなく別の何かに視線を向けているのに気づき、その先をたどった。

視線といっても、目元は厚いレンズに覆われて目のありかさえ定かでない。そこで客が向き直った先に目を向けたのだが、そこにはこの工房の作品のうちでも特に異色なものがズラリと壁にかけられていた。

それは、幾十もの顔——正確にはそのさまざまな断片であった。目元だけとか鼻から下とか、半面だけだとか。皮膚そっくりに彩色されたものもあれば材料の生地なりのものもあった。

これこそが、残虐をきわめた第一次大戦の不幸な産物の一つである〝義顔〟であった。

客はギシギシと音をたてそうなぎごちなさでもたげた腕で、それらを指さしながら、

「あそこにかかげておられるのを見ただけでも、こちらの技術の確かさは金箔つきと申せましょう。まさに評判通り。これはぜひとも引き受けていただかねばならなくなりました」

「ありがとうございます。それでは、ご当人にお目にかかってお顔の採寸と型取りを……あのう、ひょっとしてあなたさまご本人でございますか」

「いえ、いえ」

客は体をゆすり、さっきの妙な笑い方をすると、

「あいにくそうではありませんが、だといって当人に会う必要はありません。この封筒の中の写真をもとに、その顔立ちを正確に写し取っていただければよいのです。たいへん精密に各方向から撮影してありますから、それをもとにすれば容易なはずです」

「ですが、それでは……第一、面の土台となる部分の、お顔の凹凸を調べないとなりません
し」

いぶかしさに蓑浦が承知しかねていると、客はまたしても手品のように何やら四角くて嵩のある袱紗包みを取り出し、そばの机に置いた。

「こ、これは……」

うながされるまま袱紗を開きかけて、蓑浦はぎょっと目を見開いた。見開かせるだけに足る厚さの札束だった。

「いかがでしょう。これは手付。完成後にはこの倍額をお払いいたしますが」

手付だけでもこの製作所を全面改装し、新しい機械を入れ職人を雇い、ついでに子供たちを上の学校にやるに十分な金額だった。

「と、とにかく、そのお写真とやらを拝見いたしましょう」

蓑浦は震える手で封筒に手を差し入れたが、ふとあることに気づいたようすで、

「ところで、あなたさまはどちらで当製作所のことを？　どなたかからのご紹介ですか？」

すると怪しい客はシュッ、シュッという笑い声をさらに大きく響かせながら、

「いやいや、何も紹介など受けずとも、あなたの名前と腕前はつとに有名ですよ――あの怪人二十面相の変幻自在な活躍を陰で支えた名工としてね！」

「そ、それは……」

蓑浦は絶句した。それは、戦争前の過ちであり、ほぼ誰も知らないはずの秘密であった。そ

れをあえて口にしたということは、たとえ何があろうと警察に駆けこんではならないという脅しにほかならなかった。

その脅しは確かに効果を収め、気がつくと彼は袱紗包みと封筒を前に、茫然と椅子に腰かけていた。

いつのまにか姿を消した客の姿を思い出しながら、蓑浦はふと職業的な疑惑を抱かずにはいられなかった。

（あのご仁(じん)の手足も、いや体そのものまでもが生身のそれではなかったのではあるまいな）

と——。

＊

台形の笠をかぶった電球の光が、大理石でできた解剖台と、その上に横たえられた物体を陰気くさく照らしていた。

物体は防水布にくるまれており、人間大の芋虫でも転がしたかのようだった。

「……では、始めます」

かたわらに立つ、術着姿の青年が言った。女のように美しい細面の持ち主で、秀でた額はむしろ数学の才に恵まれているのではと思わせた。

青年がおもむろに向き直った解剖台は、中央が低くくぼんでおり、真ん中に穴がうがたれている。そこから血が流れ落ちるしかけだが、死者たちはたとえ身を切り刻まれても流す血は少なく、排水管はもっぱら洗浄用の水に渇きをいやしていた。

――敗戦二年後に「帝国」の二文字を取り去られた東京大学。その象徴ともいえる赤門をくぐり、並木道をまっすぐ進むと、ほどなく茶色いタイル張りの重厚な建物に突き当たる。両端を八角形の塔のように張り出させ、一階部分にはアーチを七つ並べた医学部本館。ここはその地下にある法医学教室の解剖室で、今しも警視庁の鑑識車が運んできたばかりの死体にメスが入れられようとするところだった。

青年は、解剖台上の物体に鋭い、しかしどこか慈(いつく)しむような視線を注ぎながら防水布をはぎ取った。だが、次の瞬間、

「!」

若き法医学徒の、ギリシャ彫刻めいた美貌に、みるみる驚きが広がっていった。

「こ、これは……!」

その形のよい唇から、震えを帯びた言葉がこぼれ落ちた。彼がこれほど狼狽と恐怖をあらわにするのはめったにないことだったが、それも無理はなかった。

――その死体は、一見するとごくふつうに仰向けに寝ているように見えた。どちらかというと貧相な、ひょろりと細長い体型で、三十路(みそじ)とも四十代とも取れる男性だった。顔だけが妙にふっくらとして、しかもどこかいびつな感じがしたが、それすらささいな問題に思われた。

解剖台をかこんだものたちは、すぐに気づいたのだ――首から下の、当然胸のあるべき部分

に肩甲骨が突き出、背骨が浮き出していることに。臍はなく、さらにその下には臀部が盛り上がっていることに！

首が一八〇度、後ろにねじ曲げられているのだろうか。いや、それだけではなかった。というのも、死者の足はつま先を天に向け、かかとを解剖台につけていた。つまり、脚部もまた一八〇度回転させられていた。

腕はというと、一見ふつうに見えた。しかしよく見るとこちらも同様で、体の側面につけた手の指のうち、左右とも小指が一番手前にあった。ならば手のひらは体の外側に向いていなければならないはずだが、そうなってはいなかった。

つまり、左右の腕が入れかえられていたのだ。もともと腕は一八〇度は無理でも、首や足にくらべればより反転が可能だ。それだから足や首と同様にしてはつまらないとでも思ったのか。とにかくこれは、生身な人体を用いた悪魔的なジョーク——美貌の法医学徒は畏怖にも似たものに打たれながらも検死を続けた。一種異様な空気が解剖室内に漂う。

「裏返してみよう」

気まずい沈黙を破ろうとするかのように、美青年が声を響かせた。うつろな表情が後ろ向きになり、かわって胴体の前面があらわになった。

「………」

美青年は思わず息をのんだ。と、そこへ、

「どうかね、神津君」

ふいに背後から声があった。

神津君と呼ばれた美青年――一高時代から数学と語学の天才とうたわれながら、なぜか医学部に進み、今は法医学教室の俊秀と期待されている神津恭介はふりかえりざま、

「あ、古方先生――」

いつのまにか背後に立っていた白髪痩軀の紳士に呼びかけた。その視線の先に、いかにも老碩学といった感じの風貌が、ゆっくりと左右に振れていた。

古方善基博士はこの道の泰斗で、ことに戦後には幾多の事件に精密な鑑定結果を提供し、恐るべき殺人犯たちを死刑台に送りこみ、一見自殺と思われたものの背後に陰謀の存在を看破したことでも有名であった。

新聞記者たちにとっては格好のネタ元であり、著名な探偵小説家たちとも交友があった。

「ふむ、ずいぶんと風変わりな死体もあったものだね」

古方博士は心なしか目をキラキラとさせながら、奇妙によじれた死体をのぞきこんだ。

「ええ、全くです」と神津恭介はうなずいて、「よほど強引にねじったものと見えて、骨の接合部分などは完全に変形してしまっています。おそらくは機械の力を用いるなどしたもので、決して不可能ではありませんが、何のためにこんなことをしたのか、その目的は全く不可解です」

「ホウ、ますます面白いね。ホウ、ホウ」

博士はいよいよ興味深そうに、顔を右に左にさせながら言った。

「そういえば君は、刺青美人の胴なし死体が内側から鍵のかかった浴室で発見された事件を手がけたことがあるのだったね。これもそれに劣らずデコラティヴな死体で腕が鳴っているのではないかね？」

「いえ、そんなことは」

恭介はつつましやかに答えた。すると古方博士はやや辛辣な調子で、

「ほう、そうかね。まぁ、あのときほど美的ではないからかね。それはともかくとして、両腕が胴体から切断されたのも、同じ機械的暴力が原因のようかね」

「そのようです。前後を入れかえるだけでは満足せずに、三六〇度回転させようとして、ついに骨ごと接合部を粉砕させてしまったのでしょう。当初から、死者の腕をねじ切ってしまうつもりだったのか。偶然そうなったのを幸い、より効果的に左右を入れかえたのかは、まだわかりませんが」

神津恭介が答えると、博士は「なるほどね」とうなずいて、

「ところで、君は今、はしなくも『死者の腕』と言ったが、この人体玩弄が被害者の生前に——つまり、生きながら五体をバラバラにされたのか、それとも死後の災難だったのかについては、確信があるのかね？」

「それに関しましては、まだ断定する段階ではありませんが、生前に拷問、もしくはそれ自体殺害の目的で行なわれたものではなく、死亡後に加えられたものかと」

「というと、死体凌辱が目的かね？」

古方博士が訊いた。

「はい……むしろ死体を〝加工〟したという方がいいかもしれません。ごらんください。顔面にもパラフィンか何かを注入した痕跡があります。顔を変えるためにしてはこの通り、グニャグニャとして安定しておらず、つい最近――おそらくは死後になされた処置と見られます」

恭介は、指先で死者の顔にそっと触れながら言った。

「加工？　いったい何のために。身元を隠すためだけならご大層すぎやしないか」

「わかりません……ただし」

神津恭介は、どこまでも慎重さを崩さないまま、

「ここにこのようなものが入れられたのが、唾液腺が正常に活動していた生前であることはまちがいなさそうです。自らの意思によるものか、他人にねじこまれたのかは別として」

そう言って取り上げたピンセットの先端には、奇妙な形をしてしみのついた厚紙の破片のようなものがつまみ取られていた。

「ホウ、ちょっと見せたまえ」

古方博士は眼鏡をずらしながら、目をこらした。ややあって独り言のように、

「Jigsaw puzzle……」

純イギリス式と定評のある発音でつぶやいた。

「ジグソー――何とおっしゃいました？」

さすが博識の恭介も知らない単語だった。古方博士はちょっと驚いたように、

「いやなに、ジグソーパズル――言うなれば一種のはめ絵遊びだよ。糸鋸の名の通り、昔は一枚の板を細かく切り刻んだ高価なオモチャだったが、今世紀になって厚紙から打ち出すようになった。これと同じようなもの――パズルピースというんだが、これが何十何百と集まって一つの絵柄をなすようになっている」

「なるほど……だとすると、この男が最期をとげた状況を解く材料となるかもしれませんね。今の日本にはそれほどないものでしょうから」

恭介は秀でた額に指先を当て、ひどく考え深げに言うのだった。

「確かに、ね」古方博士も同意した。「とりあえず、外で待ちかまえている新聞記者諸君には、まだ伏せておいた方がいいかもしれないね」

「かもしれません」

とだけ、まだ助教授にもならず、数学の博士号を得てもいない時代の神津恭介は答えた――。

2

ジリリリーン！

有楽町、新聞社街の一角に建つ東京日報社。その四階の編集局で、無数にある電話の一つが鳴った。

ひっきりなしに鳴り響くベルの中で、それはむしろつつましやかなものだったが、受話口から飛び出した声の大きさは、近くに居合わせた社会部の記者たちを思わずふりかえらせたほどだった。

「あ、北崎部長ですか？　亀田です。例の羽田行き欧州航空便の墜落事故なんですがね。どうも妙チキリンなことになってきやがったんです。今になって死人が一人増えたってんですよ。いや、今といっても今亡くなったとかじゃなくて、だいぶ前の話なんですがね……」

「おいおい亀ちゃん、言ってることがさっぱりわからんな。いったいどうしたっていうんだい」

社会部長の北崎は、苦笑まじりに部下の言葉をさえぎった。遊軍の亀田は、電話口の向こうでいっそう声をはりあげて、

「やっ、これア……要はですね、あの事故では乗客乗員四十名、つまり定員ぴったりだった搭乗者のうち奇跡的に七名生存ということだったんですが、最近になって現場の山腹一帯から、事故機から投げ出されたとおぼしい遺体一人分——てェことは相当無残なことになってたわけなんですが、そいつが今やっと見つかったということなんですよ。つまり、それを勘定に入れると死者は三十四名、乗ってたのは〆て四十一名ということになっちまうんです……」

「何だ、そういうことか。あんまりヒネったものの言い方をしなさんな。早い話、どうしてもホトケさんが一人多い勘定になるわけだな。何しろまだ羽田空港は米軍管理下、旅客便の乗客も大半が外国人、日本人の海外旅行自由化なんて夢のまた夢ということで、あまり大々的には

やれなかった覚えがあるが……まァいいから続けてくれ」

「はあ、それがですね……」

〝耳が受話器で、眼は望遠鏡、マイクロホンを口にした、新聞記者のお化け〟という異名そのままに、手はせわしなく丸鉛筆をザラ紙に走らせてはとっかえひっかえ、部員に指示を飛ばすやら、やにわに立ち上がって整理部長を手招きするやら、大変なせわしなさだった。

それからまもなく電話を切ると、しばらく机の下段の引き出しに足を投げ出して考えこんでいたが、ちょうど削りたての鉛筆を山と抱えてやってきた給仕（コドモ）に、

「ちょっと資料部まで、お使い頼むよ」

ヒョイッと取り上げた一本をさらさらと走らせると、何やらこまごまとしたメモを手渡した。

やがて届けられた綴じこみやら、紙袋に分類された切り抜き、分厚い年鑑に目を通していたが、やおら警視庁記者クラブへの直通電話に手をのばすと、

「北崎だ……キャップの片桐（かたぎり）を出してくれ」

と命じると、最前とは打って変わったようすで、うっそりと目をつむった――。

*

――昭和六年竣工（しゅんこう）の、まるで城砦のような塔屋をそびやかした警視庁舎。その階段で、いずれ劣らぬダンディな背広に中折れ帽姿の男たちが出会った。

「おっと失礼……おや、菊地（きくち）君も今もどったところかね」

若いころはさぞかし鋭利で俊敏だったろうとうかがわせ、今もその面影をとどめた人物が言った。

「やあ、郷(ごう)さんもですか。お疲れさまです」

菊地と呼ばれた三十そこそこの人物は、相手に気づいたとたん、うれしそうな笑顔を浮かべた。

この二人はいずれも警部で、郷英夫(ひでお)は戦前は日本唯一の植民地都市だった大連(だいれん)の警察に勤務し、二十歳台の若さで主任捜査官として活躍していた大陸帰り。菊地勇介(ゆうすけ)は電気機械科出身の工学士というから、双方ともかなりの変わり種ではあった。

「そういえば、前からうかがいたかったのですが……大陸では、彼と会う機会はなかったのですか」

菊地警部が、ふと思い出したようにたずねた。郷警部は少し考えてから、

「彼って——ああ、彼のことか。君とは妙に馬が合うようだが、なぜまた急にそんなことを？」

「いえ、何となく。そういえば彼はハルビンが初任地で、そのあと郷さんがおられた大連に異動したんだったなと思い出したもんですから」

「なるほどね」郷警部は微笑した。「僕はずっと大連署、彼は沙河口(さかこう)署勤務で、その後肺を患って帰国してしまったからね。ただ、ペトロフという白系ロシア一家がらみの殺人事件で、満鉄のдиаграмма(ダイアグラーマ)——いや、ダイヤグラムと取り組んだ頭脳の冴えは、よく覚えているよ。……

そういえば、最近、彼の姿を見ないようだが」

「出張中なんですよ、まさにそういった時刻表がらみの事件を解決するためにね」

「そういうことか」郷警部はうなずいた。「言われてみれば、その手の事件が昨今ばかに増えた気がするね」

「やはり鉄道事情が改善されたせいですかね」菊地警部は答えた。「それに新憲法、新刑訴法のおかげでアリバイというものが重視される犯罪が増えたのは、僕も同じことですよ。彼の場合は、それに……」

「それに？」

「加賀美課長が言ってましたよ。『時刻表を見なければならないような案件は、彼の方に回すようにしてる』って」

彼らを束ねる捜査第一課長の加賀美敬介は、拷問を絶対にやらないことで定評があったものの、硬骨さがわざわいして特務機関と大衝突し、終戦まではたっぷり冷や飯を食わされていた。

だが、民主警察の誕生とともに返り咲き、自ら現場に出向くばかりか、犯罪の方からすり寄ってくるという性癖から、いくつもの事件を手ずから解決し、戦前の真名古明、熊城卓吉、それに大江山といった名捜査課長たちと並ぶ声望を得ていた。

「なるほどね。そういう意味では、これからは君たちの時代かもしれないね。ただ問題は、君や私、それに彼のように外の世界を見てきた人間が、いつまでも自由に腕を振るえるかということで――」

一抹の危惧をまじえた言葉に、菊地が「え、それは…」と聞き返したときだった。彼よりさらに年かさの人物が、あたふたと階段を下りてきた。

こちらの顔も目に入らないらしく、手で会釈だけして通りすぎようとするのを、菊地警部が呼び止めて、

「中村係長、これからご出動ですか」

「ああ……おう、何だ君たちか」

捜査係長をつとめる中村善四郎警部は、初めて二人の後輩に気づいたように立ち止まった。フーッと息をつくと、

「麻布の旧財閥所有のお屋敷に向かうところだよ。何やらそこのお宝が狙われてるというようなことでね」

そのうんざりしたようすに郷警部は微笑して、

「そういうことだと、例によって明智小五郎氏との共同作戦ですか」

中村警部は「まぁね」と苦笑まじりにうなずいて、

「先方がそう望んだんだからしょうがない。もっとも、彼は例によってどこか遠方に出張中で、しばらく帰れないとは奥さんの文代さんの話だったがね。だからといって犯罪者は待ってはくれない」

「そりゃそうだ」と菊地警部。

「何しろすこぶる怪しい賊で、誰も入れないはずの建物内に人影をちらつかせたり、脅迫めいた文言を残してみたり、果ては何だか変てこりんな怪物が姿を見せたり、幻灯じかけでおどしつけたりといろいろあったらしいんだが、ついにその神出鬼没にして正体不明というやっかいな奴に、具体的な動きがあったらしいんだ」

「その正体っていうのは、ひょっとして二十……」

すると、中村警部はその言葉をさえぎるようにせき払いして、

「それはまだわからんよ。というか、僕の立場的にはそれを言うわけにはいかんのだ。じゃあな」

「な、なるほど……」

両警部は納得しつつ、いささかの同情とともに中村捜査係長を見送った。そのあと二人して階段をのぼりきり、捜査一課のある階に出たとたん、

「おい、君たち」

廊下にそって並んだ調べ室——各班の刑事部屋の扉の一つが荒々しく開いて、初老の人物が姿を現わした。その勢いに、菊地警部はちょっとびっくりしながら、

「あ、波越(なみこし)さん……」

出てきたのは、戦前からの大ベテランの波越警部だった。かれこれ二十年前、この人がかの国民的名探偵と組んだ『蜘蛛男』『魔術師』『黄金仮面』『猟奇の果』事件は、そのころの菊地少年たちを戦慄させ、熱狂させたものだった。

「ちょうどよかった。実はこのところ都内のあちこちで続発している事案について……まぁとにかく来てくれるか」

「僕らが、ですか？」

菊地がきょとんとして聞き返すと、もはや老警部といっていい波越氏は渋面を作って、

「ほかに誰がいるというんだ。さ、ブンヤどもに嗅ぎつけられないうちに早く早く」

ただならぬようすで言う背後で、開け放たれたドア――そこはふだん使われていない空き部屋だった――の内側から、白い煙がフーッともれ出てきた。それも、あとからあとから……。

それを見ただけで、並はずれた長身に広い肩幅を持ち、いつもむっつりと黙りこくっている加賀美敬介課長の姿が目に浮かぶようだった。

「課長（あのひと）ですね」

「ああ。まさに火のないところに煙は――というのは冗談だが、このところの犯罪状況について何かしら感じるところがあったとしたら、さすがは加賀美さんというべきだね」

「わざわざ課長室ではなく、あの部屋を使うというのは、やはり記者対策ですかね」

「かもしれないね。地方ボスの告発とか、近ごろの新聞社の攻勢ときたらすごいからね」

などと語り合いながら入室しようとした折も折、一人の捜査官が別の部屋から出てきた。

波越老警部は、これといった特徴のないその中年男性に向かって、

「おう、田名網（たなあみ）君か。ちょうどよかった、無理筋のトリックが専門の君にも加わってもらおう」

「無理筋とは、またごあいさつですな」

田名網幸策警部は心外そうに答えたが、遠く樺太で起きた厳寒下の密室殺人を解決したときを除くと、そう言われてもしかたのないのも事実だった。

「まあ、そんなことはいいから、早く入った入った」

波越老警部は半ば強引に田名網を押しこむと、太くたくましい指を折りながら、

「さて……と。あとこの件を話し合うべきなのは、出かけたばかりの中村係長を除くとまだいたっけかな」

「そういうことだったら、熊座君はどうでしょうかな」

田名網警部がふりかえりざま、言った。ふと思い出したように付け加えて、

「もっとも、彼も今また何だかペダンチックで絢爛たる、たぶん私ほどは無理筋でない事件のため出動中のはずです。例の新進の名探偵氏といっしょにね」

3

まるで、不吉なことばかりの世の中を示すかのように、近ごろははっきりしない気候が続きますが、いかがお過ごしですか。

すっかりごぶさた致して申し訳ありません。つい連絡しそびれてしまいましたが、おか

げさまで僕は元気でやっています。

終戦からこっち、日本という国が何もかも変わってしまったというのは、大人たちの口ぐせですが、昔のことを知らない僕らにも、そのことはわかります。八紘一宇（はっこういちう）などと言っていたのが、今は四つの島に閉じこめられてしまったのですから。

ことに近ごろは何かとぶっそうになり、日々報じられている通り、警察の手におえないような奇々怪々な事件が起きています。人の命がこんなにも軽くなり、放火犯が何百人がかりでかかっても及ばないほどの規模で、避難の間もないまま街や家々が焼きはらわれたあとでは、もう考え抜いた手口で犯罪を行なう悪人なんか出てこない、推理など無用で蔵の奥にでもしまってしまえという人さえいます。

でも、僕はそんな風には考えません。むずかしい言葉では「不条理」というのでしょうか、わけのわからないことだらけになった今の世なればこそ、その秘密を解き明かす知恵は必要だと思うのです。そう、目には見えない宝物のような理性のきらめきが。

それだけに〈探偵〉という仕事の意義はなくなるどころか、ますます大きくなっているといえるでしょう。

僕の身の上もいろいろ変化はありましたし、やっぱり明智小五郎先生のような名探偵をめざして勉強中です。

今は先生について探偵の実務や理論を学び、あたたかい助言を頂戴しながら助手として働いていますが、やがては独り立ちして大いに活躍したいと思います。正義の勝利のため力及ぶ限り剣をふるい、犯罪のない明るい社会づくりに参加するために……。

少年探偵団団長の小林芳雄（こばやしよしお）君はペンを手にしたまま、ふとため息をつきました。探偵団の七つ道具に万年筆型の懐中電灯や、やっぱり万年筆型をした望遠鏡などがありますが、明智夫人の文代さんからいただいたこれは、見たままに字を書くためだけの、言わば万年筆型万年筆なのでした。

（これを受けて、どんな風に書いたものだろう……）

アーチ式になった高い天井を見上げながら、日本一の探偵助手が文面をあれこれ思いあぐねていたときでした。

「よう小林君、ご苦労さん。いつもながら行動迅速だね」

聞きなれた声にふりかえると、おなじみの中村警部が笑顔でこの部屋に入ってくるところでした。

「あ……」

小林君はあわてて、自分の名を記した封筒に便箋を収めました。そう、今は手紙など書いている場合ではなく、少年探偵としてだいじな役目の最中なのですが、どうしても気になって、ついこんな場所――麻布の《笄町八剣倶楽部（こうがいちょうやつるぎクラブ）》まで持ってきてしまったのでした。ちなみに、ここはそこの控えの間です。

「明智君はまだ出張からもどらないのかい。いつものこととはいえ、君もたいへんだね」

中村警部は、ニコニコしながら小林君をねぎらってくれました。あらためて室内を見回しながら、

「それにしてもりっぱな建物だなあ。終戦からこっち、こういう西洋館は東京にもめっきり減ってしまったからなあ」

などと話し出したところへ、コツ、コツ……と足音を立ててやってきたのは、白髪に白いひげのやせた黒服の男の人。小林君と警部さんにペコリと一礼すると、

「警視庁の中村さまと明智探偵事務所の小林さまでございますね。わたくし、ここの支配人で印南（いんなみ）と申します。ささ、どうぞこちらへお通りください」

うやうやしく一礼した印南支配人が、先に立って歩くのについて、小林君たちは控えの間を出ました。

すぐに目に入ってきたのは、さらに高い天井とずらりと並んだ柱や幾室とも知れない部屋の扉。控えの間ぐらいで感心していたのが恥ずかしいぐらいでした。

今ちょうど二人が回廊を進んでいる《笄町八剣倶楽部》は、八剣産業が現在の港区に建てた、まるで西洋の御殿のような迎賓館（げいひん）です。関東大震災と今度の戦争で一部が焼かれはしましたが、今でもそのりっぱさには変わりがありません。

八剣産業といえば、徳川時代から続く豪商です。維新後に大いに発展をとげ、ことに戦争前ごろは重工業、軽金属、各種機械、化学薬品までを手がけ、新興コンツェルンとしてずいぶんと羽振りをきかせたものでした。

あいにく、今はそれらもバラバラにされ、経営陣も公職追放となってしまいました。何より痛手だったのは、戦争が終わるまでに八剣家やそれを支えていた人たちが次々と世を去ってしまったことでした。

そのためか、かつては博物館や美術館にも負けない豪華さをほこっていた内装も、今は何だかガランとして、ものさびしさを漂わせています。その唯一の例外ともいうべき場所に二人は、向かっているのでした。

「ここでございます」

と、印南支配人が立ち止まった先にあったのは、奇怪な浮き彫りをほどこした二枚扉でした。そこには花びらのような形をしたダイヤルがいくつか付いていて、支配人が右に左にそれらを回すうちガチャンと重い音がしました。やがてゆっくりと開かれた扉の向こうに、部屋のようすが明らかになりました。

「──ここが当館の宝物室でございます」

支配人の言葉は決して大げさではなく、室内は飾りも美々(びび)しい戦国武将の甲冑(かっちゅう)、中国のいずれかの王朝のものらしい大壺、畳何枚分もありそうな西洋絵画といったもので、うめつくされていました。

その真ん中に、大きなガラスの陳列棚がすえられており、その中に不思議なものがありました。

「錠前……ですか、これは」

中村警部が指さしたそれは、手のひらほどの大きさの、目もあやな細工を施した錠前でした。

印南支配人は「さようでございます」とうなずいて、

「八剣家代々に伝わる、何でも中国の名工が腕によりをかけてこしらえたものだそうで……後継者は、そのあかしとしてこれに合う鍵を身につけることになっております」

「その鍵は、一本しかないのですか」

小林君がたずねます。

「はい、もちろん」

「そうしますと、今は誰がその鍵を持っとられるんですか」

中村警部が訊きますと、支配人はさもうれしそうにうなずきながら、

「八剣遥さまです。もともと分家筋の方だったのですが、ご先代にはお子がおられませんで、たいへん優秀で人望も高いということで、手ずから鍵をお渡しになられたのでございます」

「さしずめ、御曹司さまというところですかな」

中村警部が冗談まじりに言うと、支配人は大まじめな顔でまたもうなずいて、

「はい、まさにそのように呼ばれてもおります。ただ、このお方は戦争前に日本を離れられまして、そのまま長らく外国におられましてね」

「抑留ですか」

小林君が言いました。

今も多くの人たちがソ連で捕虜となり、シベリアの地で奴隷のように働かされているという

のは誰もが知っていますが、ほかにアメリカでも敵性国人とみなされた日系移民が収容所に送られたほか、たまたま滞在していた駐在員や留学生が軟禁されるなどのことがあったのです。

「はい、そのようなことで……そうこうするうち、戦争中にご一族の方が次々亡くなられてしまいまして、今ではこの錠前と鍵を合わせるべき資格者は、ほかに求めようともこの遥さまお一人となってしまわれましたのでございます。うれしいことには、遥さまがさきごろようやくにして日本にもどっておいでになりまして、一同ホッと安堵の息をついたような次第でございます。これでようやく、八剣産業継承のお披露目もできるというので――」

そのとき、支配人が言葉とは裏腹に、ふと悲しげな、何かを恐れるような顔になったのを小林君は見逃しませんでした。

（その御曹司とやらに、何か思うところでもあるのかな）

そんな風に推察したものの、小林君はそんなことはおくびにも出さず、

「そのお披露目のときには、この錠前とその鍵が必要になってくるわけですね」

「はい、もちろん」

印南支配人は、当然のことととばかりうなずきました。そこで小林君は、

「もしかして、賊に狙われているというのはこの錠前ですか」

ふと直感した疑問を、単刀直入にぶつけてみました。

「いえ、決してそんなことは」

白髪に白ひげの支配人は、あわてたようすで手を振りました。取り出したハンカチでしきり

と汗をふきながら、

「と、とにかく、当館では不審なできごとが相次いでおりまして、それは中村さまにもお伝えした通りですが、今日ついにこんなものがまいったのでございます」

そう言って取り出した紙を見ると、そこには、

——近日中に、八剣家秘蔵のお宝を頂戴に参上致し候。警察及び探偵に通報するはご勝手なれども、無用のお手間は避けるが吉とご助言申し上げ候。

と、手書きの文字で、ものものしい文言が躍っています。ああ、これは何と毎度おなじみの予告状ではありませんか。

それを見るより中村警部は、たちまちいきり立って、

「これは、ひょっとしたら『あいつ』か……だとしたら、まったくいつもいつも面倒をかけやがる」

「『あいつ』といいますと?」

きょとんとして聞き返す支配人。小林君はといえば、じっとその予告状を見つめていましたが、やがて二人をとりなすように、

「いえ、それより……今日からさっそく、ぼくにこちらの建物に泊まりこませていただけませんか。明智先生のお許しはむろんいただくつもりですが」

「えっ、あなたが？　いや、名助手の小林さんのお名前は存じておりますが、見ればまだお若いのに……」

印南支配人は、とまどいと心配をまぜこぜにしたような表情で訊きました。

そこへ今度は、中村警部がとりなすように割って入って、

「だいじょうぶです、こういった事件に関しては彼は歴戦の勇士なんですよ。大人も及ばぬほどのね」

いつもながら子供を子供扱いしない態度を示してくれました。

これには支配人も「そ、そうでしたか」と納得して、

「とにかく、こんなことは初めてでございましたから、急いでふだんは厳重に施錠されてめったに開くこともない当室の検分を行ないました次第です。そうしましたところ、幸い何の異変もありませんでしたが、そうかといいましても安心はしておれず、それで有名な明智小五郎先生の事務所に調査を依頼しましたようなことでして……」

「それが今日のことですね」

小林君が訊きました。

「さようでございます」

「そうですか……では、今からここに張りこみますので、椅子を一つだけ貸してください。あとは自分で何とかします」

あまりに急な話に、二人の大人は「い、今から？」とあっけにとられてしまいましたが、そ

のあと中村警部は急にハッとした表情になって、

「君がそこまでするということは、やはりここを狙っているのは『あいつ』なんだな。そうだね?」

「それはまだ、わかりません」

勢いこむ中村警部に、小林芳雄君はいつものニコニコ笑顔で、けれどきっぱりと答えたのでした。

＊

「もしもし……あ、北崎部長ですか、片桐です。例の欧州機の墜落死体が、一人余分だった件なんですがね」

「おう、どうなったその後」

「とにかくひでェ事故現場でしたから、誰が誰だかわからないような状態で処理された遺体も多かったわけなんですが、まあ何とか割り振りはできた。そうすると、今度見つかったホトケさんは誰かということになるんですが……」

「まあ、当然そういうことになるな。で?」

「はァ、で、調べてみるとその人のちぎれちぎれになった衣服から、書類の切れっぱしみたいなものが出てきて、そこに筆記体で『Huruka……Y』とかろうじて読み取れる文字が焼け残ってたんですよ。HとYが大文字で、あとは小文字です」

「当人の署名かな……だとしたら、しめたもんだが。で、その遅ればせのホトケさんは、外人さんなのかい。それとも日本人乗客の一人？」

「あいにく、まだ百パーセントこうとまでは言えないようですが、わずかに残った肉体的特徴から東洋人であることはまちがいないようです」

「かりに日本人だとすると、Hのあとのuは、筆記体でよく似てるaのまちがいじゃないのかい？」

「そう言われるとそうかもしれません。だとすると『Haruka……Y』ってことになりますか。常識的に考えて、姓はヤ行の何とか、名はハルカ――」

「早合点(はやがてん)は禁物だがね。だが、どうしてそのH・Yなにがしだけ、そんなに発見が遅れたんだろう？　よっぽど派手に吹っ飛ばされたのかな」

「それがですね、部長。その発見現場というのが、墜落機から少し離れた崖下で、どうも故意に投げこまれたくさいんです」

「ほう……もしそうだとすると、大事故の修羅場のさなかに、そんなことをやらかした奴がいたことになるな」

「そうなりますな。とにかく現状じゃ、当時の状況はおろか乗員乗客名簿も公(おおやけ)にしたがらないありさまで……そういえば、あんときも苦労させられましたからねエ。今回もどこまで切りこめるかどうか」

「占領下日本(オキュパイド・ジャパン)の悲しささ。だが、そんなものに新聞記者が負けちゃいられない。それに今度は、そのときの分もまとめて苦労のしがいのある結果になるかもしれないぜ」

「と、いいますと？」

「おっ、食いついてきたね。そう来なくちゃいけない。いいかい、乗員乗客四十名のうち死者三十四名、にもかかわらず生存者七名ということは、可能性は二つ。一つは貨物室かどこかに密航者がまぎれていて、そいつが事故に巻きこまれたか。だが、それはお前さんが言った、故意に崖から遺体を投げ捨てた痕跡が否定されない限り、密航者の線は間尺に合いはしない」

「なるほど、確かにねエ。じゃあ二つ目の可能性ってのは？」

「墜落事故にかこつけた人間の入れかわりだよ。現場から一つ死体を消し去り、あとからノコノコと生存者の中に加わることで、まんまとその人間になりすます……」

「えっ」

「ことによったら、そのためにあの惨事が仕組まれた——とまではこの段階では言えないが、片桐、これはことによったらエラい事件（ヤマ）になるかもしれないぞ。そう、さしずめ昭和の天一坊（てんいちぼう）事件にな！」

4

あれから何時間かが過ぎて、小林君は《笄町八剣倶楽部》の宝物室に一人で立てこもっていました。

腕組みしたままじっと椅子に腰掛けて、その目はどこをともなく見つめています。眠気覚ましのためでしょうか、あの手紙を取り出し、わざわざ声に出して読んだりもしました。

この部屋の出入り口は一つだけで、外からは印南支配人が鍵をかけ、内側からは小林君が閂(かんぬき)をかけていて、どちらもがんじょうなものですから、アメリカのギャングみたいに自動車で突っこむか、爆弾でもしかけない限りは破れません。

左右の壁は分厚い鉄筋入りのコンクリートで、庭に面した奥には小さな窓がありますが、窓枠には黒光りする鉄格子がはまっていて、庭側からは絶対に外せないようになっていました。

つまり外部からの侵入は、絶対に不可能といっていいのです。中からの脱出も同様で、もし閂を解いても、外からも厳重に錠が下ろされていますから出ることはかないません。かりに扉をこじ開けるか、格子窓を外したりしたところで、歴然とその証拠が残ってしまうのです。

はたして、賊はどのような手口で、宝物室の何をねらいにくるのでしょう。その目的はいったい何なのでしょうか。

そもそも「近日中」と予告状に書いてあったからには、今夜必ず来るとは限りません。これから毎日毎晩、小林君はここに陣取って目を光らせるつもりなのでしょうか。それはあまりにむちゃというより、迂遠(うえん)な話というべきではないでしょうか……。

いや、そんなことよりちょっと耳をすませてごらんなさい。どこからか、かすかな息づかいのようなものが聞こえてきたではありませんか。

小林君の詰襟服の胸が上下するのとは、テンポがずれていますから、これはきっと別人のものです。そうだとしたら、賊は何ともうこの宝物室に入りこんでいることになってしまいます。

小林君はそのことに気づいているのでしょうか。どうもそれらしいようすは見えません。あぶない、あぶない。今にも彼の背後に真っ黒い影がニューッとのびあがって、いきなり首を絞めたり刃物で切りかかったりするのではありますまいか……。

けれど日本一の名探偵助手は、あいかわらず悠然とかまえ続け、そうするうちにも時間はゆっくりと、だが確実に過ぎてゆくのでした。

「小林君……私だ、中村だよ。昨夜はどうもお疲れさまだった……たぶん何ごともなかったろうとは思うがね。うん、小林君？　返事ぐらいしたまえよ。どうした、何かあったのか？　おい、返事をしてくれ小林君っ。いったいどうしたというんだ。ここを開けてくれ。とにかく声だけでも聞かせてくれ。おい、小林君ったら！」

あくる朝、警視庁捜査係長の中村警部は、宝物室の扉の前でのどもかれよと叫んでいました。あわてて取っ手をつかんでガチャガチャやりましたが、むろんそれぐらいではビクともしません。しかたなく、

「印南さん、来てくれ！　ここの施錠を解いてください！」

あたふたとやってきた支配人がダイヤルを回すと、ほどなくガチャンと音がして締まりがはずれた気配がありました。さてこそと警部は取っ手に飛び付きましたが、こはこれいかに、ほ

んの何センチか開いただけで、それ以上は何ともなりません。

「内側から閂が……おいっ、みんな集まれっ、何でもいいから道具を持ってきてこじ開けるんだ。それでだめなら……とにかく早くしろ！」

部下の警官たちを呼び集め、釘抜きの親方みたいなものをこじ入れて閂をへし曲げ、それでも十分には開かないので、とうとう最後は警部も加わっての体当たりで扉をぶち破ってしまいました。

「こ、小林君！」

先頭に立って宝物室に飛びこんだ中村警部は、そのまま立ちすくんでしまいました。何と、目の前の床に小林君がうつぶせに倒れているではありませんか。あわてて駆け寄ると抱き起こし、脈を診ます。

「息はある……傷はない。だとしたら、いったい？」

つぶやいた警部は、ふと顔をしかめました。

「むむっ、これは麻酔剤のエーテルのにおい……さては賊に眠らされたか。しっかりしろ小林君、目を覚ますんだ！」

耳元で叫びながら、少年の体を激しくゆすぶったときでした。

「あ、あ、あれ……」

背後で印南支配人が震え声をあげるのが聞こえました。

「八剣家の家宝が、あの錠前が——！」

「なにっ」

はじかれたように警部が陳列棚を見ると、ああ、これは何としたことでしょう。ガラス板が丸く切り抜かれ、昨日は確かに中にあったはずのあの錠前がなくなっているではありませんか。

「しまった、やられた！」

中村警部は歯がみしながら叫びました。なおいっそう激しく小林君の体をゆすぶり、パンパンと顔をたたきながら、

「『あいつ』め、またまたやりおったな……起きてくれ小林君、早くっ！」

必死の頼みにこたえるかのように小林芳雄君は、うっすらと目を開きました。そしていつもにもましてリンゴのように頰を紅潮させながら、

「あれ、ぼくいつのまに……そうだ、あの錠前はどうなりました。ひょっとしてぼくが眠らされてる間に……ああっ、やられた！」

＊

「……というわけで、現在、われわれ警視庁だけでなく国家地方警察東京都本部の管轄下、さらにはそれ以外の各地で、何らかの関連性を疑わせる事件が散発的に起きている。すでに大阪市警視庁、名古屋市警、広島市警、佐賀市警などとは緊密な連絡と連携を取ってゆくことが決定している。例によって国警の連中は、われわれ自治体警察には情報を出し渋っているがね。とにかく、各捜査班においてはそのことを念頭に置きつつ、担当案件の対処に当たってくれた

まえ」

　加賀美敬介捜査一課長は、そう言うと麾下の警部たちを見回した。頼もしげな捜査官たちの表情にかすかにうなずき返すと、すっかり短くなった煙草を灰皿にねじつけながら、

「さて、ここでちと立ち入った話になるのだが……諸君はもしかして、最近一部でささやかれている『M資金』について知っているだろうか」

　――M資金？

　とまどいが、ささやきの形をとって室内に広がった。

「例の隠退蔵物資にまつわる噂ですか。旧日本軍が戦時中に民間から強制的に接収し、日本銀行の地下金庫にためこまれていた宝石や貴金属類、それに軍需物資が、進駐軍がやってきたときにはごっそりと消えていたという……」

　郷警部が言った。菊地警部があとに続けて、

「そう、本来なら国民に返すべきものが何者かに盗まれたという件ですね。それが保守党の成立資金に充てられたという説もありますし、とにかく闇の深い事件ですね」

　そこへ田名網警部が腕組みしながら、

「越中島から大量の金塊やプラチナ、銀の地金が引き揚げられた件もありましたな。あれも軍の連中が終戦直後のドサクサに沈めて隠したものだった」

「しかし、何でまたMなんだ。どうせハッタリを利かせるのならXとかYとかでいいだろう

に」

　波越老警部が白髪首をひねった。それに答えて口を開いたのは、若手の菊地警部だった。

「GHQ経済科学局長のマーカット少佐の頭文字だという説が有力ですが、少佐はそうした物資を取り上げる側でしたからね。だから少佐が占領各地からかき集めた財産がこっそりどこかに移されていて、M資金とはそのことだという説もあるようです」

　落ち着いた口調で述べる菊地の言葉に、なるほど……と言いたげな空気が室内に満ちた。そのただ中へ、

「とにかく」

　加賀美課長は、また新たな煙草の煙を盛大に上げながら言った。

「現時点では、この名を頭の片隅にでも入れて、職務に当たってくれればいい。まだ全ては水面下にあるようだからね。それと、もう一つ——これが諸君にとって最大の事件（グレーテスト・ケース）になるかもしれないこともふくめてくれるとありがたい。では、今日はこれで解散ということに……」

　と、そこまで言いかけたときだった。会議室のドアにノックの音がした。

「どうぞ」

　と、やや警戒心を帯びた声で応じるのを受けて、ドアはゆっくりと開かれた。その戸口に立つ人物を見たとたん、室内にどよめきが起きた。それは若手より年配者の方により大きく、大ベテランの波越老警部に至っては思わず席を立ち、

「あ、あなたは……」

と目をむいたまま絶句したほどだった。

「お久しぶりですな、みなさん」

その人物はにこやかに言った。

「昭和のごく初めですら『岡っ引に背広を着せたような』と悪口を言われた時代遅れの私が、終戦後の今になって、しゃしゃり出るのもお恥ずかしいのですが……今みなさんがお悩みの件について、私なりに調べた結果が、いささかでもお役に立てばと参上した次第です。というのは、本件の背後にいるのは実に驚くべき人物で……」

5

とにかく不思議というほかない、《笄町八剣倶楽部》の事件でした。

宝物室の扉は内と外から錠が下ろされ、それぞれ小林君と印南支配人にしか外すことができませんでした。窓ははめ殺しではありませんでしたが、ちゃんと締まりがされており、鉄格子の枠も内側からねじ止めしてありました。

にもかかわらず、小林君はエーテルと思われる麻酔ガスに倒れ、陳列棚の中から八剣産業にとってだいじな錠前は消え失せていました。

幸い小林君の症状は軽く、すぐに正気を取りもどしましたが、残念なことにというか小林君

らしくもないというか、いったい何が起きたのかはさっぱり覚えておらず、

「あれは夜中過ぎでしたか、急に妙に甘いにおいがしてきたかと思うと、スーッと意識が遠のいて、そのまま眠りこんでしまったんです。そのあとのことは何もわからないんです。はい、錠前が盗まれたのもたった今気づいたぐらいで……自分から見張り番を買って出ておきながら、こんなぶざまなことになってしまって、本当に申し訳ありません。支配人さんにも明智先生にも、何て言っておわびをしたらいいのか……」

などと、くやしそうに言うばかりなのでした。

ああ、それにしても何とあざやかな賊の手並みでしょう。たぶん敵の手筋を読んでのことでしょう、自ら寝ずの番を買って出た名探偵助手をあっさり返り討ちにし、みごとに目的を達してしまったのですから。

むろん中村警部はやっきとなって館とその一帯を捜索しましたが、何も手がかりはありません。せっかく小林君との入念な打ち合わせの末、配備した警戒網にも何も引っかかるものはなかったのです。

まんまとしてやられた警部が地団駄踏んだのは当然ですが、よりいっそうかわいそうだったのは印南支配人でした。

せっかく警察や探偵まで呼んだのに、むざむざ御曹司こと八剣遥が事業を引き継ぐためにはぜひ必要な一対の片割れを奪われてしまったことにショックを受け、もはや立っていられないほどでした。そこへもってきて、

「印南さん、ちょっと申し訳ないが調べさせてもらいたいことがあるのだがね」

「な、何でございますか」

中村警部のただならぬ剣幕に、支配人は後ずさりしながら答えました。

そうと見てとるより、警部は部下の刑事たちに目で合図し、あっという間もなく、支配人は背後からガッシリと羽交い締めにされてしまったのです。

「こ、これはいったい……？」

「いやなに、その髪の毛とひげが本物かどうか、どうしても確かめたくてね」

涼しい顔で言うなり、中村警部は何ごとかとおびえる支配人の頭と口元に手をやりました。

そして、いきなり真っ白な頭髪と美しい口ひげをつかんで、思い切り引っ張ったからたまりません。

「アイタタタタッ、これっ、いきなり何をなさる！」

支配人が悲鳴をあげるのと、警部の顔に「しまった！」という表情が浮かぶのがほぼ同時でした。

警部はあわてて部下に命じて支配人を解放させると、

「これはどうも失礼。てっきり、あなたが『あいつ』かと……何しろ、狙った品物の持ち主本人とか、あるいは博物館とならばそこの館長に化けて現場に入りこむのが、いつもの手口なもんですからな。ま、念には念を入れよということで」

中村警部がそこまで言いかけたときでした。よほど腹が立ったのか、印南支配人がかなりの年齢やこれまでのおとなしい物腰からは想像できない勢いで飛びかかってきました。かと思うと、その細くて皺(しわ)んだ指で警部の顔面をつかみ、グイグイ引っ張ったり伸ばしたりし始めたのです。

「ウワッ、な、何をする!」

予想外の反撃をかわしきれず、悲鳴をあげる中村警部に、印南支配人は口調だけはいつもの

慇懃(いんぎん)さを保ちながら、

「何をするじゃございませんよ、警部さま。刑事や警官の中にまぎれこんだり、まんまと化けおおせたりするのも怪盗にはありがちの手口ではありませんか。ですから、こうやってこのお顔が変装ではないことを確かめさせていただいたまででございますよ」

そう言われては、警部には一言もありませんでした。

「おい、誰かこのご老体を取り押えてくれ。痛い痛い……おい、小林君、君からも何とかこのご老体に言ってやってくれよ。うん、そういえば小林君はどこへ行ったんだ?」

顔をグニグニされながらも、あたりを見回したのですが、名探偵助手の姿はどこにもありませんでした。

やっとのことで印南支配人の万力のような指を逃れた中村警部に、刑事の一人が笑いをこらえながら言いました。

「小林君なら、ついさっき出て行っちゃいましたよ。明智探偵にこのことを報告しなければならないのと、麻酔ガスのせいかちょっと気分がすぐれないから医者に行くとか言い置いて

――」

「何だ、そうなのか」

中村警部は、がっかりしたようすをあらわに言いました。まだズキズキと痛む顔の皮をなでながら、

「いよいよ名探偵・明智小五郎さっそう登場ということになるのかな。そう、いよいよ賊は『あいつ』とほとんど決まったようなもんだし。えい、おれの口からその名を口にできないのがいまいましい！」

拳を固め、天をあおいでそう言い放ったことでした。

――そして、その日の夕方のことです。

早々に《笄町八剣倶楽部》をあとにした小林芳雄君の姿が、千代田区三番町のとある街角で見かけられました。

朝から怪事件に出くわした彼は、幸い体調に別条がなかったためでしょうか、言葉とは裏腹に医者には向かいませんでした。そのかわり新宿のスラム街などあちこちを回ったあとで、ようやく明智探偵事務所のあるあたりに帰り着いたのでした。

神田区と合併する前は麹町区の一角だったここは、いかにも山の手の住宅街といった風情が漂いますが、それだけに一歩大通りを外れると、帝都のど真ん中とは思えぬほどシンと静まり返って、まるで無人の街かと疑われることがありました。

まして今は昼と夜が入れかわる、あの何ともいえず変な感じのする黄昏(たそがれ)どき。まるで街並みも街路樹も、遠くに見えるビルの灯りもみんな作り物のように見えてきて、自分もまた自分自身でないような、そんな気さえしてくるのでした。

けれど小林君にとっては通いなれた道。そして少年探偵として、さまざまな不気味な敵たちと闘ってきた身とあれば、別にどうということはありません。

そんなことよりも、今の彼には考えなければならないこと、心にかかることが多すぎました。そのせいで、ついいつもにも似ず周囲への注意や用心をおこたっていたのも否めないことでした。

だから、小林君が今しも行き過ぎた電柱の陰に、奇妙によどんだ暗がりがわだかまっていたこと、それが茜(あかね)色の地面に長い影を落として立ち上がったことに気づかなかったのも不思議ではありませんでした。

みるみる大きくなったそれは、まるで翼をいっぱいに広げた蝙蝠(こうもり)のようでした。そのままソロソロと小林君のあとをつけてゆく姿は、ひどく滑稽のようでもあり、同時にたまらぬ恐ろしさに満ちていました。

「――――!」

小林君がハッと気づいてふりかえりかけたときには、大蝙蝠はすぐ背後まで迫っていました。そして、そのときは時すでに遅しだったのです。

大蝙蝠は、真っ黒な翼を天にも届けとひるがえすと、そのまま小林君に覆いかぶさってきました。まわりの街並みが手品にでもかかったように消え失せ、真夜中のような、いや、むしろ深い深い眠りの中にいるような暗闇が彼を押し包みました。

そのただ中で、小林君は大蝙蝠の息づかいを、その体のぬくもりまでを感じました。あまりの驚きと恐怖のためでしょうか、体は金縛りにあったように動かず、声をたてることもできません。

そんな彼の耳元に、大蝙蝠は口を寄せ、生温かい息を吹きかけながら、笑いをふくんだ声でこう言いかけたのでした。

「おい、ずいぶんと味をやるじゃないか、小林君」

と――。

6

そこは、ボスフォラス以西にはそこそこありそうな、ただし肥前鳥島(ひぜんとりしま)以東、ノサップ岬まで――今やエトロフ島や沖縄はもちろん、奄美(あまみ)群島も日本領ではないので――では、ほぼ唯一といってよいアメリカン・ボザール式の豪邸であった。

ローマ風の円柱をめぐらし、後期フレンチ・ゴシックの様式も取り入れて尖塔までおっ立てている、外観はもちろん内装もまた金ピカ時代(ギルデッド・エイジ)を彷彿(ほうふつ)させる過剰さで、とてもここが東京近郊とは思えなかった。

――館の中心には広間があり、さらにその中心に一つの死体があった。そのまわりでは、今しも妙に饒舌な男たちがせわしなく動き回っていた。

死体はあいにく美的とはいえない中年男性のそれで、しかもパジャマにガウンを羽織ってはいたものの、前をはだけてたくましい胸板がむき出しになっていた。

もっとも、それは肉体美を誇示しようとした結果ではないようだった。というのは、絨毯の上にはいくつもボタンが散らばっており、死者が苦しみのあまり自分で引きちぎったことを物語っていたからだ。

さらに奇妙なことに、死体の周囲にはじっとりしたシミができていた。それにちょっと指で触れてみて、

「血や嘔吐物ではないな。無色無臭でサラサラとした液体――まさか、ただの水か？　だとしたら、いったいどこからわいて出た？」

そう独りつぶやいた大兵肥満の人物こそは、警視庁の熊座退介警部――加賀美課長の招集による捜査会議に出そびれたのは彼であった。その体型とともにトレードマークとなっている鼻眼鏡を装着すると、あらためて現場の床を見渡す。

「おや、何だあれは……？」

ほどなくその視線が、一隅に置かれた黒檀製のチェストをとらえた。

その天板には、いくつか写真立てが置かれており、潜水服を着てヘルメットを抱えた若者の

ポートレートが収まっていた。その顔は明らかに、この屋敷のあるじであり、すぐ近くで死んでいる人物のそれと同じだった。

ほかに青年というより少年といった方がいい年配の人物と、にこやかな笑顔で写っていたものがあったが、熊座警部の目を引いたのはそうしたセピア色の思い出ではなかった。

チェストの下部、猫脚の陰に何か正体不明なものが落ちているのが見えたのだ。口のまわりから、あごまでを覆ったフランスひげがうごめく。

警部は、窮屈そうに巨体をかがめた。チェストの下から腕を抜き出したとき、ハンカチでくるまれた大きな手のひらに、何とも奇妙な品物がつかみ取られていた。

つい最近、何かの拍子に転げこんだものだろうか、ピカピカとして真新しく、床に接した部分以外は少しも汚れていない。

それは、色鮮やかな籐（とう）細工らしきニワトリの置物で、それだけならばどうということはなかったが、奇怪なことにはその背中の部分にグサリと突き刺さっている物体があった。

それは、♀（メス）の記号を上下に引き伸ばしたような形をしていて、どこかで見たような気はするものの、何かはさっぱり見当がつかなかった。しょうことなしに、それをハンカチに包みこんだそのとき、

「ここに来て見てみたまえ、熊座君」

バーバリーのコートを羽織り、手編みの鳥打帽（とりうちぼう）をかぶった人物が警部を手招きした。六尺近い長身のその人物は、豪奢（ごうしゃ）な絨毯の上に転がった死体を指さしながら、

「この死体の首まわりの絞痕（こうこん）、これは明白に誰かに首を絞められたことを示している。だが、一方で被害者がこの部屋にフラフラと現われ、まさにこの場所に倒れこむまで、周囲に近づいたものは誰もなかったという厳然たる事実がある。確かそういうことだったね、諸君？」

ふいに話を振られ、広間の戸口でおそるおそる見守っていた使用人たちが、いっせいにコクコクとうなずいてみせた。そのうちの、召使頭かと思われる老女が前に進み出て、

「さようでございます。旦那さまは今日の午後、外出先からご自分で自動車を運転してもどられまして、そのままご自分の部屋にお入りになりました。外国（あちら）での習慣でお昼寝をなさったのかと思っておりましたら、このような姿で出てこられましたので、アアやっぱりそうだったかと思っておりましたら、いきなり空（くう）をつかんでお倒れになりまして、あわてて医者を呼びに行っております間に、このようなことに……」

嗚咽（おえつ）まじりに、なお去らないらしい恐怖に皺んだ顔を蒼ざめさせながら申し述べた。

「ふむ、午睡（シエスタ）の習慣がおありとは、さすがブラジルに渡って海底鉱山の採掘で大成功を収め、故国に錦を飾られたお方らしいですな。もっともポルトガル語ではsesta（セスタ）というらしいですが」

バーバリー・コートの人物はそう言ってうなずくと、熊座警部に向き直って、

「どうにも信じられない話だが、どうやらまちがいないらしいね。つまり熊座君、今の話を信ずるならば、このご仁の背後から透明人間がひそかに忍び寄り、首を絞めたということになってしまうわけだよ」

熊座警部は鼻眼鏡を外すと、ぼってりとまわりに脂の乗った目の奥からギロリと視線を投げつけながら、

「まさか、本気で言ってるんじゃあるまいね、秋水(あきみず)君。もし、そうならばそいつは、ずぶぬれだったことになるよ。だが、あいにく絨毯がぬれているのは、死体のまわりだけだ。ウェルズのインヴィジブル・マンだって足跡ぐらいは残したはずだぜ」

相手の言葉を押し返すように言った。すると、その人物――素人科学者にして探偵の秋水魚太郎は、なおも微笑を浮かべながら、

「そうすると透明人間というよりは、あのハロウビー館の水幽霊(ウォーター・ゴースト)といったところだね。さしずめ死体は、館の持ち主ヘンリー・パトリック・オーグルソープ氏で、華氏マイナス四百十六度に保たれた貯蔵庫に凍結保存されていたのから、どうかして逃げ出して復讐したのかもしれない」

警部はしかし、秋水が英国の怪奇小説を引いて放った好謔にはニコリともせずに、

「オーグルソープ？　違うよ、秋水君。ここで死んでいるのは南米帰りの富豪でペドロ斎藤(さいとう)という人物だ。しかも、よりにもよって幽霊のしわざとは〝ユダの娘事件〟（「ミデアンの井戸の七人の娘」として発表）や〝杢詩(もくし)幻想殺人事件〟（同じく「盲目が来りて笛を吹く」）をあざやかに解き明かした君の言とも思えんね。それぐらいならば、僕は被害者が周囲のすきを見て、絶命の直前にここで行水を使ったという説を信じたいよ」

太い腕を振りふり、言い放った。その拍子にハンカチが手からぽろりと落ちて、あの奇妙な

ニワトリの姿があらわになった。

秋水魚太郎は「おや、それは……」と目を細めて、

「またずいぶんと南国趣味なニワトリの置物だね。そういえば、ポルトガルではニワトリはガロといって、国鳥になっているぐらいおなじみのあるもので、飾り物にも盛んに作られる。丸焼きにされて食卓に供されたというのに、泥棒扱いされた旅人の無実を晴らすべく三度鳴いた〝バルセロスの雄鶏（オ・ガロ・デ・バルセロス）〟なんて伝承もあるぐらいでね。だが、この妙な記号みたいなものは何だろう。まさか、この丸い部分を持ってニワトリを丸ごと串焼きにしようというんじゃあるまいが」

熊座警部は何とも答えられずにいた。と、そこへさきほどから死体そっちのけで、この部屋の古今東西ごちゃまぜな装飾品や調度をながめていた中年のキビキビした男が、

「おお、そのニワトリに突き刺さっているのはAnkh（アンク）じゃないか。なぁんだ、もの自体は後世の模造品か。だが待てよ、これはひょっとして……」

「津田（つだ）さん、これに見覚えがあるんですか？」

熊座警部が問いかけたのは、「少年タイムス」編集長をつとめるかたわら、旧友の神奈川県地方検事とともに『古墳殺人事件』『婦鬼系図（おんなおにけいず）』（現在では『錦絵殺人事件』として知られる）の両事件を手がけた津田皓三（こうぞう）であった。

「ええ、まぁとにかくこっちへどうぞ」

そう言って、彼が警部を引っ張って行ったのは、そうしたコレクションの一つ――古代エジ

プトのファラオかとも思われる等身大の像の前だった。

さきほど挙げた事件のうちの一つで、考古学がらみの殺人に挑んだ津田皓三は、秋水に輪をかけておしゃべりなところを発揮しながら、

「ほら警部、この像をごらんなさいよ。被害者が収集していたらしきエジプト第二十五王朝の逸品です。腕を前で交叉させて、先っぽが♀印になった笏(しゃく)を握っているでしょう。警部が持っているのと同じアンクです。ほら、この王名輪郭(カルトゥーシュ)にも同じ記号が入っているでしょう?」

津田が指さした先には、確かに[illegible]と横書きにヒエログリフが刻まれていた。そこへいつのまにかやってきた秋水が、

「ほう、これは初代の〝黒いファラオ〟と呼ばれたピイのものじゃないか!」

頓狂(とんきょう)な声をあげたものだから、熊座は度肝を抜かれて、

「黒いファラオ⁉ 何のことだ、そんな王様がエジプトにいたのか」

「いたとも。ただし、存在をかたくなに否定されてきたヌビア出身のファラオたちだがね。黒人が高度な文明を築き、偉大なるエジプトを統治することなどありえないという偏見によって……。だが、ここの館の主は日本人だけにそんな誤謬(ごびゅう)とは無縁だったようだ」

秋水が言うと、津田皓三は今度は彼に向かって、

「それこそが、彼を死に至らしめたとしたらどうです?」

「すると、あなたはこの犯人はローゼンベルクばりの人種理論の持ち主だったとでも?」

秋水魚太郎が、何やら危険な問いを投げかけた。津田は答えて、

「あり得る話ですな。そして、彼らアーリア至上主義者と組んだ数年前までのわれわれは、建前としては有色人種の解放をかかげていた。全く筋の通らないことおびただしいが、〝黒いファラオ〟の安住の地は東の果てのここにしかなく、またそれが気に入らない連中もいたということさ。そして、これは考えたくない可能性だが、もう一つ……」

「そう」秋水が暗い顔でうなずいた。「偉大なるピイと同じ異名を持つ、ある忌まわしい存在について、われわれは知っている。幸いなことに、おそらく今回の件とは関係ないだろうが……」

「あの、そんなことより、ですな。このアンクというのは、結局……」

熊座警部が我慢強く訊いた。とたんに津田皓三は、苦笑いを浮かべて、

「ああ、そうでした。アンクとはこの通り、碑文（ひぶん）やパピルスにもしばしば登場するんですが、それ自体には意味も読みもなく、ただ寿ぐ（ことほぐ）ようなときに使うらしい。よりによって、それを何千年も何千キロも隔たった（へだたった）ポルトガルのニワトリに突き刺したというのが、実にどうも興味深い。亡くなったペドロ斎藤氏は、それにどんな意味をこめたのだか……」

「す、すると津田さん」警部はあわてて言った。「これは死者が、われわれに託した伝言だとでも？」

「おそらくはね」津田は答えた。「だが、困ったことに鳥をかたどったヒエログリフは数あれど、ニワトリに相当するものは一つもないのですよ。一方、ポルトガルにそんなアンクめいた文様があったとも、寡聞（かぶん）にして知りません」

首を振って警部をがっかりさせたところへ、秋水魚太郎が口をはさんだ。

「まあ、これがフクロウならばバルセロスの雄鶏ならぬ、ものごとが過ぎ去った黄昏どきに飛び立って真理を告げる〝ミネルヴァの梟（ディー・オイレ・デア・ミネルヴァ）〟という含みも持たせられるんだがね。あいにく古代エジプトにはニワトリはいなかったようで、これが同じ象形文字の漢字ならばよかったんですがね」

「もっともキルヒャーによれば、エジプト人が中国に植民して漢字を作り出したともいうし、日本でも大まじめに『埃漢（あいかん）文字同源考』なんて本を書いたご仁がいて、そういえばここの本棚にも確かあったな。当然そこには『鶏』に当たるヒエログリフもあったはずですがね。ときに、フクロウをかたどった文字𓅓の発音は――」

「も、もうそのへんでけっこうです」

とめどのない衒学（げんがく）系素人探偵たちの薀蓄に辟易（へきえき）しながら、熊座警部はさえぎった。

秋水はニヤニヤと熊座を見、片や津田皓三は「あ、そうですか」とあっさり従った。そのあと、ふと腕時計を見たかと思うと、

「おっと、いけない。今日はこれから、わが『少年タイムス』の読者諸君を招待しての感謝の催しがあるんだった。せめて見送りと出迎えぐらいはしないとね。では、失敬！」

そのまま、せかせかと立ち去ってしまった。

熊座警部は長いため息をつくと、串刺しのニワトリを鑑識に回すよう部下の刑事に託し、その場を離れた。重い足取りで巨体を死体のある場所に運ぶ。

そのあと気を取り直すように鼻眼鏡をかけると、ずっとそこにとどまって観察と鑑定に余念のなかった別の人物に話しかけた。

「それで……死因をどうごらんになりますか、園田先生」

警部の問いかけに、いかにも冷静そうで温容をたたえた紳士がふりかえった。

園田郁雄——名古屋Q大学法医学教室の教授であるこの紳士は、東京地方検事局の芥川検事と親友である縁で、両性のはざまを生きる人々の間で起きた「Sの悲劇」事件を皮切りに、火山観測所や染料化学の実験室、珍奇な蘭を栽培する温室など特異な舞台で起きた事件を解決していた。

「そうですな……」

と慎重に言葉を選ぶ園田教授に、熊座警部はたたみかけるように言葉を続けた。

「やはり、この首に残された痕跡からして絞殺でしょうか。何か平たい紐か細い帯のようなものを巻きつけたような跡ですし、ただ結び目や交差したところが見当たらず、グルッと一周しているところが、通常の索条痕とは相違していますが、眼瞼結膜に溢血点が見られるところからしても、窒息死したのはまちがいないかと……」

「違いますな」

園田教授の答えはにべもなかった。だがそのあと、とりなすかのように語を継いで、

「警部、あなたが言った窒息死というのはまちがいありません。ただし、それは絞頸によってもたらされたものではなく——溺水です」—

「溺水⁉　つまりこれは水死だとおっしゃる」

　熊座警部は驚きのあまり、大声をあげた。これに対して園田教授は、

「そうです。口や鼻の穴から漏出した茸状の白色泡沫が、その証拠です。解剖してみれば一目瞭然でしょうが、この人物の肺の中は水とそこから生じた泡によって満たされていることでしょう。ただし、体表には鵞皮の形成が見られず、手足も漂母皮化していないところを見ると、長時間水につかっていたとは思えませんが」

　学者らしく、あくまで淡々と解説を加えるのだった。熊座警部は渋面を浮かべて、

「すると、ペドロ斎藤氏は水に溺れ、あるいは溺れさせられたあげく、きわめて短時間でそこから引き揚げられた。と？　となると、帰宅後にこの邸内のどこか、たとえば風呂場とかプールとかで、そういうことになったと考えざるを得ませんが……おい、ここの屋敷には浴室はもちろんプールがあったりするのかね？」

　またまた急に話を振られ、さきほどの老婦人をはじめとする使用人たちがコクコクとうなずいた。

　だが熊座警部は、すぐに自分の推論の矛盾に気づかないわけにはいかなかった。

「いや、だめだ。だとするとペドロ斎藤氏は、そのあと瀕死の状態でここまでやってきて、力つきて絶命したことになってしまう。絶対にありえないことではない。だが、全裸ならともかく、パジャマやガウンに着替えることなんかできるはずがない。服ごと溺れたのなら、それらはずぶぬれになっていなくてはならん。これは奇妙だ……どころではない、どう考えても不可

能事だ！」
早くも髪を振り乱し、懊悩（おうのう）の表情を浮かべた。と、そこへ追いうちでもかけるかのように、

「衣服の点は別にしても」秋水魚太郎が言った。「風呂にせよプールにせよ、あるいは殺しと考えるならば洗面器一つあれば、人を水死させることは可能なわけだが、それはどうにも考えられないことなんだ」

「えっ、それはまたどうして？」

警部の問いに、秋水は「それは」と答えかけ、園田教授と顔を見合わせた。ややあって、

「そう、それはですな」園田教授が口を開いた。「ペドロ斎藤氏だったか、この人が溺れた、あるいは溺れさせられたのは、真水ではないからですよ。これもまた解剖すればわかることだが、彼の肺臓を満たしているのは、おそらく――」

そのとたん、秋水魚太郎の手元でパッと黄色い光がきらめいた。熊座警部が驚いて見直すと、秋水はスプーンのような金属器にライターの炎を押し当てているのだった。

「この炎色反応から見て、絨毯をぬらし、死者の体口からも滲出（しんしゅつ）している水の主成分は塩化ナトリウム――十中八九、この正体は海水だよ。被害者、とあえて言わせてもらうが、彼が殺されたのは海においてだ。彼は海で溺れ死んだんだ」

その言葉を受けて、園田郁雄教授が深くうなずく。

「そ、そんな……」

二人の名探偵の明快きわまりない指摘は、しかし熊座警部をいっそうの困惑に陥れるばかり

だった。彼は鼻眼鏡をむしり取るように外すと、愛用のそれを投げ捨てんばかりに腕を振り回しながら、

「被害者——あ、いや、ペドロ斎藤氏は、この広間で絶命したことにまちがいはないんだぞ。第一、ここは一番近い海辺からでも数キロは離れているというのに、いったいどうやって溺れ死ぬことができたというんだ！」

　自分で自分に向かって叫んだ次の瞬間だった。熊座警部は勢い余って、さきほどのチェストの上に置かれていた写真立てをはじき飛ばしてしまった。

　アッと思ったときには、そのうちの別の人間と写った方が絨毯に転げ落ち、留め金でもゆるんでいたのかフレームが分解してしまった。

　幸いガラスが割れたりはしなかったものの、熊座はあわてて写真立てを拾い上げた。そこから飛び出した写真を元にもどそうとして、裏側に記されたペン字に気づいた。

　そこにはこう記されていた——。

「米国旅行の砌（みぎり）、知遇を得たる八剣遥君と写す　昭和十×年」

　ペドロ斎藤氏の遺体は、ただちに東大法医学教室に運ばれ、重要人物ということで特別扱いでの解剖を受けることになった。

　園田郁雄教授の所見は正しかった。死者の肺臓は泡立つ海水で満たされており、死因は海における水死と断定された。

だが、さすがの園田教授も予測できなかった、いや、予想しようもない事実が明らかになった。

それは——死者の胃の中から発見されたジグソーパズルの一片であった。そして、それは材質、形状ともに先の奇怪な死体から発見されたものとピタリと一致していたのだった。

7

「みなさん、今日は新東洋社においでいただき、ありがとうございます。私は、みなさんの案内役をつとめます尾形恵美子(おがたえみこ)といいます」

美しくかわいらしい洋装の女の人が、そう言ってペコリと頭を下げたものですから、集まった子供たちは、みんなどぎまぎしてしまいました。

いかにも優しくて賢そうなお嬢さん——きりっと着こなしたスカートスーツ、真っ白なブラウスにリボンタイは女子大学生の制服でしょうか。まさか、この人が女学生の身でありながら、国際スパイ団と戦ったなんて想像もつかないでしょう。

そう、尾形恵美子さんこそは、わが国における少女探偵の先駆けでした。男の子に少年探偵団があれば、恵美子さんには少女応援団があって——あまり役には立ってくれませんでしたが——彼女の働きときたら実にめざましいものでした。

彼女が少女探偵となったきっかけは、兄の献太郎工学士が世紀の大発明「Y光線発生機」の秘密を奪われたうえ、殺人の罪まで着せられたこと。彼を救うため立ち上がった恵美子は、全ての元凶である笠間ことカラマンダ伯爵と、彼が率いる《魔陣クラブ》と必死の知恵比べをくりひろげたのです。

この『六一八の秘密』事件のときには、セーラー服をまとっていた彼女（その姿で伯爵一味と堂々と渡り合ったのです！）も、今は上の学校に進み、将来何になりたいかの勉強を兼ねて、その名の通り「新東洋」という新聞を出している社で働き始めたのです。

最近の流行語でいうならアルバイトというやつで、今日の仕事もその一環でした。

「少年タイムス」という子供向けの新聞の愛読者感謝企画で、いろいろなところに子供たちを招待する一環として「新聞のできるまで」という見学会をもよおすことになり、案内役をつとめることになったのです。

敗戦後、子供向けの雑誌や本がたくさん出されたのは驚くべきものでした。童話や絵本、読物に小説、それに新興勢力の漫画や絵物語など、芸術の香り高いものから頭でっかちなもの、あくどく受けを狙ったものまで実にいろいろなものがあり、それらがまた飛ぶように売れたのでした。

「少年タイムス」もそうした一つで、新東洋社が印刷を引き受けていることもあり、ここで見学会を開くことになりました。

「はい……こちらが最新式のモノタイプです。これまでは文選工の人たちが、一字一字活字を手で拾っていたんですが、ここにずらりと並んだキーを押すと紙テープに穴があけられます。この穴の並び方が一種の符号になっていて、これを活字鋳造機にかけると、キーで指定したのと同じ字の型が飛び出し、そこに溶けた鉛が流しこまれて、活字が次から次へと作り出せるというわけです。これをさっき見てもらったように小組みし、さらに紙面そのままに大組みして……。

ああ、それから、みなさんにここの活版部のおじさんたちからプレゼントがあります。楽しみにしていてくださいね。

……こっちが、やっぱり最新式の写真電送機。それから、この籠は伝書鳩用のものです。どちらも写真や記事を送るのには欠かせません。どこの新聞社でもそうですが、わが社の屋上には鳩舎があって、鳩をいっぱい飼っているんですよ。

さあ、ここが編集局です。ひっきりなしに電話が鳴ったり、どなりあったり、すごい騒がしさでしょう。いい人たちばかりなんだけど、みんな気が立ってるから、あまり刺激しないようにね。

……はい、みんなお疲れさま。えっ、ぜんぜん疲れてなんかいないって？　あっはっは、みんな元気ねぇ。このあとは、お話と映画の会です。えっ、どんな内容かって？　それはね……みんなも大好きな名探偵の話です！　お話をしてくださる先生は、お姉さんと同じ苗字だけど、別にお父さんとかお兄さんじゃないのよ。まぁ、そんなことはともかく、みんなこっちへ集合！」

といったようなことで、恵美子さんは何十人もの子供たちを引率して社内のあちこちを案内したあと、映写機のある集会室に向かいました。

　そして、拍手と歓声とともに、お話と映画の会が始まったのですが――。


　同じ新東洋社内の調査部。編集局や活版部、印刷場の騒がしさに比べると、まるで別の建物にあるみたいにひっそり閑としています。

　ここには、創刊以来の「新東洋」の紙面や社で出していた雑誌や書籍、ほかに百科事典や紳士録、日本全国の電話帳などがそろえられています。そして、大きな引き出しが整然と並んだキャビネットには、人物や事件別に分類された袋の中に、ぎっしりと切り抜きや写真などが詰めこまれているのでした。

　そのとき――というのは、「少年タイムス」愛読者のためのフィルムが上映されていた最中のことですが、一人のつぶらな目をした婦人記者が資料を探しに、調査部のある階へと上ってきました。

　この人は鳥飼美々（とりがいみみ）といって、なかなかの腕利きなのですが、ことに先輩記者と組んで受け持っている「推理の世界」という続き物が好評なのでした。

　これは未解決事件を追い、独自の見解を記すというもので、メインは明石良輔（あかしりょうすけ）というまだ若いが熟練の社会部記者。彼女は、この良輔と組んで『虹男』『歪んだ顔』といった怪奇色の濃厚な事件にかかわっていたのです。

鳥飼美々記者はこのときも、「推理の世界」のために古い記録を調べにきたのですが、彼女はその際、妙なものを見たのです。

「おや……」

鳥飼記者はまず、調査部の奥にある書庫に入って古い資料をあさったのですが、そのとき書庫には誰の姿もありませんでした。

そのあと書庫を出て、その手前に並ぶキャビネットから掘り出した昔の記事に、近くの本棚に寄りかかりながら読みふけりました。それからしばらくして、彼女は自分とキャビネットの列をスッと行き過ぎてゆく人影を見ました。

それは明らかに大人ではなく少年で、社の給仕さんがよく着ているような身なりをしていました。給仕さんらしき少年は、そのまま書庫に入っていってしまい、鳥飼美々記者は気にも留めず、作業を再開しました。

するとまた、そばを通ったのです。今度は若い女性が一人——自分のような女性社員が増えたとはいえ、まだまだ男だらけの会社ですから、いやおうなく目立ちました。

(今のは、尾形恵美子君じゃなかったかしら。それにしては、何だかようすが変だったな。誰かにお小言でも食らったかな。まあ、少女探偵にもそんな日はあるわよね)

そんなことを思いながら、なおもキャビネットの引き出しを開けては閉じするうちに、ふと書庫から誰も出てきたようすがないのに気づきました。

何かよほどむずかしい探しものなのでしょうか。それなら手伝ってやろうかと、鳥飼記者が書庫の入り口に向き直ったときでした。

何か真っ黒いものが、のっそりと書庫の戸口に姿を現わしました。

それは、外はカラリと晴れ上がっているというのに黒い雨合羽をまとい、暑苦しく襟を立てた男でした。しかも黒のつば広帽子を目深にかぶり、バカでかい色眼鏡をかけていたのですから、怪しいことこのうえありませんでした。

しかも、それだけではなかったのです。

その男——いいえ、黒い怪人は、がっくりと首うなだれた給仕姿の少年を、抱きかかえるようにして歩かせていました。その手にキラリと光るものは、社の備品のペーパーナイフでしょうか。

しかも、それだけではありませんでした。怪人は何ともう一人を、軽々と肩からかついでいたのです！　頭部を布でくるまれていますが、スカートをはいているからには女の子のようでした。

「あっ、恵美子君！」

その服装に見覚えのあった鳥飼美々記者は、思わず叫んでしまいました。

男の子と女の子を一人ずつ！　何という大胆さ、何という怪力でしょう。そして、いったいどこから何をしに、わいて出たというのでしょう。

これが明石良輔記者だったら、怪人に飛びかかっていたかもしれません。彼女も相当大胆な行動に出る婦人記者でしたが、これはちょっと相手が違いました。

しかも、尾形恵美子と、あと一人は誰だかわかりませんが、人質を取っているのです。それやこれやでつい手を出しかねるうちに、黒い怪人は調査部の部屋を出て行ってしまいました。

そのようすを見たのでしょう。戸口近くの机で切り抜きの整理をしていた部員たちがアッという声をあげたのに、鳥飼記者はわれに返りました。そして、あわてて部屋を飛び出したのですが、そのときは廊下にもどこにも、怪人たちの姿は見えなくなっていたのでした……。

――それからまもなく、集会室の扉が開いて、映画を見終えた見学の子供たちがドッと廊下にあふれ出しました。

「映画もだけど、あの先生のお話も面白かったねぇ。あんなに昔から名探偵っていたんだね」

「紫式部（むらさきしきぶ）や清少納言（せいしょうなごん）が、殺人事件を推理してたなんて知らなかったわ」

感想を語り合い、次は何を見られるのかと胸躍らせる少年少女の歓声は、しかしすぐに悲鳴に変わりました。何とそこには、彼らを引率していたはずの尾形恵美子が倒れていたからです!

その場に駆けつけた鳥飼美々記者をはじめ、社の人たちに揺り起こされて、恵美子はようやく目を覚ましましたが、彼女はぼんやりとした表情でこう答えるばかりなのでした。

「上映中に、ふと廊下に出てみたら変な人影を見たんです。社の給仕さんのようでもあり、見学会の一行にいそうでもありましたが、いずれにせよ見覚えがありません。それで変に思ってあとについていったら、調査部の書庫に入っていってしまって……私も同じようにしたら、その直後、真っ黒い影みたいなやつがいきなり襲いかかってきて……あとはよく覚えてないんです」

——尾形恵美子の証言を信ずるならば、そして鳥飼記者の記憶にまちがいがなければ、黒い怪人は書庫にこつぜんと出現したことになります。その理屈はまだわからないとして、そいつは何をしに現われたのか。そして怪人とともに消えた男の子は誰なのか。

調べた結果、書庫の片隅に積まれていた梱包の一部が破られているのが発見されました。それは、新東洋社が戦争前に旧東京市内のデパートで「防諜防犯博覧会」を開催したときの展示物その他でした。

展示の目玉だった生人形(いき)や犯罪事件の証拠品などは、もとの持ち主に返したらしくありませんでしたが、書類や台帳、ポスターといったもの以外に、ちょっと珍しいものが残されていました。

この防諜防犯博覧会は、新東洋社の主催のほか八剣産業が協賛しており、その開会式に八剣家を代表して、遥という少年が出席した時の記念物がひとまとめにしてあったのです。

そのようすを報じる新聞記事には、八剣少年が、当時の最新式だった指紋検出を体験したことが書かれており、添えられた大封筒には、「八剣遥君指紋採取一式」と墨書きしてありました。

けれど、その中には何も入っていませんでした。そして、調査部総出で、かつてこの博覧会にかかわった古参社員まで駆り出して調べた結果、わかったことがありました。

それは、黒い怪人が姿を消したのと時を同じくしてなくなったのは、その封筒の中身だけだった、ということでした……。

——そんな騒ぎがようやく収まったあと、新聞社から帰ろうとする恵美子を、呼び止めたものがありました。

「ああ、きみきみ」

ふりかえると、それは今日の会で「千年前の日本にもいた名探偵」などのお話をしてくださった、東京G大学で助教授をしている先生でした。

「今日は司会の仕事のほかに、いろいろ大変だったね。実はちょっと質問があるんだが……」

8

同じころ、「新東洋」の明石良輔は、半ば茫然となりながら、その場に立ちつくしていた。目の前で燃えさかる玩具工場には、さすがの敏腕記者も手の下しようがなかった。わずかな手がかりをたどって、やってきた荒川土手の工場だった。ここに一連の事件を解く鍵があると、長年鍛えた記者根性が告げた結果であった。なのに……。

そんな良輔をあざ笑うかのように、炎は黒煙をまき散らしつつ猛り狂った。と、そこへ、

「何だなんだ、こりゃいったいどういうことだ」

けたたましいブレーキの音、あわただしく開かれる自動車のドア。それらと重なり合うように叫びかわす声があった。

「おいおい、おれたちゃ火事場の取材に来たんじゃないんだ。例の一連の事件のしっぽをつかみにやってきたというのに!」

明石良輔は、おもむろにふりかえった。そこには、日ごろ見慣れた同業者たちの顔があった。彼らが乗ってきた自動車の先頭に立てられ、今はダラリと垂れた社旗には、こんな文字が染め抜いてあった――《東京日報》と。

「おや、明石ちゃんじゃないの」

新来の男たちの一人が、びっくりしたような声をあげた。

「これは亀田君、お久しぶり。おや、片桐キャップまでおいでとは」

「あ、ああ……ま、蛇(じゃ)の道は何とやらでね」

ライバル紙の東京日報を代表する猛者(もさ)たちは、あっけにとられたように答え、次いで用心深そうな目で明石良輔を見すえた。

「すると、ひょっとして、あんたも――?」

「ええ、お察しの通りだ」良輔は答えた。「死体の中から見つかったジグソーパズルを追っかけて、製造元のここまで来たというわけさ。しかし、どうやら先手を打たれたようだね」

「どうやら、そういうことらしいね。明石ちゃんだけじゃなく、犯人にまで」

片桐記者が言った。そう、明石良輔も彼らも、ともに東大法医学教室の解剖台に載せられた二つの死体から発見された紙のかけらを追って、この旧城東区の工場地帯までやってきたのだった。

互いにその事実を探り合ったあとに亀田記者が肩をすくめ、吐き棄てるように言った。

「やれやれ、やっとあの舶来の合わせ遊びを作った場所を突き止めたと思ったら、新東洋さんはいるし、火事にはなってるし……何しろものが紙だけに、よく燃えること燃えること！」

*

その日、神津恭介は法医学教室がお休みで、中野区鷺宮の自宅でくつろいでいました。二階建てのとてもりっぱな洋館で、お父さんもお母さんも亡くなってもうおられませんので、お手伝いさんが家事をしてくれる以外は一人暮らしです。

こんな休日は、いつもだったら好きな数学の研究に没頭するのですが、今日はそのかわりに小さなお客さんたち二人の訪問を受けていました。古沢美和子さんと三千夫君の姉弟です。二人のお父さんは、古沢三郎博士という有名な科学者なのですが、生物の色素を消す研究をしていたところ突然失踪し、そのあと透明人間によるものとしか思えない犯行が次々と起こりました。

そこに現われ、みごとに事件を解決したのが、名探偵神津恭介で、この『覆面紳士』事件がきっかけとなり、美和子さんと三千夫君は恭介の助手をつとめるようになったのでした。

古沢三千夫君はとても勇敢な少年で、『死神博士』を名乗る怪人などと命がけの対決をしてきました。一方、美和子さんも女の子だというのに、『白蠟の鬼』一味の女に油で煮られたり、逆に敵の放った怪ロボットに火炎放射器をぶっぱなしたりするなど大活躍してきました。

そんな二人ですから、神津恭介とのお茶飲み話も恐ろしい犯罪に関することが中心で、当然のように話題はあの奇怪な死体事件へと向かっていったのでした。

「先生は、東大であの死体の解剖を担当されたのですよね。それで、どんな死体でしたの？」

美和子さんはのっけから、かれんな姿に似合わない質問を放ちました。

どんなと言われても、あのむごたらしい死体の状況を事細かに、こともあろうに十代の男女に聞かせるわけにもいかず、恭介はそのあらましだけを話さざるを得ませんでした。

「それで」三千夫君がたずねます。「その人はジグソーパズルの一片を口の中にふくんでいたんですってね。そこからは、何かわからなかったんですか？」

神津恭介はそれに答えて、

「うん、それがね。ようやくジグソーパズルの製造元を見つけたはいいものの、その工場が全焼してしまって、ろくな手がかりも見つけられなかったそうなんだよ」

「それで、先生」

と勢いこんで身を乗り出したのは美和子さんの方でした。彼女は言葉を続けて、

「同じジグソーパズルが、別の死体からも見つかったんですってね。ほら、ペドロ斎藤というブラジル帰りのお金持ちの体内から」

「よく知ってるね」

神津恭介は、女のように美しい顔に微笑を浮かべました。いえ、苦笑といった方がよかったかもしれません。

「そう、最初のパズルピースと、いま言った方とは同じ製品の一部であることがわかった。だが、ちょっと妙なことがあってね」

「そ、それは？」

古沢姉弟が、異口同音にたずねました。

「うん……これはまだ発表されていないことなんだが、二つの死体のうちペドロ斎藤氏は、いま新聞雑誌と財界を揺るがしている八剣遥という人物の旧友だった。この八剣遥という人に関しては、このところおかしなことがいくつか起きていてね。彼が莫大な財産と会社を相続するために必要な錠前が盗まれたり、彼が子供のときに採取した指紋がなくなっていたり――」

「ああ、それなら僕知ってますよ」

三千夫君が、とんきょうな声をあげました。

「たしか、少年探偵団の小林団長と『六一八の秘密』事件の尾形恵美子さんが出くわした事件でしたよね」

「ちょ、ちょっと三千夫」

美和子さんが弟をたしなめるように、彼の服の袖を引きました。

「え、なに、いいじゃない」

三千夫君が口をとがらせます。神津恭介は小首をかしげながらも、

「こちらの事件では、特に何の手がかりも残されてはいなかった。むろんジグソーパズルもだよ。つまり、八剣遥氏をめぐる事件では、パズルピースが残されていたものと残されていないものがあり、残されていたものの一方は、遥氏にかかわりがあるかどうかわからない。この差が何となく気になるんだ。まあ、殺人と盗みではぜんぜん違うことはわかっているんだが、どうも引っかかるんだよ」

「どうしてですか」

美和子さんがたずねます。恭介は答えて、

「うむ、僕が解剖した方の死体には、明らかに顔に改造を加えられた跡があったんだ。単に身元をわからなくするためか、それとも死体が特定の誰かであることを隠したかったのか……」

「先生、ということは――?」

今度は、三千夫君が身を乗り出します。神津恭介はうなずいて、

「そうなんだ。もし、その特定の誰かというのが――いや、今の段階で言うのはよそう。それより、僕が昔から気になっている歴史上の謎について話そうか。君たち、義経成吉思汗（よしつねジンギスカン）説というのを知っているかね。これは実に興味深い問題で……」

こうして、名探偵神津恭介と少年少女探偵のお茶会は思わぬ方に転がっていったのでしたが、さすがは古沢姉弟です。二人とも、最後までまさに興味津々といった顔つきで、彼の話に聞き入ったのでした――。

＊

その職人風の初老の男は、うっそりと警視庁の建物を見上げると、しばし逡巡したあと、思い切ったようすで正面玄関に向かって歩き始めた。

そこで立哨（りっしょう）をしていた警官が、いぶかしげに彼を呼びとめて、

「ああ、君、何か本庁に用でもあるのかね」

すると初老の男はビクッとして立ち止まり、おそるおそる警官を見返した。ややしばらくして、男は古びた革の鞄をギュッと胸に抱きしめながら、

「あ、あの……ちょっとお話がありまして……うちに来た奇妙なお客のことで……いや、と申すよりは、うちで受けました何とも奇妙な注文に関してご相談があって、やってまいりましたんですが……や、申し遅れました。私、蓑浦と申しまして、義手や義足などの製作所を営んでおるものでございまして……はい」

立哨の警官は、わけのわからないながら、庁舎内にいた係のものに蓑浦なる人物の来意を取り次いでやった。その男はさらに、

「あ、もしよろしかったら、波越さんか中村さんという警部さんにお話ししたいのですが……はい、ひょっとしたら、私のことをご存じかもしれませんし……」

加齢と長年の手作業に加え、不安のためか妙に弱々しく見える背中が、とぼとぼと玄関ホール奥の薄暗がりへと遠ざかってゆく。

（何の用だったのかな）

立哨の巡査は一瞬そんな疑問にかられたものの、すぐに与えられた任務にもどった。たった今、通してやった義肢製作所のあるじが、いかに大きなセンセーションを捜査一課長以下の捜査官たちと、記者クラブの面々にもたらそうなどとは予想だにせずに……。

9

場所は、一気に四百キロ西へと飛んで——大阪市東区平野町の一角に建つ、とあるビルの三階。

「先生、先生、こんなものが届きましたよ」

そう言いながら、一通の封筒をたずさえて入ってきたのは、ここ伝法私立探偵事務所で少年助手をつとめる加藤六郎であった。

このときお使い帰りだった六郎少年は、彼にとっての先生であり、この事務所の主でもある伝法義太郎探偵が、スマートな青年紳士と話しこんでいるのに気づくと、

「南さんが来てますけど、また何か事件の相談ですか」

自分と同じく、伝法探偵の助手として働いている近藤青年にささやきかけた。近くで漫画本に読みふけっていた青年は、顔を上げると、

「ああ、しばらくぶりに密室殺人らしいよ」

「へえ……ええっ、密室ですって⁉」

六郎少年はびっくりしてしまった。近藤青年はうなずいて、

「それも、相当に大がかりらしいが……」

その言葉に六郎少年が行ってみると、伝法探偵のかつての部下だった南刑事は、相手の机に両手を突き、身を乗り出して、

「とにかくですね、ここ大阪と広島、さらには九州の佐賀でも数日のうちに全く同じ事件が起きて、凶器は全て同じ、しかも現場は完全な密室だったというんですから、これはどう考えても伝法探偵の出番だと思うんですがね」

間近でまくしたてられ、唾さえ降りかかっても動じない伝法義太郎は、年のころ三十七、八。頑丈そうな体をして、髪を無造作に分け、角張った顔は無愛想ながら、いかにも頼りになりそうであった。

大阪の地で、数々のトリックづくしな事件に取り組んできた彼が名をあげたのは、知多(ちた)半島に建つ『硝子の家』事件でのこと。そこと大阪で起きた三つの不可能犯罪を解決した彼は、いつも寡黙で不愛想で、それはこのときも変わりなかった。

「これが、凶器の短剣かね。細身の諸刃で、柄のところに宝石のようなものがはまっていて、まるで海賊ものか西洋チャンバラの映画にでも出てきそうな形だが……」

伝法探偵は、しかたないなという顔で、南刑事が持参した資料に視線を落としながら言った。

「ええ、ダガーというやつだそうです」

南刑事が答えた。

「写真が三枚もあるが、それぞれ別のものかね」

「はい、三本とも別々で、それぞれの殺人現場で発見されました。三人の被害者の背中の、ほぼ同じ部位を、同じ角度と同じ深さで――いずれも即死に近かったと思われます」

「死体発見時の状況も同じだったのか」

「はい。この報告書の通り、最初は広島市内のアパートで、次は佐賀県内のホテルで、そして今度はこの大阪のビルディングで、資産家の男女が今言った手口で殺害され、それぞれ持参した莫大な現金や宝石を奪われました。いずれも秘密の商取引ということでおびき寄せられたようです。しかも薄気味悪いことに、被害者の体内からはいずれもこんなものが……」

伝法探偵は、南刑事が顔をしかめながら示した写真を一瞥すると、

「これがひょっとして……ジグソーパズルというものかね」

「よくご存じですね。さすが伝法元警部だ」

「警部はよけいだよ。近ごろ、われわれ同業者の間では、少しばかり話題になっていたからね。……場所は違うが、現場の状況も似ているようだな」

「はい……まるで判で押したように二間続きの洋室で、といっても壁もなく開けっぱなし。室内には最低限の調度しかありません。しかも、ドアは内側から完全に錠が下ろされ、そのための鍵は被害者の衣服から見つかりました。予備の鍵はそれぞれの管理人室にしかなく、それを

使って施錠を解いたのですから、まちがいなく万全に保管されていたわけです」

「管理人による死体発見時の状況は」

「これも同じで……被害者が苦しい息の下から内線電話で管理人を、ホテルの場合はフロントに助けを呼び、あわてて駆けつけて合鍵でドアを開けてみると、中で人が刺されて死んでいた。それで、急ぎ警察と病院を呼んだという経過です。医師の診立てでは、絶命直後で、ということは事件が発覚する寸前まで犯人は密室内にいて、その後忽然と消え失せたとしか思えないわけです」

六郎少年は、南刑事の話をもれ聞いて、思わず息をのんだが、伝法探偵は無表情のまま、捜査資料の図面を見ながら、

「何も驚くことはないよ。だいたい即死に近い状態だったのに、内線電話で助けを求めたというのが怪しい。犯人はそうやって管理人やフロントを呼び出し、彼らが外から鍵を開ける間、どこかに身をひそめていて、死体発見のドサクサに外に逃れ出たのさ」

「どこかにって、どこへですか」と南刑事。

「たとえば、この図面でいうと、このトイレに隠れるとか」

「これは佐賀の殺人現場の図面ですよ。ホテルだから個室内にトイレがありますが、ほかにはありません」

「じゃあ、管理人が開いたドアのかげに隠れてやりすごすのはどうだ」

「残念ながら、その図面にある通り、入り口が内開きな広島のアパートなら可能ですが、それ

以外は外開きのドアなんですよ。むろん、われわれが担当している大阪の事務所もです」

南刑事は、じれたように否定した。

「そうか……ところで、ふつうホテルやアパートの一室には、掃除道具入れがあったりはしないだろうな」

「あまり聞いたことはありませんな。それが何か……」

そう言いかけたとき、伝法探偵が六郎少年と、彼の手にある封筒に気づいた。

「あ、先生。実は、さっきこんなものがポストに……」

おずおずと言いかけた六郎少年に、漫画を読み終えたらしい近藤青年が「おっと待った、六郎君」と割って入った。

「何ですか」

少年助手は目をパチパチさせた。

「何しろ近ごろは、ぶっそうな世の中だからね。われらが伝法探偵の命を狙うものがいないとは限らない。ちょっと貸してみたまえよ」

近藤青年はそう言って、六郎少年から封筒を受け取ると、大仰な顔つきで封筒の中身を上から探ってみたり、耳元にあてて振ってみたりした。そのとき、

「ばあん！」

すかさず六郎少年が大声をあげたものだから、近藤青年はびっくりして封筒を投げ出してしまった。南刑事も度肝を抜かれたようすで、目を丸くした。

「おっと」

ヒラヒラと事務所の中を舞う封筒を素早く受け取ったのは、伝法探偵だった。

まんまと引っかかった近藤青年は、頭をかきかき、

「ひどいなあ、六郎君。爆弾かと思ってびっくりしたじゃないか。……先生、どうかなさったんですか」

ふと伝法探偵に向き直ると、いぶかしそうにたずねた。

「うむ……」

伝法探偵は、封筒の中身を仔細に見つめていたが、やがてゆっくりと顔を上げると言った。

「爆弾か……近藤君、六郎君、こいつは確かにそうかもしれないよ。それも、メガトン級のね」

近藤青年が「ええっ」と目を丸くし、南刑事がまだ何ごとかわからないながら、会心の笑みを浮かべた。

一方、六郎少年の瞳は、伝法探偵の心を見抜いたかのようにキラキラと輝きを帯び始めていた――。

＊

――国鉄大阪駅。朝のラッシュアワーを過ぎて、なおごった返すそこの十番ホームにアナウンスの声が流れた。

「まもなく十番線より東京行き特別急行列車、つばめ号が発車いたします。お見送りの方は危のうございますので、白線までお下がりください。まもなく十番線より東京行き特別急行列車、つばめ号が発車いたします……」

最後尾の一等展望車をふくめての十一両編成。それらを牽引するC62形蒸気機関車の先頭には、空へと駆け上がるツバメのヘッドマークが掲げられていて、いかにも終着駅・東京まで八時間という快速の旅にふさわしかった。

「いよいよですね。先生、近藤さん、行ってらっしゃい！」

「おう、まかせとけ！　君こそ留守番をしっかり頼むぞ」

ホームから三等車の窓に呼びかけるのは、伝法私立探偵事務所の六郎少年。身を乗り出して見るからにはしゃいでいるのは、もう一人の助手である近藤青年だ。所長の伝法義太郎はといえば、六郎に軽く会釈したあとは、むっつり押し黙って何ごとか考えこんでいた。

朗々としたアナウンスに続いて、発車ベルが耳をつんざかんばかりに鳴り響いた。旅立ちに向けての緊迫と哀惜がホーム一帯を押し包む。と、そんなさなかに、

「急ぎたまえよ、満城(みつき)君。せっかく取った切符が無駄になっちまうぜ」

あたふたと階段を駆け上がってきたスマートな紳士が、後ろをふりむきざま言った。

「そ、そんなことを言ったって、三原(みはら)君」

呼びかけられた相手は、二十余貫はありそうな巨体の持ち主だった。彼はフウフウと息を切らしながら、

「だいたい君が、せっかくだから朝食も大阪の味を楽しもうなんて言うから、時間がぎりぎりになってしまったんじゃないか」

そうぼやいたとたん、ベルの音がハタとやんだ。

頭上の電気時計がぴたりと九時を指す。まさにその瞬間、高らかに、長く汽笛が鳴った。シリンダーからくり出される主連結棒によって、三つ連なった直径一・七五メートルの主動輪がガチャリと音をたてて回り始める――その寸前、

「満城君、こっちだ、早く!」

「ま、待ってくれったら」

危ういところで客車のデッキに飛びこんだのは、佐賀地検の三原三雄検事と、その良き相棒である満城十四郎警部補であった。

ときにホームズ、ときにワトスンだったりするこの二人は、樽詰めの石膏像がトラックで運ばれる途中、生身の死体に変容してしまった「三つの樽」事件で一躍名をあげた。やがて有明海の不知火や九鬼の八幡船など、地元ならではの伝奇趣味に満ちた事件を解明してゆくのだが、それはまだ少し先の話。

――三原と満城は昨日、地元である佐賀から十六時間かけて大阪にやってきて、駅前にいくつもある宿の一つに泊まった。だが、いつも緻密で几帳面な彼らにも似ず、ぎりぎりの到着となってしまったのである。

「やれやれ、どうやら間に合ったね」

満城警部補は、座席にドッカと腰を下ろすなり、愛用の古びたBBB（スリー・ビィ）のパイプをくわえた。そこにせっせと「桃山」の葉を詰めながら、

「……で、これから僕らは東京で何をしようというのかね。例のホテルのダガー殺人事件も、未解決だというのに」

「それは、まだ神のみぞ知る、だ」

三原検事は微笑しながら言った。内ポケットから取り出した封筒の中身を手に受けながら、

「とにかくこれが、僕らを東京へと誘う招待状というわけさ」

「とにかくこれが、自分を東京へと誘う招待状というわけだ……」

おなじ特急つばめの別の座席で、窓の外を流れ去る風景をながめながら、古田三吉（ふるたさんきち）は独りつぶやいた。彼の手にもまた、一通の封筒があった。

地元にあって、機械的トリックと心理的錯覚が交錯する密室殺人事件を専門に解いてきた彼としては、初めてといっていい東京行きであった。

古い知人で、ことあるごとに彼の知恵を借りてくれるA署の林（はやし）署長からは、あの市内のアパートでの刺殺事件の解決を懇願されていたが、それとも関係があるかもしれないということで、快諾してもらった。

古田三吉は、前夜十時台に広島を発つ準急に乗った。大阪到着は今朝七時。そして、そのまま駅周辺で時間をつぶし、この特急つばめに乗り継いだというわけだった。

どうやら、これまでとは違う事件になりそうだ。しかし、彼に気負いはなかった。

戦後、民主日本の誕生とともに各地に続々と名乗りを挙げた探偵たちの中でも、ひょっとしたら日本一地味かもしれない彼には、ハッタリや気取りは無縁というものだった。

さらに片隅の席では、これまたハッタリとも気取りとも無縁そうな一人の青年がしきりと考えこんでいた。

（さっきのは、いったい何だったんだろう。笑顔で走りだすこの列車に手を振っていたから、てっきり見送りかと思ったら、いきなり猛ダッシュで駆けだして、まるでアクロバットみたいに車両に飛びついたからびっくりしたが……あの男の子、ぶじだったかな）

案じながら、車内を見回した。その中では、何ともとぼけた感じの中年男と、肉体美と賢明さを兼ね備えた美女のアベック、それにやや年若だが、さらにとぼけた青年が目についた。

彼と同じく大阪から乗車した、この二組三人をぼんやりとながめ、そこから窓の外を流れる風景に視線をゆだねた。ふと、再び車内に視線を転じると、まさにさっきの男の子が前に腰掛けていたから仰天してしまった。

き、君は……と声をあげそうになったのに、少年はいたずらっぽい笑顔で唇に人さし指を押し当ててみせながら、

「しっ！　黙っててください。僕、どうしてもこの列車に乗らなくちゃならなくって……実は僕、探偵なんです」

「た、探偵？」

青年はあきれるより、ドキリとさせられた。それこそは、自分が名乗ろうとしてまだ名乗れずにいる職名だったからだ。――少年は続けて、

「ええ、といってもまだタマゴですけどね……あ、僕、加藤六郎といいます。平野町の伝法私立探偵事務所で助手をしています」

「伝法さんのところか……その分だと切符を持ってないんだろう？　むちゃをするなあ」

「ええ、だから車掌さんに見つからないようにしないと。……あれっ、おじさんはうちの先生のことをご存じなんですか？」

「ああ、もちろん」青年はうなずいた。「実はね、僕も探偵なんだよ。といってもまだ事務所を開いてもいない、六郎君と同じタマゴなんだけどね」

「へえっ、奇遇だなあ。失礼ですが、お名前は？」

妙に大人びた物言いに苦笑しながら、青年は答えた。

「僕かい？　僕は砧順之介(きぬたじゅんのすけ)……」

そこへ、ついさっき目をとめた三人がやってきて、こもごもこう自己紹介した。

「あ、すんません。僕は探偵作家兼素人探偵の毛馬久利(けまきゅうり)。こっちは……」

「ストリッパーの川島美鈴(かわしまみすず)です。毛馬のまぁ助手みたいなものですね」

「僕は片目珍作(かためちんさく)――探偵作家志望兼探偵といったところですが」

「は、はあ……」

砧順之介と六郎少年は、この大阪にも続々と〈探偵〉が誕生している事実に、驚きと頼もしさを覚えながら答えた。折しも大きく汽笛が鳴って、にわかに乗客中の探偵含有率を高めた上り特急列車は、ひたすら鉄路を驀進してゆくのだった。

特急つばめは、京都―米原―岐阜―名古屋の各駅に停車し、浜松でEF57形電気機関車と交代して沼津―横浜を経て東京に到着した。

午後五時――先ごろ人口六百万を突破した帝都は、すでに黄昏に包まれていた。

空襲で焼け落ちたドームを三角屋根に替え、三階部分を切り取って修復されてから、まだ何年にもならない赤レンガの東京駅。そこを出た探偵たちは、すぐに思い思いの方向に散っていった。

各人が胸に抱く事件はさまざま、推理のスタイルもいろいろ――だが、その行く先はやがて一点に重なり合うことが運命づけられていたのだった。

10

拝啓　時下益々ご清栄のこととお慶び申し上げます。平素は格別のご高配を頂き誠に有難く厚く御礼申し上げます。

さて私儀、来る昭和二十×年×月一日をもって代表取締役社長を退任致すことになりました。社長在任中は多年にわたり一方ならぬご厚情を賜り誠に有難く厚く御礼申し上げます。

なお後任には八剣遥が就任致しましたので、今後とも一層のご支援ご指導を賜りますようお願い申し上げます。つきましては、ご挨拶を兼ねまして、左記の通り新社長就任披露パーティーを催させて頂きたく存じます。

皆様におかれましては何かとご多用とは存じますが、何卒ご来臨の栄を賜りますようお願い申し上げます。

敬具

八剣産業株式会社

代表取締役社長　蛸田(たこた)千造(せんぞう)

[会場]帝国ホテル・孔雀(くじやく)の間

[日時]×月一日午後六時

八剣産業の新社長お披露目パーティーは各界の名士を招き、新聞記者だけでなくニュース映画班、ラジオ放送の取材も入るというにぎやかさだった。

孔雀の間といえば、設計者フランク・ロイド・ライトがとりわけ贅(ぜい)をこらし趣向をつくした大宴会場。ただし戦時中、米軍が爆撃対象から外していたにもかかわらず誤爆を受け、めくるめく幾何学模様に彩られた威容は、かなり損なわれていた。

来賓のあいさつ、さまざまな余興。外の世界ではまだまだありつけそうにないごちそうがひっきりなしに運びこまれ、人々の間を制服制帽に身を包んだボーイたちがコマネズミのように駆け回る。

大阪からわざわざ呼んだというストリッパーのダンスもあって、最初は顔をしかめるものもあったが、そのみごとさと芸術性に最後は拍手喝采となった。

やがて、戦中からずっと留守をあずかり、八剣産業を切り回していた蛸田前社長のあいさつに、一同がアクビをかみ殺したあと、ようやくにして新社長八剣遥の社長就任スピーチとなった。

――異変が起きたのは、まさにそのときだった。

壇上に立ったのは、端整で上品な顔立ちの、好青年とでも言いたいような人物だった。それでいて、これから新社長が率いなければならないものたちの、鵜(う)の目鷹(たか)の目の視線を浴びながら、少しも臆する気配を見せなかった。

その彼がマイクに向かったとたん、儀礼的な拍手にまじって、いやそれよりも大きく荒々しく野次が飛ばされたのである。

「そいつは、八剣遥氏なんかじゃない、真っ赤な偽者だ!」

「とんだ騙(かた)り者めが。まさに昭和の天一坊じゃないか」

「本物の遥さまは、とっくに殺されている。きっとこいつが殺したんだ」

壇上の青年がとまどったように、だが微笑は崩さないまま声のした方を見渡す。そこへさらに、

「人殺し！」

「人殺しッ‼」

「人殺しィー‼!」

さっきまでとはガラリと変わった罵倒と非難の嵐だった。それでも、壇上に立った青年は凝然として動かなかった。

その沈黙をよいことに、ますます調子づく連中の中で、ほくそ笑むものたちがいた。手にしたグラスの酒をこぼしそうに揺らしながら、クックッと笑いをこらえているものもいた。

それは、前社長とその一派だった。その思惑通りスピグラのフラッシュがいっせいにたかれ、ニュース映画用のアイモがスプリングの駆動音を響かせて回りだす。

「こりゃいったい、どういうことなんです？」

「新社長が人殺しだの騙り者とは、穏やかじゃありませんな」

「説明を、納得の行く説明を願います」

ペンとメモを、あるいはマイクを手に記者たちが詰め寄った。そこへ一人の黒服を着た老人が割って入ろうとしたが、あっけなく前社長の取り巻きたちにはじき飛ばされてしまった。

それは《笄町八剣倶楽部》の印南支配人であった。だが、そちらには視線さえ向けず、

「みなさん」

蛸田前社長は、みごとなまでに一本の毛もない頭を撮影用のライトにテラテラと照り映えさせながら、来会者たちに呼びかけた。

「お騒がせして大変申し訳ありません。そして、今回きわめて不正……いえ、いっそ犯罪的といってよい手口によって退任を余儀なくされた私どもは、ここにきわめて悲しい事実を発表しなければなりません。

それは——あの壇上にいる人物が八剣遥氏ではないばかりか、恐るべき殺人鬼にして会社乗っ取り犯だということであります！」

記者たちの、客たちの、この場に居合わせた全ての人の目が疑惑と恐怖をたたえて、壇上の八剣遥に向けられた。

「みなさん、みなさんはブラジル帰りの大富豪、ペドロ斎藤氏の不審な死をすでに報道などでご存じと思います。氏はアメリカ在留中の八剣遥氏と出会い、親交を結んでおられました。つまり、長らく日本を離れていた八剣遥氏の最も近年の容貌をよく知る人物であると言えるわけですが、このペドロ斎藤氏の不幸な最期は、そのことと何か関係がありはしないでしょうか。

さきほど『真っ赤な偽者だ！』との声がこの場内よりありました。この勇気ある発言は、いったい何を意味するのでしょう。もしやアメリカに渡る前の八剣遥氏は帰国の際には別人とすりかわっていたとでもいうのでしょうか。それならば、簡単に見分ける手立てがあります。八剣遥氏は少年時代に、わが社が協賛した防諜防犯博覧会で指紋を採取記録しており、それと現在のものを比べれば一目瞭然――ですが不幸にも、新東洋社の書庫に保存されていたはずのものが何者かに盗まれてしまいました。それ自体は何の価値もなさそうな指紋の紛失で、得をするのはいったい誰でありましょうや……。

さらに《笄町八剣倶楽部》からの錠前盗難事件――八剣家相続のあかしであるこの品を盗んで、賊はいったい何がしたかったのか。あれがぜひ必要なものがいるとしたら、それは錠前に対応する鍵を持っていない人物ではないでしょうか。

さてはまた、新たに判明したことがございます。義手義足の製作業を営む蓑浦なる人物の工房に『これこれこういう顔を作ってくれ』と依頼に訪れたものがいたというから驚きではありませんか。そのとき見本として渡された写真というのは、何と八剣遥氏のものだったのです！　蓑浦なる義肢職人は、新聞で注文主から託された写真の主を知り、恐ろしくなって警視庁に駆けこんだと訴えておるのです。

では、本物の八剣遥氏はどうなってしまったのか。ここに世にも恐ろしい事実があると申しますのは、顔面に異物を入れられて変形し、手足をすべて逆にねじ曲げられた身元不明の死体が先に発見されており、その体内からペドロ斎藤氏のと同じジグソーパズルの一片が見つかったのであります！　となれば、この二人の死者を結びつけないわけにはいかず、その身元不明の無残な死体というのは――もしや本物の八剣遥氏の変わり果てた姿ではなかったでしょうか」

会場から恐怖の叫び声があがった。記者たちのペンが目まぐるしいばかりに走り、閃光電（フラッシュ・バ）

球（ルブ）が惜しげもなく消費された。

前社長は、取り巻きたちとともにズイッと前に進み出ながら、

「実に恐ろしいことです。本当なら天人ともに許さざる悪行です。壇上の人よ、これらの事実に対し釈明ができますか。エ、疑いを晴らすことができるというのですか」

芝居がかりで詰め寄った、そのときだった。

ふいに壇上の〝八剣遥〟が大きく跳躍した。アッと頓狂な叫びをあげるまもなく、蛸田前社長は、まるで黒い大蝙蝠のように飛び来った人影に捕えられ、グイグイと襟首を絞め上げられた。

「な、な、な……」

ゆでダコさながら真っ赤になりながら、意味不明の言葉をまき散らす前社長に、

「オイ、言わせておけばいい気になりやがって。確かにおれは偽者さ、れっきとした騙り者だ。だが、血を見るのが何より嫌いなおれさまを、貴様らは何度人殺し呼ばわりしやがった。だいたい、あれだけ戦争を煽って大もうけした貴様らが盗人猛々（ぬすっとたけだけ）しいとはこのことだ。まぁ、おれも盗人には違いないが、この礼はたっぷりとさせてもらうぜ」

取り巻き連中が、あわてて前社長を助けようと駆け寄ったが、すぐに恐怖の表情とともに立ちすくんだ。たった今まで八剣遥だったはずの男の容貌が、ふりむいたそのときにはまるきり変わっていたからだった。まるで宙をひとっ跳びしてフロアに着地するまでの間に別人にすり替わったかのように……。

「おれがやっぱり本物の八剣遥ではなくてよかったな。だが、あいにく貴様らの思うようにはいかない。……もういっぺん、あそこを見てみろ！」

その大喝一声に、人々はいっせいに壇上を見た。次の瞬間、悲鳴と歓声がごちゃまぜになった叫びが、孔雀の間をどよもした。

――そこに、さっきまで立っていたのと瓜二つ、いや、寸分たがわぬ青年がいたからだ。

刹那の沈黙。そのあとに、さきほどの印南支配人が鶴のような痩躯で人波をかき分けかき分け、演壇へと駆けていった。

「遥坊ちゃまーっ、よくぞごぶじで！」

そう心からの叫びをあげながら。これに対し、壇上の八剣遥はにっこりと笑みを返し、こう答えたのだった。

「やあ、印南。元気にしていたかい。本当に久しぶりだね……それから、ほかのみなさんも、ご無沙汰でした！」

その言葉には、一点の曇りもなかった。一方、フロアでは、床に半ば崩折れてガタガタと震えている蛸田前社長に向かって、

「やい、奸物ども。おれのかつての協力者を脅して仕事をやらせたりして、それがおれに聞こえないとでも思ったか。バカめらが。だが、バカはバカでも貴様らの獰悪さは底なしだ。貴様らは本物の八剣遥を偽者扱いしておいたあとで顔を焼きつぶし、たとえ生きながらえても生涯本物とは名乗れぬようにするつもりだったろう。一つどうだ、その気分を自分で味わってみる

か？」

恐ろしい言葉が吐きかけられた。男は片手で蛸田前社長をやすやすと押えこんだまま、もう一方の手で懐(ふところ)からガラスの小瓶を取り出した。器用に栓を外すと、その中身を蛸田の顔面にジャブジャブと注ぎかけた！

あちこちで悲鳴があがるのと同時に、周囲に異臭が漂った。

——それから長い時間が過ぎたようで、実は数十秒後、人々がハッとわれに返ったときだった。彼らは蛸田前社長が丸裸にむかれ、ガタガタと震えているのを見た。

（たった今までいた、あの男——八剣遥氏の本当の偽者はどこだ？　まるで煙のように消え失せてしまったじゃないか！）

誰もが同じ疑問にかられるのと時を同じくして、宴会場の扉が荒々しく開かれた。いつのまにか施錠されていたそれを解いたのは、あの大阪から来たストリッパーと、その連れの中年男だった。

間髪をいれずにドッとばかりに乱入してきたのは警官隊。先頭に立つのは、おなじみの中村警部だった。だが、せっかく通報を受けて突入したものの、目前の状況がさっぱりのみこめずに、

「何だこりゃ、いったいどうなってるんだ……『あいつ』はどこに行きおった、あの憎ったらしい怪人二十面相は！」

そう叫んだ中村警部の肩を、ポンポンとたたいたものがあった。

な、何だ？　と、とまどい顔でふりかえった警部は、ギョッとなりながら言った。

「あれっ、明智君とこの小林君じゃないか。近ごろさっぱり姿を見ないので、どうしたのかと思っていたよ。うん？　そっちのメイドさんは尾形恵美子君か？　それから古沢博士のところの――おいおい、少年少女探偵勢ぞろいってとこじゃないか。ほかにも見たような顔が……うん、君は誰だ？」

「大阪の伝法義太郎探偵の助手で、加藤六郎といいます！」

「うーむ、ずいぶん増えたもんだな、少年探偵も。小林君たち以前は『少年科学探偵』こと塚原俊夫君とか、春田龍介君とかフジー東郷君とか、怪盗天鬼と戦った白井探偵局の池上富士夫君ぐらいだったが……。まぁ、われわれ大人があんな戦争を引き起こしたからには当然か。それはともかくとして、そもそも君たち、こんなところで何をしてるんだ。しかも、そんな格好で？」

「ええ、ちょっと」

少年探偵団の団長は、「そんな格好」――ホテルのボーイの制服姿のまま、頭をかきかき答えた。

「申し訳ありません、『あいつ』に逃げられてしまいました。だけど、悪党だったらそこにも転がっていますよ。殺人、脅迫、横領、贈賄――それこそ一山いくらで、しかもとんでもない黒幕つきでね！」

11

広大な階段式の教室に、コツコツとノックの音が響いた。

「Come in……入りたまえ」

大講義室で独り机に向かっていた老人は、思わず英語で答えたあとで言い直すと、ポケットから取り出した懐中時計にちらと目をやった。どうやら何か報せを待っていて、それがまだ届かずにいるようだった。

「失礼します」

一礼しながら入ってきたのは、若き法医学者の神津恭介であった。

「何だ、君か。今時分どうしたというんだ」

「ええ、ちょっと」恭介は微笑した。「いえ、大したことではありませんよ古方先生。ただ、これはお耳に入れておかないといけないと思いまして」

老人――古方善基博士は、けげんそうに彼を見すえた。

「実は、先生が執刀なさったペドロ斎藤氏についてなんですが、ちょっと別の意見が出ているんですよ」

「別の意見？」

古方博士は鼻白んだように言った。神津恭介は続けて、

「古方先生のお見立てでは、ペドロ斎藤氏はあの死体と同様、自らの意思でジグソーパズルのピースを嚥下したということでした。しかし、私はそれとは別の解釈をしておるのです」

「ほう、それは？」

「それは……被害者の死後、何者かが体内にそれを混入したということです。それも死後すぐではなく、死体発見現場においてでもなく、われらが法医学教室の解剖室で！」

息詰まるような、おのが学者人生を賭ける結果ともなりかねない必死の指摘だった。一方、古方博士はおかしそうに笑いながら、

「君はまるで、わしがそんな証拠の偽造をやらかしたように言うのだね。この古方善基ともあろうものが！」

「ええ」恭介は苦しげにうなずいた。「あのとき、ペドロ斎藤氏を解剖したのは、私ではなく先生でしたからね」

「それはそうだが、わしにそんなことをするどんな理由があったというのかね？」

「あの身元不明の死体とペドロ斎藤氏を結びつけるためですよ。そのことによって、あの死体が本物の八剣遥氏であるかのように錯覚させようとしたのです。何のために？　本物の八剣遥氏を偽者に仕立て上げるために！

あの肉体を破壊され顔面にも加工が施された死体の主が、ジグソーパズルを口に含んでいたのは、おそらく偶発的な出来事だったでしょう。殺されると知った彼は必死に抵抗し、おそら

くは自分の体内にここがどこであるかを示す証拠品を残そうとして、とっさに近くにあったパズル片をちぎりとり、飲みこもうとした。だとすると、現場は玩具工場か卸問屋の倉庫。もっとも、残念なことに製造元と思しき工場は何者かの手によって全焼してしまいましたがね」

「それはまた、犯人にとっては疫病神みたいなものだったんだねえ、そのジグソーパズルのピースは」

古方博士が言った。恭介はしかし、それにはかまわず続けた。

「いえ、必ずしもそうとは言えません」

「と、いうと？」

「というのは、犯人はその意図に反して被害者の体内に取りこまれてしまったジグソーパズルを逆用することにしたからですよ。そのままだったら、あの死体は直接には八剣遥氏と結び付けられない可能性が大きかった。そこで、同じパズルの一片をペドロ斎藤氏の体内からわざと発見させることで、八剣遥氏の真偽について疑いを起こさせようとしたわけです。もっとも、そうするとそれ以外の事件でパズル片が見つからなかったのが不思議ですが……」

ふいに古方博士の目が細くなった。

「それが、わしにとってもいささか問題なのだよ。だが、そんなことはもうどうでもいい。神津君、君は自分が大学という小国家において、主任教授を誹謗中傷するという大罪を犯したことに気づいているかね。アカデミズムの世界から永久に追放されて、二度と浮かび上がれなくなったということに――だが、実際問題として、君が受けなければならない罰はそれどころではなくなった。そのことに気づいているかね」

「ええ、わかっていますとも。というのは、あなたは——」

神津恭介が秀でた額に脂汗（あぶらあせ）をにじませ、細い指が蠟細工のように白くなるほど拳を握りしめたときだった。

「失敬、東京日報のものです！」

大講義室の別の扉がいきなり開いて、一団の男たちがドヤドヤとなだれこんできた。

とたんにきらめくフラッシュ、立て続けのシャッター音に続いて、

「緊急に古方先生、あなたにうかがいたいことがあるんですが……」

東京日報の記者と名乗る一団、そのリーダー格らしい男が、有無を言わせぬ調子で問いかけた。

「あなた実は、古方善基博士ではありませんな？　本物の古方博士はイギリスから帰国する途中の欧州航空便の墜落で惨死をとげていた。あんたはその現場にあとからノコノコやってきて、さも奇跡の生存者のような顔をしてみせ、そのまま巧みな変装と演技で、東大法医学教室の主任教授に化けおおせたんだ。そうですよね？」

「いきなり何だ、無礼じゃないか」

だしぬけに自分という存在に疑念を突きつけられた古方博士は、常にない激高ぶりを見せた。

あたかも、紳士の外面に隠されていた悪鬼が皮を破って現われたかのようだった。

記者たちはしかし、いっこうひるまずに、

「いや、もうわかっているんですよ。墜落現場からやや離れた場所で発見された身元不明の死体が携えていた書類には、『Huruka……Y』と記されていた。最初は二文字目を小文字のaと読んで『ハルカ・Y』と読みかけたんだが、あとになって思い出したんですよ、敗戦後までは公用書類のローマ字表記が訓令式だった時代があったことをね」

「そう、ありゃ確か昭和十二年の内閣訓令によるものだった。そのせいで〝太平洋の女王〟とうたわれ、ヘボン式のChichibu-Maruの表記で海外でも親しまれていた豪華客船・秩父（ちちぶ）丸が、強制的にTitibu-Maruと書き換えさせられ、そいつがスラングでは妙な意味になるため笑いものになり、とうとう鎌倉（かまくら）丸と改名したなんて馬鹿な話もありましたっけ。とにかく訓令式ローマ字だと、ハヒフヘホのフはfuではなくhu、つまりこれは『フルカ・Y』と読むべきだったんですよ。さらにこれを日本式の姓－名順と考え、欠けた文字を補えば『フルカタ・ヨシモト』となる！」

「何を馬鹿な、たわごとを！」

偽の古方博士は、もはや人間離れのした笑顔を浮かべながら言った。その顔がゆっくりと左右に揺れ始める。

「ならば——このわしは、いったい誰だというんだね」

そ、それは……と、記者たちがやや気迫にのまれ気味に口ごもったときだった。

「その点については、僕にいささか意見があるんですがね」

言いながら、大講義室に入ってきたのは、バーバリー姿の秋水魚太郎だった。

「ペドロ斎藤氏の死体の近くで発見されたポルトガル風の鶏（ガロ）の置物と、その背中に刺さったアンクなんですがね。あれが何を意味するのか解読してみて、ちょっと面白い結果が出たんですよ。ほら、ここに写真がありますが、これをひっくり返すとアンクは何だか漢字の『古』に似てはいませんか？　一方、何でも漢字の『鶏』の象形文字を無理矢理ヒエログリフに当てはめる説があるそうで……あれ、何でしたっけ」

「『埃漢文字同源考』ですよ、ペドロ斎藤氏の蔵書にもあった」

と補足したのは、続いてやってきた津田皓三だった。秋水はうなずいて、

「それによるとウズラの雛がそれに当たり、その発音はw。こいつをアンク同様ひっくり返すとmになりますね。これがどうやら犯人の、というよりすべての黒幕のイニシャルと思われるんですよ」

「m……M……さぁていったい誰だろう？」

津田皓三はわざとらしく腕を組んでみせると、ふいに辛辣（しんらつ）な目になって、

「何にしても、わが『少年タイムス』の愛読者感謝企画を悪事に利用されたことには重々抗議させてもらいますよ。ミスターM何とかさん。いや、高名な古方博士にやすやすとなりかわれたんだから、ドクターあるいはプロフェッサーMと呼ぶべきですかな？」

「イニシャルの問題はさておき、ペドロ斎藤氏の死因についてだが」

と、そこへ、さらにあとから加わった園田郁雄教授が口をはさんだ。

「あれは、亜急性窒息（プロロングド・アスフィキシア）による溺死だったのですよ。氏は彼に成功をもたらしたところの潜

水を行なっている最中、事故に遭遇し、あやうく溺れかけた。急いで浮上した際、減圧によって体が膨張するスクイーズ現象によってヘルメット下部の金属環の部分で頸部を圧迫された。一見、絞殺痕のように思われた首回りの鬱血はそのとき生じた結果なんだ。彼はそのあと自動車を運転し、自宅にもどった。ひどく疲れを感じていたので、パジャマに着替え、休もうとした。だが、死は彼から手を放したわけではなかった。肺胞に残った海水が浸透圧の作用で体内の水分を取りこみ、肺が水で満たされた結果、空気の交換ができなくなり、低酸素欠症で死に至ったというわけだ」

「講義はそのへんでけっこうだ。長々と聞かされるまでもない。そして……黄色い猿の諸君、この私をいったいどうしようというのかね」

傲慢な本性をあらわして、言い放ったときだった。

「言うまでもありません、この国の法に従って処断するまでです――ジェームズ・モリアーティ教授」

凛とした声音で、驚くべき名を頭上から浴びせかけたのは、吹き抜けになったこの教室の二階部分に立つ男だった。いつのまにかそこには、背広服姿の男たちが拳銃を手に居並んでいた。

その先頭に立つ、どこから見ても平々凡々とした男に向かって、

「あなたは、花房一郎さん……かつて警視庁の名探偵とうたわれた変装の名人で、われわれの先輩である関東新報の千種さんや早坂記者と組んで数々の事件を解決した、あの花房さんがどうしてここに?」

戦前派らしい新聞記者たちの間から驚きの声があがった。さらにほかの記者たちからも、

「その後ろにいるのは郷さんに菊地さん、田名網さん、熊座さん……それに波越のご老体まで！」

新聞記者たちの間から驚きの声があがった。男たちの中には、彼らの知らない顔もまじっていたが、花房一郎は彼らを前の方に招じ入れると、

「こんなさなかだが、遠く関西から駆けつけてくれた同志諸君を紹介しよう。伝法義太郎氏、古田三吉氏、三原検事、満城警部補、そして砧順之介氏に毛馬久利氏、川島美鈴嬢、片目珍作氏……どうやら教授、君は八剣産業乗っ取りだけでなく、配下の者に日本全国で血なまぐさい荒稼ぎをさせていたようだが、その目論見(もくろみ)もどうやら破れたようだよ」

「！」

古方博士の顔に朱が散った、まさにそのときだった。大教室の出入り口という出入り口から、警官たちがなだれこんできた。

「やあ、諸君。加賀美課長から君たちはこっちだと聞いて、帝国ホテルでの用をすませたあと駆けつけさせてもらったよ」

警官たちを率いてきた中村警部が、笑顔で言った。

「帝国ホテルの用って、何でもあっちには二十面相のやつが出たそうですが、するととうとう単独であいつを捕まえたんですかい」

東京日報の亀田記者が早耳なところを発揮して訊いた。とたんに中村警部は不機嫌な顔にな

って、

「うるさいっ、今はそんなことよりこいつを捕まえるのが先だろう。それっ、逮捕しろ！」

その言葉が終わるが早いか、警官たちが怒濤のように講義机めがけて押し寄せた。だが、古方博士実はモリアーティ教授はみじんも動ぜず、むしろ愉快でたまらぬように高笑いしながら、机の下から何かを取り出した。

モリアーティ教授の手が年齢にも似ぬ素早さで動く。そのあと、何が起きたのか、集まった探偵や記者、警部たちにはわからなかった。わからないままに、彼らは激しい衝撃と神経をかきむしるような音響と目もくらむような光にとらわれて、微動だにすることができなくなった。

そしてその得体の知れない何か巨大な〝力〟が過ぎ去ったとき、この稀代の悪の天才、犯罪界のナポレオンの姿は消え失せていた……。

その直後、一つの人影が東京大学医学部の長い廊下をいっさんに駆ける姿が何人もに目撃された。

彼は走った。愚かな劣等種族を、自分たちを最も侮蔑する差別主義者の国と組んでいっしょに世界を支配させてもらえると信じた阿呆どもを嘲笑しながら走り続けた。

まもなく戸外への出口に達しようとしたとき、彼は前方に一つのシルエットを認めた。鳥打帽のような奇妙な帽子をかぶり、袖なしのコートをまとい、横顔からはパイプを突き出させた何者かの影絵を。

不意に、そのシルエットが正面を向いた。もうとうに八十をはるかに超えているはずの、その昔なじみの人物めがけて彼は突進していった――。

そして今度こそ、彼の姿はキャンパスから、この帝都から完全に消え失せたのだった。

12

「先生、お帰りなさい！」

日本一の少年助手の輝くような笑顔に迎えられ、日本一の名探偵はにっこりと微笑みを返しました。

「ただいま、小林君。お留守番、ご苦労さまだったね」

ここは千代田区麹町の明智探偵事務所。懐かしいお茶の水の《開化アパート》から麻布竜土町の西洋館を経て、名探偵が新たに構えたオフィス兼住居でした。

「いえ、ご苦労さまだなんて全然……それより、あちらはどんな具合でしたか」

先生から帽子や上着を受け取るが早いか、さっそく出張先からの土産話をせがむ小林芳雄君でした。けれど明智探偵はニヤリと人の悪い笑いを浮かべると、

「ウン、思ったより単純な事件だった。僕の不在中に君が取り組んだ、はるかに複雑で歯ごたえがありそうな一件に比べるとね」

いきなりそんなことを言われて、小林君は立ちすくんでしまいました。それでも何とかごまかそうとして、

「え、いったい何のことですか」

「とぼけちゃいけないよ。今度はずいぶんご活躍だったそうじゃないか。それも警察や新聞社の大人たちを見事に出し抜いて」

「あの、それは……」

何とか言葉を濁したものの、名探偵明智小五郎に隠しごとがしきれるわけはありません。しかたなく、彼は話し始めました——今回の日本中の探偵が総がかりで挑んだ事件の顚末を。

このとき、事務所の外の壁には、何やら巨大な蝙蝠のような影が張りついて、名探偵と少年助手の仲むつまじい会話を、チェッと舌打ちまじりに聞いていたのですが、小林君はともかく明智小五郎はそのことに気づいていなかったかどうか。

ことの発端は小林君があの宝物室に持ちこんでいた手紙で、それは彼がかつての友人から受け取ったものでした。

「まるで、不吉なことばかりの世の中を示すかのように、近ごろはっきりしない気候が続きますが、いかがお過ごしですか」に始まるその手紙には、戦争で何もかも失ってしまった彼が、あることにすがり、そこに唯一の希望を見出していることが切々と書かれていました。

それは、かつては少年探偵団の一員であった彼が、再び探偵をめざすということでした。手

紙には、そのために先生について学び、その仕事を手伝ったり、実技テストを受けていることが書いてありました。

そうしたことをしているのが、彼一人でないことはまもなくわかりました。少女探偵として知られた尾形恵美子さんがふいに訪ねてきて、

「私のところに、こんな手紙が来たんだけど、その中に小林さんの知り合いらしい人といっしょに探偵になる勉強をしている話が出てくるんです。それで、ひょっとして何かご存じじゃないかと思って……」

そう言って差し出した文面を見ると、書き手は女の子でしたが、小林君のもとに来たのと似た内容で、しかもその中に出てくるのは、彼のもとに手紙をくれたのと同一人物と思われました。

手紙を読み比べてみると、どうもかなりの規模のようで、さしずめ探偵学校というところですが、それは真っ赤な嘘でした。

探偵学校の先生というのは実は恐るべき犯罪者で、その邪悪な計画のための手足として、少年少女を使っていたのです。そのことがわかったのは、あの《犇町八剣倶楽部》のお宝を狙った予告状でした。

「恵美子さん、これをごらんなさい」

小林芳雄少年は、あらためて呼び出した尾形恵美子に、めったに見せない沈痛な面持ちで言ったのでした。

「まずこっちの予告状には『近日中に、八剣家秘蔵のお宝を頂戴に参上致し候。警察及び探偵に通報するはご勝手なれども、無用のお手間は避けるが吉とご助言申し上げ候』と記してあるわけなんだが、それとこの手紙を見比べてください。

ほら、『近ごろ』の『近』、『日本』や『日々』の『日』、『世の中』の『中』、『かのように、』の『に』、『八紘一宇』の『八』、『剣をふるい』の『剣』、『家々』の『家』――という風に筆跡が全く同じことに気づくでしょう？　ひらがなはいちいち挙げないが、『宝』『頂戴』『参』『上』『致』『候』『警察』『及』『探偵』『通』『報』……とにかく全ての文字について、筆者が同一人物であることを物語っている。探偵の勉強をしているはずの彼が、どうしてこんな盗みの予告状なんか書くんだ。おかしいじゃないですか」

その言葉に恵美子もハッとして、

「ということは、これはひょっとして、誰かが探偵の実技にかこつけて盗みを働かせようとしている……まさか、そういうこと？」

「そうとしか考えられませんね。今、この国にはよるべもなければ、希望や夢なんかとっくに失ってしまった子供たちが山といる。それを利用して、誰かとてつもなく悪い奴が何かをやらかそうとしている……」

「だとしたら、いったいどうしたらいいのかしら？」

驚きのあまり声を震わせる彼女に、小林少年はきっぱりと答えたのです。

「それはもう阻止するしかありませんよ。何がなんでもね」

そこで小林君は自ら宝物室に立てこもり、探偵実は犯罪実習生が侵入してくるのを待ちました。わざと宝物室の扉が開いている時間を作るなどして、相手が中に忍びこむようにしむけたのです。

そして夜中、寝たふりをして相手が宝物室のどこか——大昔の櫃とかミイラの棺とかの中にひそんでいたのから出てくるのを待ち伏せしました。そして、手先となった少年が出てきたところを取り押え、驚く相手に事情を問いただしたのです。

案の定、それは小林君の昔の知り合いでした。彼はその少年からできる限りの事情を聴いた後、窓から逃がしてやり、そのあと自分で錠を下ろしたのです。その上でエーテルで眠らされたような形跡をつくって、中村警部に発見されるようにしたのでした。

全てはうまくいきました。友人が通っている探偵学校がやはり犯罪の手先をつとめさせるための組織であること、そして彼らをあやつる「先生」なる人物が、相当にとんでもない正体を秘めていることも。

でも、たった一つ誤算がありました。あの中村警部が、例によってこれは怪人二十面相のしわざだと色めきたったために、そのことが当の本人の耳に入ってしまったのです。

知恵の働く二十面相ですから、宝物室でどんなトリックが使われたかはすぐにお見通しでした。そこで、二十面相は帰り道の小林君を捕え、拉致してしまったのです。

このことは、思わぬ結果を生みました。よりによってあの二十面相が、この事件に介入してきたのです。いや、協力と言ったほうがよかったかもしれません。

とにかくその結果、事件の全貌は思ったより早く明らかになりました。事件の根っこには、八剣産業の総帥の座をめぐっての暗闘があること、正当な相続人である八剣遥氏を排除するために、今の社長一味がさまざまな悪事に手を染め、それが探偵学校の「先生」につながっていることも。

とはいえ、この恐ろしい犯罪計画をそのまま明るみに出せば、累は必ず探偵になれると信じてがんばってきた少年少女に及ぶでしょう。そのためには、犯人一味を大人の探偵たちに捕まえてもらう一方、手先に使われた子供たちのことは、あくまで伏せておかねばなりませんでした。

幸い、本物の八剣遥氏の死体であるかに偽装された犠牲者の解剖を担当したのは、神津恭介という新進の法医学者であり探偵でもある人物で、彼の助手についている美和子・三千夫の姉弟から重要な情報を得ることができました。

実は、小林君は宝物室でかつての友人を取り押えたとき、彼が現場に置いてくるように命じられたジグソーパズルの一片を預かっていました。敵は、どうやらそれを一連の事件のアピールとして使おうとしていることもわかってきました。

神津恭介が解剖した死体からパズル片が発見されたのは、あくまで偶然——被害者の必死の行動によるものでした。そのことを知った古方博士ことモリアーティ教授はそれを利用し、続く事件ではわざとパズル片を現場ないし死体に残しておくようにしました。

むろん、探偵学校と称して集めた子供たちを手先として使う場合もです。これはいけないと考えた小林君たちは、それらを極力取り除こうとしたのです。

たとえば、潜水中の事故を装ってペドロ斎藤氏を殺害しようとした件は、大人だけで手を下したものでしたし、博士自らが執刀しただけに防げませんでしたが、ほかの事件では発覚前に取り除いておくことができました。

このようにすることで、パズル片の残された大人たちの事件と、残されていない子供がらみの事件を切り離そうとしたのです。むろん、教授の道具に使われた子供たちを救うためです。

そのもう一つの例が、新東洋社内の事件でした。

「少年タイムス」愛読者向けの催しとして入りこんだ少年少女の中に、先の宝物室の事件と同じように手先として使われた少年がいました。

彼は、集会室でみんなが映画を見ている間に、こっそりと一人抜け出し、社の給仕さんであるかのように装って調査部の書庫に侵入しました。そこで、八剣遥氏の少年時代に採取された指紋を盗み出すか、あるいはすりかえるのが彼の任務でした。

書庫に入ったあと、目的の品を見つけ出し、あらかじめ用意した黒い怪人の装束（これは、蓑浦義肢製作所への訪問でも用いられました）をまといます。これもいっしょに持ちこんだ等身大のゴム人形をふくらませたものに給仕の服を着せて、抱きかかえて書庫の外に出る。

こうして、あたかも書庫の中にこつぜんと現われた怪人が給仕の少年をさらって出てきたように見せかけ――ようとしたわけです。

そこに尾形恵美子が介入しました。たまたま居合わせた鳥飼美々記者に目撃されながら書庫に入り、そこで必死に目的の品を捜していた少年を取り押え、すばやく言いふくめました。彼の名前は、見学記念として一人ひとりに配られた新聞活字を見ればわかり、それが背後にある組織の解明につながりました。

そして、相手が用意した装束で恵美子の方が怪人に扮し、その少年の顔を伏せさせて後ろから抱きかかえ、人形には自分の制服を着せ、髪の長さでばれないよう頭部を隠したうえでかつぎました。そうしておいて、堂々と書庫から出て行ったのです。

そのあと、手先となった少年は集会室にもどし、恵美子自身は怪人の装束とゴム人形を始末したうえで自分の姿に返り、廊下の片隅で何者かに眠らされたように装ったのでした。

ちなみに、このとき集会室で上映されたのは名探偵シャーロック・ホームズとモリアーティ教授の戦いを描いた映画で、この反応からも「先生」の正体に迫ることができたのでした。

しかし、やがてそれではすまなくなりました。八剣産業の新社長就任パーティーが行なわれることになり、さらに恐ろしい陰謀が企てられていることがわかりました。こうなると、もはや少年探偵たちの手には負えません。

そこで小林少年や尾形恵美子、古沢姉弟らを通じて各地の少年少女探偵に連絡を飛ばし、それぞれの地の大人の名探偵たちの出馬をうながすことにしたのです。その招待状となったのが、新たに用意されたパズル片と帝国ホテルでのパーティーの通知だったことはいうまでもありません。

かねて、それぞれの地で起きた不可解な事件に巨大な陰謀の存在と、中心にあって全てをあやつる何者かの存在を感じ取っていた探偵たちは、ただちに行動を起こしてくれました。そしてついに、あの孔雀の間と大講義室でのクライマックスとなったのでした……。

「……なるほど、そういうことだったのか」

「ちっとも知らなかったわ。記者失格ね」

明石良輔と鳥飼美々は、恵美子の話――それは小林君が明智探偵にしたのとほぼ同様でした――を聞き終えると、納得したように大きくうなずきました。

「でも、実は一人だけ見破っていた人がいたんです。あの日、子供たちのために講演をされた東京G大学国文科の尾形幸彦助教授――たまたま私とは同姓なんですけど、この尾形先生が私を呼び止めて、『君が怪人にさらわれかけた件は、これこれこうだと思うけど、どういうことなの？』と訊かれたんです。しかたなく、その方には事情を話して、黙っていただくことにしたんですけど……」

二人は「おやおや」と顔を見合わせたあと、

「あのあと、警察やわれわれ新聞社ではあの大悪党のアジトを急襲して、一味の人間を捕えるやら、盗まれていた品物を取りもどすやらでかなりの収穫を得たのだが、君の言う探偵学校に関するものは何一つなかった。もちろん、そこの生徒だった子供たちもね。むろん、これも君たちがしたことなんだろうね？」

「もちろんですとも」恵美子さんは答えました。「それが、最大の目的だったんですからね」

明石良輔は、「やれやれ」と肩をすくめて、

「今回は、完全に君たちにいいようにあやつられたようなものだね。だが、それはそれでよかったのかもしれない。なぜって、それはこの国の未来を君たち少年少女に託してもいいってことだからね！」

すがすがしい表情の中にも、しみじみとした調子で言うのでした。

尾形恵美子はその言葉を聞いて、小林芳雄君や、古沢美和子さんと三千夫君、大阪から駆けつけてくれた加藤六郎君その他の仲間たちと無性に話してみたくなりました。

そして、今度のような冒険をもたらす出来事が、意外に近くに起きるのかもしれない——なぜだか、そんな気がしてならないのでした。

∞

「……というようなことが、あったんですよ。昭和二十六年の初めに、僕が堂島北町(どうじまきたまち)の貸しビルに探偵事務所を開く前だから、よほど昔の話ですね。何もかもが夢のような、でも本当にあったことなんです」

語り手は、そんな言葉でこの驚くべき物語を締めくくった。

森江春策(もりえしゅんさく)は、ただ茫然とするばかりだった。久々に大阪にもどり、この街での数少ない〈探

偵〉としての先輩の一人と話してみたくなったのだが、まさか、こんな思い出話を聞かせてもらえるとは思わなかった。

語り手――平成二十五年に惜しくも引退したものの、今も健在な砧順之介は、ふと思い出したように、

「そうそう、同じ大阪から来た伝法義太郎さんや広島の古田三吉さん、佐賀からはるばる上京した三原さんと満城さんの推理についても語っておかなくてはね。――あれは、実に単純なトリックで、伝法さんたちはすでに見抜いていたようですが、わざと呼び出した第一発見者が死体と遭遇し、あわてて駆けもどったすきに逃げ出しただけのことでした。ただし、広島のアパートでは内開きのドアの陰、佐賀のホテルでは個室トイレ、そして大阪の事務所では掃除道具入れ――と、そこにだけあって、ほかにはないものに隠れてね。

それを、ほぼ同じような現場の状況、全く同じ手口の殺人によって、そのトリックもまた同一でなければならないと錯覚させただけでした。そこへ三つの殺人が教授一味のしわざと知る少年探偵たちから例のメッセージが届いたというわけなんです。

そして……今回は語りきれなかったけど、僕や毛馬久利氏と川島美鈴さん、それに片目珍作君にも、それぞれこの事件に介入するきっかけと活躍の場があったんです。ですが、今日は時間もないようですし、それはまたいずれかの機会にということにしましょうか」

穏やかな笑みをたたえながら、言った。

「ええ……そうしていただければ」

森江は今すぐ聞きたいのは山々ながら、言った。

そのあと、すっかり冷めたコーヒーをはさんで会話の余韻を楽しんでから、森江春策は砧順之介と別れて新大阪駅へと向かった。

もう離れてだいぶになる故郷を、終発近いのぞみ号で発ったとき、森江は温厚な老紳士そのものといった感じの老私立探偵の細い後ろ姿を思い出さずにはいられなかった。

――ふいに、耳の奥で高らかな汽笛が鳴り響いたような気がした。

森江は目を閉じるとシートに身をゆだね、砧たちが旅したときの三倍以上のスピードで鉄路の上を運ばれていった――六十数年前の日本に訪れ、高度経済成長の到来とともに忘れられた名探偵の黄金時代と、そのとき帝都にくりひろげられた目くるめく戦いに心をはせつつ。

そして思った、〈探偵〉というものは、つくづく自由で民主的な時代でないと生きられないのだと。だからこそ、新しい憲法が生まれた戦後のあの時期に、あんなにも多くの人たちが輩出したのだと。

一つ、今回の帰京を急き立てるものがあった。それは、戦前、ファイロ・ヴァンス日本版とうたわれた藤枝真太郎(ふじえだしんたろう)氏の記録係をつとめた小川雅夫(おがわまさお)という人物の手記が発見されたという知らせだった。

てっきり幻の事件簿『平家殺人事件』の続きかと思ったら、そうではなく、ずっとあとの大戦前夜のものだという。

それならそれで、この目で見るのが楽しみでならなかった。彼らのような存在が国家によってひとたび消し去られるに当たっては、それなりのドラマがあったに違いなかったろうから。

さらにさかのぼれば、一般には「推理」という概念すらない時代に、人間の罪悪やそれがもたらした悲劇と立ち向かった人々もいたことだろう。たとえ、探偵と呼ばれることはなかったにしても……。

いつしか森江春策は夢を見ていた。それは、真実というものが限りなくないがしろにされる時代にあって、謎を追い論理を駆る〈探偵〉たちの大いなる戦いの物語——。そしてもちろん、彼もそのただ中にいるのだった。

黒い密室——続・薔薇荘殺人事件

『赤い密室』『青い密室』とあわせて三部作になっている。だがわたしには三部作とする意図があったわけではなく、もう一つ（確か題名は『黒い密室』とするつもりでいたようだ）書くつもりでいた。雪のつもったベンチの上に屍体が横たわっている話だったから『黒い密室』というのもおかしなタイトルだが、私がそれを実行しなかったのは「鮎川は密室物が不得手だ」という評を見かけたからである。（略）これを機に密室物から手を引いた。

——『鮎川哲也短編推理小説選集1　五つの時計』（立風書房）
作品ノート「白い密室」より

実は、『薔薇荘殺人事件』の後日譚ともいうべき中編を作者は書くつもりでいた。もう記憶はうすれて了ったけれど、トリックはもとより、プロットも半分ほど考えていた筈である。脱稿しなかった理由については忘れたが、社会派全盛時代を迎え、いまさら犯人捜しでもあるま

『鮎川哲也短編推理小説選集2 青い密室』作品ノート「砂とくらげと」より

いと思ったからではないか、と思う。

1

警視庁の水原刑事が、丸ビルの八階にある星影龍三氏の貿易商会を訪れたのは、関東のほぼ全域を雪が白く染めた朝から、一週間後のことであった。

「今朝、日本に帰ってきたばかりなんだ。田所君ともずいぶんごぶさただが、彼は元気かね」

星影氏は、色白の顔に長旅の疲れも見せず、言った。いつも通り、最高級の背広に西陣織のネクタイ、チョッキからは金鎖をのぞかせている。卵形の頭になでつけた髪は左右均等に分けられ、まさに非の打ちどころのない紳士スタイルだった。

「はあ、おかげさまで。警部からもよろしくと……」

と水原刑事が答えるいとまも与えず、星影氏はいらいらとしたようすで赤い唇をうごめかした。

「さて、それでは、今回はどんな事件なのかね。さっそく拝聴しようじゃないか」

「は、よくおわかりで」

と水原刑事はどぎまぎしながら言った。星影氏は人の悪い笑みを浮かべながら、

「それ以外に、彼がきみをここによこす意味があるものかね。さっきから後生大事に抱えてる包みは、事件の関係資料なんだろう？　それならさっさと見せたまえよ」

短兵急に言うと、さっさと水原刑事から包みの中身を受け取った。何分冊かになった書類を一目見るなり、

「おや、これは手記かね。しかも邦文タイプで打ってあるとはものものしいね。読みやすいのはありがたいが……」

ヴァージンブライヤのパイプにグレンジャーを詰めると、星影氏はさっそくソファに腰を落ち着けて手記の一冊目に目を通し始めた。ふと顔を上げると、

「何をぼんやりしとるのかね」

突っ立ったまま見つめる水原刑事に、星影氏はぴしゃりと言った。

「手待ちなら、紅茶でも入れてくれたらどうかね。それと銀座六丁目のコージーコーナーで買った菓子があるから、適当に盛って出してくれたまえ」

「は、はあ……」

「いくらこのぼくでも、近ごろ流行り（はや）の『私だけが知っている』じゃないんだから、三十分やそこらで解決とはいかない。徳川探偵局の諸君みたいに、合図の鐘が鳴っても犯人の見当もつかないなんてことはないがね。まあ、しばらくの間、きみも勝手に食べて飲んで待っているがいい。それとも甘いものは苦手かね」

「いえ、そんなことは！」

水原刑事はあわてて敬礼した。いくぶんかの疑問とともにお茶の支度にかかりながらふりかえると、星影氏はすでに手記に没頭していた。どうやら田所警部からのプレゼントがお気に召したようだが、その内容というのは——。

*

この事件の発端となった千九百六十×年十二月十日は、朝からどんよりとうす曇って、ひどくうっとうしい日であった。だが後から考えてみると、この重くるしい天気こそ事件を紛糾させる引き金にほかならなかったのだが、超人ならぬ凡人の身としては、そんな予測ができるわけもなかった。

私はなぜか記憶をうずかせる空の下、田代孝一（たしろこういち）氏の招きに応じて、神奈川県足柄下郡真鶴（あしがらしもぐんまなづる）一七二四なる彼の邸宅《薔薇荘》にやってきた。

そこで私を待っていたのは、広大な敷地に黒ずんだ翼を広げ、尖塔や櫓楼（ろろう）をそびやかした二階建ての城館（シャトー）であり、からくり仕掛けの噴水であり、さまざまな形に刈りこまれた栂（つが）や糸杉の植樹であり、そして花咲く季節にはさぞ美しいであろう薔薇をからませた格子塀であった。

思わずその場に立ちつくした私は、熱心に立ち働く小柄だがガッシリした体つきの老人の姿を庭園に見出した。ふさふさとひげを生やした彼が、昔よく見かけたウシャーンカ帽をかぶっているのに気づいたとき、

「鮎川……哲也先生でいらっしゃいますね」

ふいに話しかけてきた、まだ青年といってもいい人物があった。派手な柄の背広をまとい、女好きのしそうな二枚目だが、どこか軽薄な感じのする人物だった。

私が「そうですが」と答えると、彼はたちまち破顔一笑して、

「やはりそうでしたか。田代オーナーからおいでのことはうかがっています。さすが時刻表におくわしいだけあって、時間ぴったりのご到着でいらっしゃる。わたくし、反浦健司と申しまして、こちらの維持管理を任されておるものです」

と如才ないようすで言葉を続けた。そのあと、急に顔をしかめ首をすくめると、

「うるるる……何だか急に冷えこんできましたね。さ、どうかお入りください。せっかくのお客人にお風邪を召されては申し訳ありませんからね」

「これはどうも」

どうぞこちらへ――と案内されるまま、私は薔薇荘の玄関から内部へ第一歩を印した。さきほどの老人から視線を転じた先にはいっそう奇異な風景が広がっていた。

反浦健司と名乗る男は、先に立って歩きながら、

「ご存じかもしれませんが、こちらの屋敷は戦前の兜町を大いに席巻した相場師、烏丸玄斎によって建てられましてね。この玄斎翁は大の変わり者で、金にあかして自分の愛読書に出てくる建物をそっくり再現したんですよ。そう、小栗チュウ太郎とかいう作家の書いた――」

「小栗虫太郎の『黒死館殺人事件』ですか?」

私がさりげなく訂正補足すると、反浦は一瞬鼻白んだ顔になったが、すぐにまた油紙に火でもついたような饒舌さで、

「そう、その何とか太郎です。あいにくわたくしはあの手のものといったらもっぱら松本清張なもんですからね。いやぁ、『点と線』には驚きましたね。鉄道だの時刻表だのからあんなトリックが生まれるなんて、それまでは考えられなかったことではないですか。あと、うそくさい名探偵ではなく刑事が主人公だというのも……」

その手の誤解にはすでになれっこになっていたので、あえて反論を試みることはしなかった。だが、私のムッとした気持ちが伝わったのか、反浦はとりつくろうように、

「や、だからといって昔ながらの本格物にもそれなりの存在意義はあるわけでして。この薔薇荘なんかもこれからの日本にふさわしいものに建て替えたいのは山々なんですが、ただまあ、雇い主の意向もありますので……。なるべく屋敷内のものには変化を加えないようにはしています。何でも一つ一つに由来や意味があるとかいうのでね」

「たとえば、あそこの階段下に飾ってある甲冑武者の左右を入れかえたりしないようにとか

——？」

私が訊くと、反浦はとまどい気味に答えた。

「ほう、何でご存じなんですか。確かにそんなことを言われたことがあります。くれぐれも英町旗と弥撒旗の位置が逆にならないようにとね。何かこれにもわけがあるんでしょうか」

「いや、まあ……その件に関しては田代氏の意見に賛成ですな」

私はお茶を濁した。すると反浦は小首をかしげて、

「そうなんですか。やはり何かあるのかな……。では、お部屋に案内いたします。館内の図書や筆記用具など、ご執筆に必要なものは何なりとご自由にお使いいただいていいとのことでした。それと、夕食は六時になります。今日は先生のおいでということもあり、ロシア料理ということになっております。何でも、戦前は満洲におられて大のあちら通でいらっしゃるとか」

「通というほどではないですが、まあ好きではありますね。特に音楽と料理は……。ところで、私のほかに客はいるのですか」

嘘偽りのないところを答えてから、私は訊いた。

「ええ、先生を入れて五人。あとでご紹介いたしますよ。客といっても、うち一人はここに下宿しているようなものですが」

「おや、そうですか。では、どうかよろしく」

と私は答えた。通りすがりに、いま話題に出た甲冑の持つ旗がacre(エーカー)とmass(ミサ)の順に並んでいて、決してmassacre——虐殺などというスペルになっていないか、念のため確かめながら……。

2

「ふむ、これは鮎川君の手記だったのか」

星影龍三氏は、ふと手記から顔を上げると言った。水原刑事が入れた紅茶を口に運ぶと、それがすでに冷めていることに不機嫌な顔になった。だが、さすがの星影氏もその責任を他人に押しつけるわけにはいかず、苦い顔でそれを飲んだあと、水原刑事におかわりを所望しながら、

「彼も『薔薇荘殺人事件』に『砂とくらげと』事件と二度もあの屋敷で殺人事件に遭遇しながら、よくこりないものだ。あと、場所は違うが『悪魔はここに』事件というのもあったな。しかも、ぼくが最初の事件では実地を踏んで、あとの二つではそれぞれ手紙と電話だけで真相を言い当て、犯人を指摘してやったのには相当くやしがっていたはずなのにね。ふふん、よほど宿泊費なしというのが魅力だったと見える。まあ、それにつきあって謎を解いてやるぼくもぼくだがね。――ん、どうしたね水原君？」

「あのう……あ、いえ、何でもないです」

口ごもる水原刑事に、星影氏はぴしゃりと言った。

「何でもないならおとなしく待っていたまえ。まだほんの読み始めなんだから。ふむふむ、いかにも食いしん坊の彼らしく、薔薇荘行きには食事の魅力もあったというわけか……」

「それにしても、ここのオーナーである田代さんというお方も数奇な運命の持ち主ですな。若くしてヨーロッパに渡って、第一次大戦の際にはフランス空軍に身を投じ、〝レッド・バロン〟ことリヒトホーフェンと大空ですれ違ったりしたあげく、墜落事故で左腕を失ったというんですからね」

＊

指定された時刻の通り、薔薇荘内のサロンで開かれた晩餐で、私は三人の先客と同席した。私を入れて四人というのは、さっき聞いたのより一人足りないが、どうやらその人は到着が遅れているらしかった。

ここも定めし、オリジナルの黒死館に由来する部屋なのだろうが、それが何なのかは本を持ってこなかったのでわからなかった。

幸い、さっきのぞいた左翼のはずれの応接室に、刀剣やら銃砲といった物騒な武器類や正反対に優美な工芸品などにまじって『黒死館殺人事件』が連載された雑誌「新青年」から、初刊本の新潮社版、戦後の高志書房の仙花紙三冊本から早川書房のポケット・ミステリ版までがそろえられていたので、あとで参照してみようと思った。

田代孝一氏が薔薇荘を相続したあと、ここは学生たちの宿舎となり、のちにある出版社の保養施設となったが、今はその契約も解消されて、紹介があれば部屋と食事を提供する会員制のホテルのようになっていた。

今しゃべっている小太りの男もその一人で、黒井徳蘭という自称洋画家。その名乗りだけでは足りないかのようにルバシカとベレー帽を着用しており、薔薇荘へは数日前に来たばかりということだった。

太縁の丸眼鏡をかけ、チョビひげを生やした彼はおしゃべりと同時に、ビーフシチューにパン生地をのせ壺焼きにしたガルショークや羊の串焼といった熱々の料理を賞味すべく口をせわしなく動かしながら、

「そうこうするうち姉のミサさんは相場師の烏丸玄斎と結婚、ご亭主の死後は子供がなかったことから、実弟である田代氏の消息を捜し求めたが、ついに果たせなかった。当の本人はそんなことも知らずに放浪の旅を続けて、戦後も十年を過ぎて帰国したあと、すでに亡くなっていた姉の遺志により、いきなり薔薇荘のあるじとなったというんですから」

「そして、今度は薔薇荘の家政を任され、使用人たちを差配していた立川妙子さん——あの八重歯が魅力的なお妙さんと三十も歳の差のある結婚をして、ことによったら海外に移り住もうというんですから、これはもう波瀾万丈というほかありませんな」

鮭酢汁漬をつまみながら言ったのは、服装も風貌もひどく気取った感じのする中肉中背の男だった。いかにも紳士ぶったスタイルや言動も、女性に洋裁や美容を教える学院の理事長と聞けば納得が行く。

そうした女の園にあって、実務以外に手腕を発揮しそうなタイプと見たのは私の僻目だろうか。だが名前は、外見にも職業にも似つかわしくなく、野風将監という剣豪小説に出てきそう

なものだった。

「あ、反浦君。すまんが、わしにズブロッカをもう一杯」

野風将監は、折しもやってきた反浦健司に話しかけた。承知しました、と行きかけるのを呼び止めて、

「田代氏とお妙さんは今まさにハネムーンというところか。いつごろおもどりなんだね」

「さあ……でも、結婚式はこのあとスイスのチロルで挙げられるということですから、まだ新婚旅行ということにはならないんじゃないでしょうか」

「これだ。全く天性のボヘミアンとはあの人のことですよ。あんな年寄りのくせに、われわれなんかよりずっと先を行っておる」

「でも、結婚の回数なら野風さんの方が上でしょう？　田代氏は今度がお初なんだから」

そう口をはさんだのは、二十歳そこそこのひょろりとして、油気のない髪を無造作に生やし、妙に黄色っぽい顔に小馬鹿にしたような笑みを浮かべた若者だった。

「何だと、丘野(おかの)君」

野風将監は痛いところを突かれたように、相手をにらみつけた。

だが、若者――丘野(おかの)碩三(せきぞう)という、ここに下宿している大学生はへらへらとした態度のまま、

「だって、いつも言ってるじゃないですか。一度しか結婚しない奴は、一度も結婚できない奴より馬鹿だって。自分はけだし名言だと思いますねえ、あれは」

「まあ、それは言うには言ったが……」

野風は一転、まんざらでもなさそうに言った。丘野は付け加えて、

「それに、ですな。別れた女につきまとわれないようでもダメだ、ともね。田代氏がボヘミアンなら、野風さんはさしずめドンファンってところですね」

「ウハハハ、それほどでもないが、まあそれも真実だよ」

野風将監は名前にはふさわしいものの、見た目には合わない豪傑笑いをした。だが、そこには明らかな虚勢が感じられ、それが証拠に場の空気がちょっと微妙になった。

そこで、私は丘野碩三に向き直ると訊いた。

「あなたは大学生と聞きましたが、何をご勉強ですか。住宅事情の悪かったころならともかく、ここは通学するには不便ではないかと思いますが……」

「自分ですか?」

彼は、バサリとした前髪をかきあげながら、きょとんとした表情になった。鶏肉にリンゴと西洋ヨモギを詰めてローストしたクーリッツァ・ジャーレンナヤ・ズ・ヤーブラカミを口に運びながら、

「自分は、東洋哲学科の貧窮生活術専攻です……というのが冗談ではないのが困りものでしてね。まあ、家賃がほぼタダなのと、ろくすっぽ大学には顔出ししてないのを幸い、ここにこもって本ばかり読んでいます。ここの図書館はなかなかの珍書ぞろいですからね」

丘野はつまらない冗談のあとに、あくせくと日々働き続ける世の大人から反発を買いかねないことを口にした。

「すると、ここにはもうあなた以外、学生さんはいないのですか」

「そうでもありません。魚瀬嵯峨雄君といって、大学院で海洋生物をやってる男ですが、彼がやっぱりここに一部屋を借りています。もっとも、魚瀬君はもっぱらこの近辺の研究所に泊まりこんでいて、めったにもどってはきませんがね」

「ほう、何の研究ですか」

「クラゲです」

「クラゲ?」

私は思わず聞き返した。丘野はニヤリとうなずいてみせると、

「そう、クラゲなんです。もっとも、いつぞや湘南一帯の海水浴場に大挙来襲し、この近辺でも被害が出たというカツオノエボシ、俗に電気クラゲみたいな物騒なのではなく、Aequorea coerulescens――和名をオワンクラゲという割にありふれたやつです。もっとも獲れるのは暖かい時分だけのようですから、今は別の生き物とにらめっこをしてるのかもしれません。研究所といっても、薔薇荘の裏手に面した掘っ立て小屋同然のところで、しかもどういうわけか夜でないと仕事にならないというからご苦労な話です」

「そうですか……」

とだけ私は答えた。そうした話題に興味がないではなかったが、かんじんの魚瀬なる学徒はここにおらず、訊く方にも訊かれる方にも知識がないのだから、それ以上発展することはなかった。

やがて料理も尽き、デザートのシャルロートカ、本式のサモワールで入れジャムを添えたロシア紅茶が出るころになると、私にとって好ましくないことに、場の話題は推理小説のことになった。本格派の形勢はここでも不利であったが、特に反論せずにおいた。

「いかがでしたか、鮎川先生」

と反浦健司が訊いてきたので、私はたいへんけっこうだったと感想を述べ、ずいぶんレパートリーが豊富だったが、これらはみんなあなたが作ったのですかとたずねた。

「いや、とんでもない。もとからここにいる下働きの爺さんがあらかた下ごしらえしてくれたものなんです。何でも昔、白系ロシア人の下で働いていたとかで」

と反浦が答えると、長逗留組の野風将監と丘野碩三がそれぞれ腑に落ちたようすで、

「なるほど、坪林のご老体のお仕込みだったか」

「イワノフ爺ちゃん、なかなかやりますね」

坪林とかイワノフとか何のことかと思ったら、前者は確か坪田林助とかいった本名の略、後者はロシア人にそう呼ばれていた名残だとか。

(あのウシャーンカ帽の老人のことだな)と気づいた。ともあれその〝イワノフ坪林〟氏には礼を言う必要がありそうだった。

気がつくと、もうとっくに八時を過ぎていた。十二分に満腹し、満足もして、やがてわれわれのささやかな宴はこんな会話によってしめくくられた。

「……何だか寒くなってきましたね」

「ほんとだ、そろそろ部屋に退散しますか」

「夜中からは雪になるそうですよ」

「どうりで、冷えこんだわけだ」

　では、おやすみなさい——ということになって、私はあてがわれた部屋へと向かった。その途中、電話のベルに続いて、反浦健司が応答する声が廊下の端から聞こえてきた。

「はい、もしもし、こちら薔薇荘ですが……あ、津ノ塔さまですか。はい、まもなくご到着ですね。承知しました。どうかお気をつけておいでください……」

　ふりかえると、窓の外はあやめもわかぬ真っ暗闇だった。空は厚い雲に覆われ、月も星も見えはしない。薔薇荘の敷地も、外界に広がる海や陸も、もろとも漆黒に塗りつぶされて何一つ区別がつかなかった。

　というのも、この邸宅には外灯といえるものが皆無だった。何しろ、ボスフォラス以東にただ一つしかない、豪壮を極めたケルト・ルネサンス式の城館とあっては、そんな文明の利器は必要ないのだった。

3

「ふむ、いささか安っぽくはあるが、これで役者はそろったというところかな」

星影氏は、再び手記から顔を上げると言った。

「となると、全体のページ数からしても、そろそろ殺人事件が起こらないといかんわけだが……ねえ、水原君、ひょっとしてこの手記は――どうした。返事ぐらいしたまえよ。水原君ったら。……何だ、いつのまにか居眠りとはけしからんな。よほどふだん田所警部にこき使われていると見えるね。まあいい、ぼくの鮮やかな推理を聞いて目を覚ますがいいさ。そうだ、いいことを思いついたぞ――」

星影氏は水原刑事を見やると、人の悪い微笑を浮かべた。机上の便箋にサラサラとペンを走らせ、洋封筒に収めると、

「おい、水原君！」

強い口調で呼びかけると、水原刑事は授業中の居眠りを見つかった生徒みたいにビクンと体を痙攣させ、目をパチクリさせた。

「あ、いや、これは、その……」

あわてて弁解しようとして、水原刑事はけげんな顔になった。星影氏が封筒を鼻先に突きつけていたからだった。

「何をしてるのかね、さっさと手記の続きをよこしたまえよ。この封筒かい？　この中には、今までのところで早々に見破れてしまった〝あること〟が書き記されている。その〝あること〟が明かされたあとで指摘して、まるで後づけのように思われるのも癪だからね。さて、では続きを拝見するとしようか」

星影氏は水原刑事から次の一綴りを受け取ると、また熱心に、だがどこかアイロニカルな表情で読み始めた——。

＊

目覚めは、ズシリとのしかかるような寒気とともにやってきた。それは苦痛でもあったが、どこか懐かしくもあった。

ベッドからはい出して見た窓の外は、目に痛いような一面の銀世界。薔薇荘とそれをとりまく世界一帯にメレンゲか粉砂糖でもふりかけたようだった。視覚面はそれとして、聴覚面での十二月十一日の朝はこんな無粋な叫びで幕を開いたのだった。

「誰か早く来てくれーっ、人殺しだあ！」

それは、あの野風将監というドンファン気取りの紳士であった。彼は日課にしている朝の散歩のため庭に出てみて、それを発見したという。目深に帽子をかぶり、高級そうなコートを着こみ、首まわりにはマフラーを幾重にも巻いているのを見ると、そうまでして守らねばならない習慣かとおかしくもあった。

それはともかく、ほどなくして私たちは、ふわふわとやわらかい雪に醜い足跡を刻みながら、庭園の片隅に置かれたベンチを遠巻きにしていた。

ベンチが置かれているのは、小説の黒死館を模したプロヴァンス城壁の手前。そこの壁は大きく破損し、ベンチの真後ろには鉛色の海が見えた。本家とは違い、薔薇荘の一角は切り立った崖に面しているのだ。

ふりかえれば雪をかぶった二層楼や、厚く垂れこめた雲を突き刺そうとするかのような塔。その足元に白く化粧されて点在するのは、離れ家や奇妙なオブジェの数々であった。

何もかもが昨日と同じく風変わりで、今朝はまるで違った顔を見せていた。そんな中にあって、そこらの公園に置いてありそうなベンチと、その上に置かれた物体は最も目立たない部類に属していた。

その物体とは——死体であった。奇妙なことに、その死体とはまるきり初対面のようでもあり、つい何時間か前に会ったことがあるような気もするのだった。その思いは誰もが同じであったらしく、

「こ、これはひょっとして」

学生で下宿人の丘野碩三が、ヒューヒューと奇妙な息音をたてながら言った。ひどく泡を食い、おびえたようすを見せながら、どこか笑っているように見えるのは、もともとの顔の作りがそうだったのかもしれない。

「あの画家の黒井……さん?」

「わしも最初はよくわからなかったんだ」野風が言った。「何だか体つきが違うし、眼鏡もかけてないし、それにほら、あのチョビひげがないだろう?」

「でも、まちがいありません。この方は薔薇荘にご滞在中の黒井徳蘭さまです」

薔薇荘の現在の管理人である反浦健司が、思い切ったようすで言った。

「やはりそうか……」

私もうなずかずにはいられなかった。目前のベンチに長々と横たわっているのは、あの晩餐で饒舌さを発揮し、どこか滑稽さを漂わせていた黒井徳蘭以外の何者でもなかった。あろうことか、その腹部にはサーベルのような刀剣が、アーサー王のエクスカリバーよろしく突き立てられていた。

すでに死後、かなりたっている……私はすぐに、そう見てとった。

医者を呼んでも無駄となれば、やみくもに近づいて現場を荒らすことは避けねばならない。私はあとに続く者たちを制止すると、数メートル手前からベンチの上に横たわる黒井徳蘭を観察するにとどめた。

すでに、私をふくめた四人の首をかしげさせたように、その無様でもあり凄惨でもある死にざまには、いくつか奇妙な事実があった。

まずは昨日より一回りはやせて見えたこと。昨夜はかなりふくらんでいたルバシカが、ペコンと凹んだかのように見えていた。一方、ズボンのポケットはいやにふくらんでいて、そこにはベレー帽を丸めたものがねじこまれ、眼鏡の弦とおぼしいものが見えている。

おそらく、あのチョビひげもこれらと同様に着脱自在なものだったのだろう。ことによったら黒井徳蘭という名前もまた……。

さらに輪をかけて不可解なことがあった。私は第一発見者の野風将監をふりかえると、城館からベンチに向かってのび、また折り返した足跡を指さした。

「これは、あなたがつけたものですね？」

「そ、そ、そうです」

野風は、昨夜の紳士ぶりをかなぐり捨て、ガクガクと何度もうなずいてみせた。どうやら死体発見のショックだけではなく、本当に風邪をひいてしまったかのようだった。

ほかには、何一つ死体に接近した形跡は見られない。一歩ごとに雪にくっきり足跡がうがたれるこの状況では、それ抜きでベンチに行くことも帰ることも不可能と思われた。

ただ一つ黒井徳蘭がベンチに倒れたあとで雪が降り出した可能性を除けば、の話だが。

私はあらためてベンチに視線を転じた。だが、黒井の体には雪が少しもかかっていないではないか。一方、ほかの部分には白い層ができている。ということは……。

(昨夜、何時から雪が降ったか調べなくては)

私は独りつぶやき、ふいに何かの気配を感じて背後をふりかえった。

そこには野風将監のほか、反浦健司、下宿人の丘野碩三が茫然と立ちつくしていたのは、さっきと同様だったが、いつのまにかそこに新たな人物が加わっていた。

城館の裏口から姿をのぞかせた、いやに背の高い二十代半ばと思われる女性。美人といえなくもないが、どこか険のある、色白というより病的に蒼ざめた顔色をしていた。彼女の刺すような視線に、ほかのものたちも気づいたと見え、次々とふりかえった。

「あれ、誰ですか」

丘野碩三が薄気味悪そうに言い、

「これは津ノ塔美希さま……？」

反浦健司がけげんそうに目をしばたたいた。だが、野風将監がふりかえった次の瞬間、

「あんた……」

その女性の顔色が変わった。野風は声を詰まらせて、

「しの……どうしてこんなところに？」

「あんたこそどうして……でもよかった、あんたとここで会えて！」

というやりとりからすると、二人が旧知の、それもおそらくは男女の間柄であったことは見当がついた。

「あ、ああ……おれもそう思うよ」

野風将監はそう答えたが、どうやら久しぶりだったらしい再会について、彼と彼女の間で見解の相違があったことは確かだった。

津ノ塔美希は雪の上に、ハイヒールのかかとでプスプスと容赦なく穴を開けながら野風に近づくと、その首っ玉にしがみつかんばかりにした。

昨夜、反浦が電話を受けているのを聞いた、薔薇荘に遅れて着いた客とは、彼女のことに違いなかった。

何でも津ノ塔美希は女優で、和製ハードボイルド映画の「それを非情と呼ぶ都市」や王朝ものの舞台「右府の愛しける」に出たというのだが、たとえ端役にもせよ、プロの役者には必ずある華やいだものを、今の彼女から感じることはできなかった。

もっとも、声の張り方だけはいかにもそれらしく、

「これはいったい何の騒ぎなの？　いったい何が起きたというの」

びんびんと響く声で訊く津ノ塔美希に、野風将監は返答に困ったようすだったが、そこへ丘野碩三が彼女に興味を感じたのか、しゃしゃり出て、

「人が殺されたんですよ。あそこのあのベンチで腹を刺されてね」

指し示したとたん、津ノ塔美希の顔がひどく蒼ざめた。

「ひ、と、が、こ、ろ、さ、れ、た？」

小刻みに言い終えたとたん、彼女は一本の棒と化したみたいに倒れかかった。まるで吊り糸が切れた人形みたいだった。

「危ない！」

われわれはあわてて総出で支えたが、次の瞬間、津ノ塔美希はさしのべられた手をはねのけ、癇性らしく目をとがらせ、声を震わせながら言い放った。

「さわらないで！　全くどいつもこいつもドサクサにまぎれて……男なんてどうせみんなそんなもんよ。みんな報いを受けて死ねばいいのよ。そう、あの男みたいにね！」

4

「おっ、いよいよ死体出現ときたね。ずいぶん待たせるじゃないか。しかも雪の上の足跡（デ・パ・スユール・ラ・ネージュ）とはドビュッシーばりの問題だが、ぼくが以前解決してやった『白い密室』に似て新味がないね。——おっと、薔薇荘とくれば、わが大学の同期生である神奈川県警の森（もり）君の登場か。そういえば、留守中に彼から連絡があったらしいが、知恵を貸してやれずに悪いことをしたな。ま、とりあえず彼とその他の警察官諸君の活躍を拝見するとしようか……」

星影氏は「その他の警察官」に妙に力を入れると、なおも手記を読み続けた。

水原刑事は、なぜか手に汗を握っていた。

*

「凶器となったサーベルは故・烏丸玄斎氏の収集品の一つで、城館内の応接室に展示してあったものらしいです。ヨーロッパのどこかの近衛将校が佩用（はいよう）していたものとかで、とにかく相当な切れ味の業物（わざもの）。これで一突きされたら、確かにたまったものではないでしょう。くわしいことは解剖の結果を待つとして、被害者・黒井徳蘭の死亡推定時刻は、昨夜——といっても日付は今日だが、午前二時から四時ごろ。傷の状態から見て、刺されてから絶命するまで十五分とはかからなかったもよう。ということは、凶行は二時少し前から以降と考えられるわけですな……」

死体発見から数時間後、県警刑事部長の森警視はサロンに集められたわれわれを相手に話し始めた。恰幅のいい紳士で、どこか洒脱な感じもする人物だった。

「さて、ここで被害者の死に関して考えられるケースは三つ。一つ目は、被害者があの庭の片隅のベンチにいるところを何者かに襲われ、犯人はそのまま現場から逃走した。第二は刺されたのは別の場所で、そのあと犯人によってベンチまで運ばれ、遺棄された。そして最後は同じく別の場所で致命傷を受けたあと、そのまま自分の足でベンチまで歩いてゆき、だがついに力つきて絶命した——この点、異論はないでしょうね。むろん、どれであったとしても、現場周辺に何らかの痕跡が残されることは言うまでもない。犯人が足のない幽霊だったとか、空中飛行の術を心得ていたのでない限りはね。ついでながら、海側からの出入りは切り立った崖からして論外だ。

一方、雪は気象台の報告によると午前一時から降り始め、三時には降りやんだ。かりに被害者が午前二時に腹を刺されたとして、犯人によって運ばれたにせよ、あるいは自らの足であのベンチに達したのにせよ、その際つけた足跡は降り積もった雪によって覆われていたろうから、現場にそれらしい痕跡が残っていなかったとしても不思議はない。だが、ベンチ上の死体が雪をかぶっていなかった事実は、被害者は雪がやんだあと発見場所に横たわった、ないし横たえられたことを物語っている。ここがどうにも悩ましいのだよ。

いかがです。ここは腹を割ってお話し願えませんかね。いったい前夜何があったか、あるいはあったと思われるのか。見聞きされたことでも思い当たったことでもかまいませんから……。われわれとしても、この場でおだやかに話をうかがいたいものでね」

軽妙にして紳士的な中に凄みをブレンドした言い方だった。かといって、誰もすぐには口を開かず、気まずい沈黙だけが続いた。

「あの、ちょっと」

それに耐えきれなくなったように手を挙げたものがあった。丘野碩三だった。

「自分はここに住んでけっこう長いんですが、あんなところにベンチが置いてあったのは今朝初めて見たんですよ。あんなもの、あそこにありましたっけ。たとえば、あなたがイワノフ爺ちゃんに命じて運ばせたとか——?」

言いながら反浦健司の方を見やった。彼はあわてて首をふって、

「いや、そんな覚えはないです。坪林の爺さんに言いつけた覚えはないし、そうする理由も考えられませんしね。あ、いま言ったのは以前からいる下働きの年寄りで……」

言いかけたのを、森警視は「いや、ご説明には及びません」とさえぎって、

「あのひげの立派な、こちらの雇い人ですね。実はうちの部下がすでに事情聴取に行ったんですが、何ですかひどい風邪っぴきで、熱を出して寝こんでいるとかで話が聞けませんでした。ま、昨晩はずっと自分の住まいにいたらしく、まあ、今回の事件にはかかわりなさそうですな」

この手回しのよさには、私も舌を巻かずにはいられなかった。それだけではなく、口をはさまずにもいられなかった。

「なるほど、そうですか」

私は、森警視に目で合図してから、

「それはそれとして、この事件にはもう一つ不可解なことがありますな。それは、亡くなった黒井氏が誰かに運ばれたにせよ、自らあそこまで歩いていったにせよ、どうやってあのベンチにたどり着けたかです。雪の上の足跡の問題はさておくとしてね」

「どういうことかね。ただ歩いていけばすむことじゃないか。それとも空を飛んだとでも？　なら足跡のない理屈も通るが……」

野風将監がけげんそうに目を細める。それを受けて私は言った。

「考えてみてください。ここ薔薇荘の庭園には照明が何もない。周辺もしかりで、そんな中を正確に歩けるわけがない。ベンチがあったのは城壁寄りで、一部崩れたところがありましたが、そこから海が見えたかどうか。沿岸一帯も、あの時分だと灯りのついてるところはほとんどなかったんではないでしょうか。車ぐらいは通ったでしょうが」

「そうです、そうです。このあたりは、まさにそんな感じで、まるで絶海の孤島に閉じこめられたようなありさまですよ」

丘野碩三が手を打って同意した。

「だったら、懐中電灯の一つでも持って出ればいいんじゃないのかね」

野風将監が首をかしげる。

「そんなものを被害者は持っていましたか？　あるいは現場周辺から見つかったとか——」

「いや、そんなものはなかった」

私の問いに、森警視は首をふってみせた。

「犯人が持ち去ったのかもしれませんよ。何しろ自分の足跡さえ残さなかった奴だから」

反浦健司がとりなすように言った。何をとりなす必要があったかといえば、津ノ塔美希がひどくいらだったようすを見せ、今にもヒステリーを爆発させそうだったからだった。

だが丘野碩三は、そんな場の空気などはいっこう読めないようすで、

「かもしれませんね。でも、もしあそこで懐中電灯なんか使ったら、たとえどんなに小さな光でも目立ってしょうがなかったんじゃないでしょうか。もっとも、ことに冬場のこのあたりはろくに人気もないから、たとえ松明をかかげたって見るものは……いや、待てよ。ひょっとして、彼ならば――?」

「そう、そのことです」

私はうなずくと、森警視に「例の人をこちらへ」と声をかけた。やがて彼の部下にともなわれて入ってきた色浅黒く無精ひげを生やした青年を見るや、丘野が声をあげた。

「魚瀬君！　どうしてまたここに？」

「ああ、ちょっとね。ふわあああ……おっと失礼、徹夜明けでやっとベッドに転がりこんだと思ったら、ここの騒ぎで起こされたもんだから眠くて眠くて。全くまいっちまったよ」

それは、あの晩餐の際に話の出た魚瀬嵯峨雄という大学院生だった。

私や森警視に問われるまま、魚瀬は昨夜も夜通し起きていたこと、やや小高い位置にある研究室からは海をはさんで薔薇荘の裏庭内がよく見える旨を証言し、さらに続けた。

「懐中電灯みたいな光？　いえ、そんなものは見えませんでしたね。何しろあの真っ黒けの中

でそんなものが点灯したとしたら、たとえ視線をそらしていても気づいたでしょうね。というのも、実験用のクラゲ水槽は薔薇荘に面した窓に置いてあるもんですから……」

「確かですか。見落とした可能性はありませんか」

森警視が念押しした。

「はあ……一秒や二秒のことなら、そういうこともあるでしょうが、全く気がつかないということはなかったと思いますよ」

魚瀬嵯峨雄はあくびをかみ殺しながら、だが確信に満ちて答えた。そのあと、彼の研究について、オワンクラゲの発色細胞にふくまれるグリーン・フローレセント蛋白質（プロテイン）とイクオリオンなる物質がどうとか、ひとしきり熱心に語ったあと、急に疲れたようすで帰っていった。ややあって、

「何なの、今のは」

津ノ塔美希がついに憤懣（ふんまん）を爆発させた。

「あんた、推理作家だか何だか知らないけど、さっきから探偵気取りで何を勝手にこの場を仕切ってるのよ！」

金切り声でわめく彼女を、止められるものは誰もいなかった。とりわけ及び腰だったのは野風将監で、自他ともに認める艶福家で、彼女とも過去に関係があったらしい彼は、その怖さを一番知っているに違いなかった。

「しの、ここはとにかく落ち着いてだね……」

「その名はやめて！」

何とかなだめようとする野風に、彼女は誰もがビクリとするほど声を荒らげた。

「あたしはもう鳶座しの、なんて名前のビジネス・ガールじゃないのよ。れっきとした女優の津ノ塔美希なんだからっ！」

私も女性という種族の一般表象についてはいささか意見があり、ここは触らぬ神にたたりなしだと考えた。

さすが森警視は私などより世慣れていると見え、太った体を前に乗り出させながら、

「まあまあ、お嬢さん。そう興奮なさらずと……実はこちらのご仁は作家の鮎川哲也氏ではありませんで、われわれと同業者なのですよ。それも警視庁からはるばるやってきた……もうかまわんだろう、警部？」

とあっさり私の正体を明かしてしまった。

け、警部？　とびっくり仰天した声があがる中、私はやむなく田代孝一氏からの依頼で、共通の知人であり、今回の件の仲介者である鮎川哲也氏の名を借りて、薔薇荘に滞在することになった次第を明かした。

「で、でも何でまた……」

「警視庁の警部さんが、わざわざ？」

半ば唖然茫然となりながら、とまどい顔で問いかける反浦健司らに、私は答えた。

「実は、ですね……田代氏によると、昨今不在がちになったこの薔薇荘に不審な人物が出入り

し、どうやらよからぬ取引の場として使われているのではないかという疑惑が生じているそうでね。立川妙子さんとの結婚を控えていることでもあり、ちょっと探りを入れてくれないかということで来た次第なんです」

ささやかな告白のあとに、何とも奇妙な空気が流れた。その沈黙をあえて破ろうとするものは誰もなく、だがそれにかわって、

「ハッ、ハァ……ハックション！」

野風将監のけたたましいクシャミが、室内に響いた。どうやら本式に風邪をひきかけているらしく、鼻をグスグスいわせている。

「おお、そうだ……ちょっと失礼しますよ」

私は野風に歩み寄ると、間髪を入れず彼のコートをつかみ、ポケットを探った。まず手に触れたのは分厚い革の財布。それに続いて、

「あっ、何を……」

とあわてたときには、何やらキラキラと赤や青、緑に輝く豆粒をつかみ出していた。

「あっ、それは宝石⁉」

丘野碩三が胴間声をあげ、津ノ塔美希が詰め寄った。

「あなた、いつのまにそんなものを……」

「知らん、わしは知らんのだ！」

野風将監の悲鳴にも似た声が、むなしくこだました——。

5

「ふむ、語り手の正体は彼だったか。どうせそんなことと察しはついていたよ」

星影龍三氏は、そこまで読み終えるとニヤリとしながら、手記の一綴りを机上に置いた。

「水原君、さっきの封筒をあらためてみたまえ」

言われて水原刑事が、中身を取り出すと、便箋にはペン字でこう記してあった。

――コノ語リ手「私」ハ鮎川哲也君ニ非ズ。ソノ名ヲ借リテ潜入セル別人ニシテ職業的探偵モシクハ警察官ナリ。田代孝一氏ノ依頼ニヨル其ノ目的ハ薔薇荘ヲ維持管理セル反浦、滞在客タル野風、下宿人ノ丘野等ニ何ラカノ不審アリ、コレヲ詮議センガタメナリ。

「ご、ご明察です」

水原刑事が感心しながら答えると、星影氏は当然だといわんばかりに、

「なに、自明のことだよ。鮎川君は版によって例外もあるが、一人称を『わたし』とひらがなで書くし、『ロシア』は必ず『ロシヤ』、『死体』は『屍体』で『ドンファン』は『ドンホァン』だ。第一、文体もかなり違っている。そもそも彼は達筆だが読みやすいペン字を書くのに、わ

ざわざタイプで打ち直したのが怪しい。これはぼくが彼の筆跡をよく知っているからさ。先にも言った『砂とくらげと』事件では、ブラジルのリオ・デ・ジャネイロにいるときに、彼からの手紙をもとに謎を解いたぐらいだからね。

それにしても、この『黒い密室』事件が、ぼくが日本を離れている間に起きたのが残念でならないよ。でなけりゃ、田代氏も田所警部にこんなことを依頼せずにすんだろうからね。むろん、ぼくは潜入捜査なんてことはしないがね。いやなに、最初からうすうすはわかっていたさ。いつもなら田所君本人が相談しに来るところ、きみが手記を持参したことからしてね」

水原刑事は、皮肉たっぷりに持ち出された上司の名に「はあ……」と恐れ入ったようにうなずくばかりだったが、やがて目をパチクリさせながら言った。

「あの、今おっしゃった『黒い密室』というのは――?」

すると、星影龍三氏はさも得意げに、新たなパイプ煙草をくゆらしながら、

「おや、わからないかね? この事件の一番重要な部分は、犯人と被害者双方の足跡をとどめなかった雪の白ではなく、薔薇荘をふくむ真鶴一帯をすっぽりのみこみ、城館と庭のベンチを隔てた夜の闇、その底知れない黒さにある。ゆえに『黒い密室』というわけさ。――どうだ、その謎解きを聞きたいかね?」

「えっ、もうおわかりになったんですか」

水原刑事は目を見開き、思わず椅子から尻を浮かした。

「もちろんさ」

星影氏は細く白い指を組み合わせると、こっくりとうなずいた。

「ただし、その前に一つだけ質問がある。薔薇荘のプロヴァンス城壁のそばにベンチを置いたのは、使用人のイワノフ坪林というご老体だね？　雪の降りそうな寒空に、急に思い立ってそんなことをしたもんだから、てきめんに風邪をひいて寝こんでしまった――そんなところじゃなかったのかね？」

手記の筆者同様、ロシア料理の上手な老人のあだ名二つを勝手に合体させてしまったが、水原刑事はそれを訂正している場合ではなかった。

「え、えーと……」

いきなりの質問に、手記をめくったりアンチョコらしきメモを見たりしたが、とっさには答えが見つからない。と、そこへ、

「おっしゃる通りですよ。ベンチは確かに老人が運んだものでした。そのわけは……」

言いながらオフィスに入ってきたのは、たった今、名前があがった田所警部だった。

「やってきたね、この手記の筆者が」

星影氏は「赤い密室」事件に始まり、「黄色い悪魔」「消えた奇術師」「白い密室」「道化師の檻」の各事件で協力した相棒――というには扱いが悪かったが――に笑顔を向けた。だが、すぐにあわてたようすで手をふると、

「おっと、それは言わないでくれたまえ。そのかわり、ちょっと教えてほしいデータがある。黒井徳蘭は偽名で、本職は詐欺師や窃盗犯といったところではなかったかい？」

「その通りです」田所警部はうなずいた。「黒井徳蘭のほかに、日本画家の虚葉直郁、彫刻家の朝布明笛、あるいは歌手のペトロ剣富士、マジシャンの千之門琥珀といった名前で、いろいろなところにまぎれこんでいたようです」

「いやに芸術家ぶるね。そして薔薇荘には彼のかつての仲間がいた?」

「こちらも、しかりです」

「そうか。なら、話は簡単だ」

　星影氏はあっさりと言い、手入れの行き届いた爪をながめた。やおら口を開くと、早くも到達した推理を語り始めた——。

「まずは、雪の上の足跡の件から片づけようか。ベンチの上に死体があり、そこに至る地面が真新しく無傷な雪で覆われている以上、被害者の移動は雪が降り始める前だったと考えるほかはない。では、殺された黒井徳蘭は、どのように彼の死地にたどり着いたのか。

　彼はそれまで身に着けていたベレー帽を、丸眼鏡を脱ぎ捨て、体型をごまかすためルバシカの下に巻いていたものを解き、つけひげも取り去って、自分本来の姿に返ろうとしていた。これは何を意味するかといえば、黒井徳蘭の仮面を外し、薔薇荘から逐電しようとしていた。彼の前歴から考えて、ただ逃げるだけではもったいない、行きがけの駄賃をふんだくってやろうと考えたに違いない。そこで当然思いついたものは、薔薇荘の最初の主人が遺したコレクションだ。彼は深夜、みんなが寝静まるのを待って応接室に忍び入り、折よく見つけた宝石類をつかんで城館から戸外の闇へと消えて行こうとした……」

——私が思うに、黒井徳蘭には彼を薔薇荘に引き入れた仲間があった。いや、大方、彼の方から昔の縁をたどって押しかけたのだろう。というのは、その仲間によって彼は罠にかけられ、殺されようとしたからだ。この仲間を、かりにXとしようか。

Xがしかけた罠というのは、暗闇の中に黒井を死へと導く道筋を引くことだった。それも文字通りにだ。そんなことができるものかと思われるかもしれないが、それが十分可能なのだ。先刻の魚瀬嵯峨雄氏が研究しているオワンクラゲ、その細胞にふくまれる特殊な物質を利用すれば……。

＊

「ぼくは南方の各地を回ってきたんだが、これらの中にはちょっと面白い生活の知恵を持っている人々がいる。夜光虫や海蛍といった水中で光を放つ生物をすくい取り、よく天日に干したものを夜歩きの際に持参し、歩きながら地面にまいていくんだ。すると、大地の湿気を吸ったそれらが再びボンヤリと、だが鮮やかに輝き始める。帰り道のときにはそれが目印となって、ぶじにわが家にたどり着けるというわけだ。

この事件でも同様な性質を持つ物質が用いられた。仲間があらかじめつけてくれた道筋を、夜もふけてほんのりと光りだしたままたどれば、誰にも見つからず、懐中電灯一つ使わず薔薇荘をあとにできるはずだった……」

＊

——だが、その先に仲間が用意していたのは、海に面したプロヴァンス城壁の破れ目だった。そうとも知らず、光る道筋の延長線上に一歩を踏み出した黒井は、そのまま真っさかさまに崖下めがけて墜落し、うまくすれば冬の海に心臓をわしづかみされて、そのまま藻屑と消えるはずだった。

だが、その計画は使用人のイワノフ、またの名を坪林翁によりさまたげられた。彼が立派なひげを振りふり言ったのでは『いつのまにか壁が崩れており、まして夜ともなれば誤ってそこから転げ落ちかねない危険があることに気づきまして、とりあえずありあわせのベンチを引きずって行き、通せんぼすることにしましたんじゃ』とのこと。ちなみにこの時点では周囲は明るく、地面はまだ光っていない。

寒空の下、頼まれもしない親切をしたおかげで〝イワノフ坪林〟氏は高熱を出して寝こむはめになったが、それはこの事件をとんでもない形で紛糾させることにもなった……。

＊

「さて、薔薇荘には黒井徳蘭と、彼に表向きは仲間を装い、裏では殺意を抱く人物のコンビネーションのほかに、もう一つ波瀾をふくんだ人間関係があった。野風将監と、かつて彼と関係のあった津ノ塔美希だ。手記を読むだけでも、あまりかかわりたくないと思わせるこの自称女優は、野風のあとを追って薔薇荘に宿泊し、彼との関係に決着をつけようとしていた。他の客より遅く到着した彼女は、野風には気づかれぬまま彼の部屋を捜し、たまたま邸内の応接室に行き着いた。

そこで彼女が目撃したのは、見覚えのある野風将監のコートをまとった人物だった。てっきりそれを野風本人と思いこんだ彼女は、衝動的に同じ室内にあったサーベルをつかみ、正面から彼を刺してしまった……」

＊

――むろん、これは野風将監ではなく、宝石をコートのポケットに入れてなお室内を物色中の黒井徳蘭だった。他人のコートを失敬したのは、逃亡に当たっての変装用に手っ取り早いと思ったからだろう。しかも盗みの最中とあって、部屋の照明は低く落とされていたろうから、取り違えたとしても無理はなかった。ちなみに、彼が仲間からありかを告げられた宝石は、盗まれてもどうでもいい安物か、もしくはまがいものだったと思われる。

黒井徳蘭を刺した津ノ塔美希は錯乱状態になって自室へ駆けもどり、一方の黒井はよろよろと脱出を図った。これまた正常な精神を失った彼の頭の中にあったのは、あらかじめ頭にたたきこんだ脱出ルートだけだった。

戸外に出た彼は、夜の闇の底に光る道筋をたどり、城壁の方に歩いていった。その先にあるのは、崖下の海へと彼をいざなう予定の壁の破れ目。だが、そこには〝イワノフ坪林〟氏が転落防止のために置いたベンチが立ちふさがっており、これに突き当たった黒井はその上に倒れこみ――ついに絶命した。

＊

「こうして、闇という壁に囲まれた『黒い密室』は完成した。そのあと降り始めた雪のせいで、死せる黒井徳蘭はベンチもろとも白く覆われ、光る道の痕跡をも消し去った。

やがて朝となり、野風将監による死体発見の一幕となるわけだが、彼がそんなに早く庭に出たのは、散歩というよりは、いつのまにか見えなくなったコートを捜すためだったろう。あと、ただならぬ雰囲気を漂わせた昔の女と出くわしたくなかったこともあるだろう

何はともあれ、彼は雪に埋もれたベンチから見覚えのある布地がはみ出しているのを見つけて近寄ったところ、その下から思いがけず死体を見つけてしまった。大声で人を呼びながら、彼はとっさにコートをはぎ取ると自分が着こんだ。かかわりあいを恐れたのと、彼自身何か不都合な品を中にしのばせていたからだろう。おそらくは財布の中にでもね。

全ては雪が降り出す前に行なわれ、完結したがゆえに第一発見者以外の足跡が残されず、にもかかわらず死体の上には雪がないという状況ができあがったわけだ。

こうなればXとは誰だったかというのは、付随的な問題にすぎない。残る関係者のうち、Xたりうるのは薔薇荘の管理人で、留守がちの魚瀬嵯峨雄のもとからオワンクラゲより抽出した

発光物質を盗み出せる反浦健司以外考えられまい。魚瀬自身が使ったのでなければね。——いかがかね、田所警部？　あろうことか鮎川哲也君を名乗って薔薇荘にもぐりこんだきみの目から見て、ぼくの推理に何か言うところはあるかね」

星影龍三氏は、一瀉千里に語り終えると、ほこらしげに田所警部と水原刑事の顔を見た。

「いや、おみごとでした」

田所警部は、感に堪えたようすで言った。そうだろう、と満足げな星影氏に向かって、

「いつもながら瞬時に真相を見抜かれるのはまさに神業ですね。しかも、それがわれわれが得た結論とピッタリ一致しているんですから。これで事件の真相についての答え合わせは完了しました」

「何だって、答え合わせだと？」

星影氏が驚いて訊くと、水原刑事があるものを差し出した。それは、「黒い密室」事件に関する手記の最後の一綴りであった。

こ、これは——と星影氏が繰ってみると、そこには「私が思うに、黒井徳蘭には彼を薔薇荘に引き入れた仲間があった」「だが、その先に仲間が用意していたのは、海に面したプロヴァンス城壁の破れ目だった」といった筆者の見解が記されていた。

「こ、これは……」星影氏はうめいた。「これが田所君の推理であり、それがぼくのものと完全に一致していたとすると、ひょっとしてぼくがこれまで述べてきたことは——」

「えっ、しがないワトスン役である私と星影さんの推理が一致したら、それは正しくない証拠

とても？　ひどいなあ」

田所警部は苦笑した。水原刑事と顔を見合わせてから、

「一つ勘違いされてるようですが、私は薔薇荘には行ってませんよ。当然、その手記を書いた『警部』も私ではないので、ご安心を」

「田所君ではない？　じゃあ誰がこれを？　そもそも、いったい何のためにだ？」

「この手記の筆者である、とある『警部』のたっての頼みだったものですからね。自分なりの推理をしてはみたが、事件の性格が性格だけに、やはり星影さんにも取り組んでいただき、ご意見が聴きたい、とのことで」

「誰だ、そんなことを言ったのは……うん、待てよ、ひょっとして！」

星影氏はふいに立ち上がり、書棚の上方からガリ版刷りの冊子を取り出すと、プッとほこりを吹き飛ばした。「呪縛再現」と記された表紙をめくると、

「あった……！　非公式事件簿として公開されてこなかった、熊本県人吉市の《緑風荘》で起きた連続殺人事件。〝超人対凡人〟の一戦と言われた、あのときに出会った彼か！　よりによって、彼の後塵を拝するとは！」

星影龍三氏は、バンと音高く机上に手を突いた。一房額に垂れた髪を直そうともせず、そこにはいつもの高慢で嫌味な上流紳士の姿はなかった。燃えるような意志と戦闘的な理知に満ちた〈探偵〉の姿があるばかりだった。

6

「どうした、鬼貫君？　風邪でもひいたかい」

「あ、いや、そんなこともないんだが、何だかゾクッとしたものが背中に走ってね」

「ほほう、ひょっとしてどこかの誰かに強く念じられているかもしれないぜ。たとえば、いずれ雌雄を決しなければならない宿命のライバルとしてね」

「よしてくれよ田所君、そんな誰かに喧嘩を売るようなことをした覚えはないんだから」

「アハハハ、これは失敬。そういえば、あの薔薇荘で三たび起きた殺人――どこかの誰か氏の命名によれば『黒い密室』事件でも、風邪が重要な役割を果たしたんだったな。転落事故を心配してベンチを移動したために熱を出して寝こんだ爺さんと、それに野風将監という男もやたらクシャミをしていたっけ」

「あれは、雪でびしょぬれになり、冷えきったコートを無理に着た当然の結果だね。彼にすれば、クシャミや鼻水ぐらいの犠牲は十分おつりが来る犠牲だったんだろうが」

「そうでもないさ。今朝の新聞を見たかい？　彼が理事長をつとめる洋裁・美容学院の不正が発覚して、捜査二課の猿丸君の手入れを受けたというから、結局は風邪をひいただけ損だったってわけさ」

「なるほど、皮肉なもんだね」

「それはそうと、あの事件では津ノ塔美希こと鳶座しのが、昔関係のあった野風と誤って黒井徳蘭を殺してしまったのが全ての元凶だったわけだが、どうやってそんな飛躍した結論にたどり着けたんだね？」

「それはだね、田所君。あの朝、野風と遭遇した美希がひどく驚いていたからさ。最初は思いがけず彼と再会したのを驚いてるのかと思ったが、そうではなかった。彼女はおそらく晩餐後、どこかで一度彼と会っているんだ。なのに、なぜそんなにびっくりしたかといえば、激情の結果サーベルを突き立てたはずの野風がピンピンしているのを見たからさ」

「ほう……そりゃびっくりもするだろうな。だが、ただちに二人が顔を合わせたとまでは断定できなかったんじゃないか」

「確かにね。だが、彼女がまちがいなく殺害前に野風に会い、言葉をかわしたとわかったとき、それは確信に変わった。おそらくそのとき、野風は矛先をそらそうとして、ほかの宿泊客の話をし、その中に推理作家がいることを話題にした。だからこそ彼女は、森警視をまじえての事情聴取のとき、『あんた、推理作家だか何だか知らないけど、さっきから探偵気取りで何を勝手にこの場を仕切ってるのよ！』とわめいたのさ」

「というのは、つまり……」

「野風から教えられなければ、ぼくを鮎川哲也氏と思いこめるわけがない。雑誌や新聞の写真で見て顔を知ったという理屈をこねても通りっこない。だって、ぼくは鬼貫という一警察官に過ぎないんだからね。昨日も今日も、そして明日からもずっと！」

作者付記　この事件に登場する被害者や容疑者の名前（偽名、あだ名ふくむ）、映画・芝居のタイトルを、かな文字のまま綴り替え（アナグラム）してごらんなさい。

名探偵名鑑（登場順）

三河町半七（みかわちょうはんしち）

神田三河町の岡っ引き。十代のうちは道楽に明け暮れていたが、一八の歳に三河町の御用聞き吉五郎の手下となって以降、江戸で起きる難事件・怪事件の捜査に携わる。その活躍を老人となった半七が若き新聞記者に語り聞かせたものが〈半七捕物帳〉である。

著者は**岡本綺堂**（一八七二〜一九三九、東京生）。東京日日新聞などの新聞社で記者として二四年勤め、日露戦争では満州に従軍記者として滞在した。時代小説と探偵小説を融合させた捕物帳の始祖でもある代表作〈半七〉シリーズは、コナン・ドイルの〈シャーロック・ホームズ〉シリーズを読んだ影響から執筆されたものである。

参考図書　『半七捕物帳』（全六巻、光文社時代小説文庫）『傑作選　読んで、「半七」！』『傑作選　もっと、「半七」！』（北村薫、宮部みゆき編　ちくま文庫）

銭形平次（ぜにがたへいじ）

神田明神下に住む岡っ引き。子分の**八五郎**（ガラッ八）を従え江戸の悪と対峙する。寛永通宝による「投げ銭」を必殺技とするため、「銭形」の通称で呼ばれた。

著者は**野村胡堂**（一八八二〜一九六三、岩手県生）。報知新聞の記者を勤めながら「あらえびす」の名で音楽評論も執筆。三一年、銭形平次初登場作「金色の処女」を発表。〈銭形平次捕物控〉は〈半七〉シリーズと双璧をなす人気捕物帳となった。

参考図書　『銭形平次捕物控傑作選』（全三巻、文春文庫）

びっくり勘太（びっくりかんた）

天満の五郎長（てんまのごろちょう）

コメディ時代劇〈ダイラケのびっくり捕物帳〉

に出てくる目明し二人組。江戸時代の大坂天満を舞台に、目明しの勘太と親分の五郎長が与力・**来島仙之助**の指示で捜査に乗りだすが、いざ犯人を捕らえる際に尻込みし、いつも来島の妹・**妙**に犯人捕縛を任せるというオチで終わる。大阪テレビ、朝日放送大阪テレビ、朝日放送の制作で一九五七年より放映された。

放送作家としても活躍した探偵小説家の**香住春吾**（一九〇九～九三、京都府生）が脚本を担当。香住は三七年、「週刊朝日」の懸賞実話に入選した「白粉とポマード」（香住春作名義）でデビュー。創作においては日本探偵作家クラブ賞で二度の候補となり、関西探偵作家クラブの設立など、本格派探偵小説の発展に尽力した。

参考図書　『香住春吾探偵小説選』（全二巻、論創社）

若さま（わかさま）

柳橋米沢町、隅田川沿いにある船宿喜仙の座敷で酒を嗜む容姿端麗な侍。素性も名前も不明なため「若さま」とのみ呼ばれており、御用聞きの**遠州屋小吉**が座敷に持ち込む謎を悠然と解く。

著者は**城昌幸**（一九〇四～七六、東京生）。江戸川乱歩によって「彼は人生の怪奇を宝石のやうに拾ひ歩く詩人である」と評されたとおり、奇妙な味わいや幻想性の高い短編や掌編を著し、『死人に口なし』（春陽文庫）、『怪奇製造人』（国書刊行会）、『城昌幸集　みすてりい　怪奇探偵小説傑作選4』（日下三蔵編　ちくま文庫）などの傑作選が刊行されている。一般には〈若さま侍捕物手帖〉シリーズの著者として親しまれた。

参考図書　『若さま侍捕物手帖』（光文社文庫）
『菖蒲狂い』（創元推理文庫）

仙波阿古十郎（せんばあこじゅうろう）

長大な顎の持ち主ゆえ「顎十郎」と呼ばれる剣客。甲府勤番に飽いて江戸に戻って以降、北町奉行所の例繰方となって、叔父の組下で神田の御用聞き・ひょろりの**松五郎**（ひょろ松）とともに事件に挑む。バリエーションの豊かさや謎の設定の奇抜さ、推理小説としての切れ味を特徴とする〈顎十郎捕物帳〉は、現在でも高い人気を誇る。

　著者は**久生十蘭**（一九〇二〜五七、北海道生）。「小説の魔術師」という異名の通り、圧倒的な語りの技巧と凝りに凝った文体で一般文芸から通俗小説、秘境冒険小説や推理小説をものした。二十代の頃は劇作家として岸田國士に師事、パリに二年にわたって遊学し、多芸多才の士として名を馳せた。

参考図書『日本探偵小説全集8　久生十蘭集』（創元推理文庫）、『定本久生十蘭全集』（全一一巻別巻一、国書刊行会）

近藤右門（こんどううもん）
　寡黙なために「むっつり右門」と呼ばれる美形の八丁堀同心。錣正流居合と草香流やわらの体術の達人で、配下の岡っ引き・おしゃべり伝六を従えて行動する。
　著者は**佐々木味津三**（一八九六〜一九三四、愛知県生）。大衆小説を多数発表し、映像化でも人気を博した〈右門捕物帖〉のほか、『旗本退屈男』などの著作がある。
参考図書『右門捕物帖』（全四巻、春陽文庫）

法水麟太郎（のりみずりんたろう）
　刑事弁護士にして探偵。**支倉検事**および**熊城卓吉捜査局長**の要請により出動した降矢木家連続殺人（『黒死館殺人事件』）、主演を務めた演劇「ハムレットの寵妃」における女優の死（「オフェリヤ殺し」）など、衒学趣味に彩られた他に類を見ない事件を解決に導く。
　著者は**小栗虫太郎**（一九〇一〜四六、東京生）。三三年、甲賀三郎の推挽により「完全犯罪」で「新青年」の巻頭を飾ってデビューを果たす。法水ものを中心とする本格探偵小説のほか、秘境探検シリーズの評価も高い。後述の海野十三とは親友同士であった。
参考図書『日本探偵小説全集6　小栗虫太郎集』（創元推理文庫）、『黒死館殺人事件』（河出文庫）

帆村荘六（ほむらそうろく）
理学士にして私立探偵。シャーロック・ホームズのもじりである名前を持ちながら、扱う事件は奇想天外なものが多く、しばしばSF的要素を含む。また、ジュヴナイル作品においては超人的な活躍を見せる。
著者は**海野十三**（一八九七～一九四九、徳島県生）。大学では電気工学を専攻し、無線の研究者として逓信省につとめる傍ら執筆活動を開始。二八年「新青年」に「電気風呂の怪死事件」を発表しデビュー。科学トリックを用いた奇想あふれる探偵小説やSF、ジュヴナイルで人気を博した。
参考図書『獏鸚』『蠅男』（創元推理文庫）

花堂琢磨（はなどうたくま）
刑事弁護士。陪審裁判をあつかった名作「赤いペンキを買った女」や「霧の夜道」「染められた男」などに登場する。
著者は**葛山二郎**（一九〇二～九四、大阪府生）。二三年「新趣味」の懸賞小説に「噂と真相」が一等入選し、以降「新青年」を中心に作品を発表。突飛な発想や錯覚を巧妙に取り込んだ本格物で知られる。
参考図書『葛山二郎探偵小説選』（論創社）、『日本探偵小説全集12　名作集2』（創元推理文庫）

獅子内俊次（ししうちしゅんじ）
昭和日報記者。『乳のない女』が初登場作。和製ルパンを標榜する連続殺人犯と対決する『姿なき怪盗』などで活躍する。
著者は**甲賀三郎**（一八九三～一九四五、滋賀県生）。筆名は近江に伝わる勇者・甲賀三郎兼家から採った。二三年「新趣味」懸賞に投じた「真珠塔の秘密」が一等入選。二八年まで技師と兼業で執筆し、その間代表作『支倉事件』を発表する。自他共に認める戦前本格派の筆頭で、木々高太郎が探偵小説における芸術性と文芸性の優位を提唱したのに対し、論理性こそ重要と反駁した論客でもあった。
参考図書『日本探偵小説全集1　黒岩涙香　小

酒井不木　甲賀三郎集』（創元推理文庫）

千種十次郎（ちぐさじゅうじろう）

　関東新報（第一作のみ帝国新聞）の社会部次長として登場、のち部長。容姿は小作りで華奢。部下の「足の勇」こと**早坂勇**（はやさかいさむ）とともに捜査に乗り出し、ときに警視庁の花房一郎探偵に協力して事件解決に貢献する。二八年「文芸倶楽部」に掲載された「呪の金剛石」が初登場作。

　著者は**野村胡堂**（銭形平次の項を参照）。

参考図書『野村胡堂探偵小説全集』（作品社）

藤枝真太郎（ふじえだしんたろう）

　元検事の私立探偵で、高校時代の同級生・小川（おがわ）**雅夫**（まさお）をワトスン役として事件に乗り出す。ヴァン・ダイン流の「芸術としての犯罪」が主題となる『殺人鬼』、鉄鎖で全身を縛られた死体と破られた肖像画の謎から始まる『鉄鎖殺人事件』などの長編に登場する。

　著者は**浜尾四郎**（はまおしろう）（一八九六～一九三五、東京生）。男爵家の四男であり、東京帝国大学在学中に帝大総長も務めた政治家・濱尾新の娘・操の女婿となった。検事として「新青年」に犯罪談話を寄稿し、検事を辞した後は弁護士として開業、二九年に「新青年」に発表した「彼が殺したか」で探偵小説家として本格的にデビューを果たす。司法専門家としての知識を生かし、法や論理では裁けない領域の問題を作品を通して提起した。

参考図書『日本探偵小説全集5　浜尾四郎集』（創元推理文庫）、『鉄鎖殺人事件』（河出文庫）

青山喬介（あおやまきょうすけ）

大月対次（おおつきたいじ）

東屋三郎（あずまやさぶろう）

　青山喬介は元映画監督。初登場作「デパートの絞刑吏」では犯罪研究家として不可解な墜死－絞殺事件と宝石盗難事件を鮮やかに解き明かす。

　大月対次は弁護士。初登場作「花束の虫」では、犯行現場に残された不可解な足跡の思わぬ真相を衝き、みごと犯人に辿り着く。

東屋三郎は水産試験所所長。初登場作「燈台鬼」では、燈台に現れ巨石で看守を潰した幽霊の謎に隠された痛ましい真実を看破する。

著者は**大阪圭吉**（おおさかけいきち）（一九一二〜四五、愛知県生）。モダンな風俗、機械的トリック、童心に訴える遊戯性と戦前派のなかでも独自の存在感を示した。三二年のデビュー以降、「新青年」「ぷろふいる」などに執筆。

参考図書『とむらい機関車』『銀座幽霊』『死の快走船』（創元推理文庫）

真名古明（まなこあきら）

安南国皇帝失踪およびその愛妾の墜死が起きた時の警視庁捜査一課課長（警視）。政府の方針に反発し、辞職の覚悟を固め捜査に挑む。黒のインバネスをまとった姿は陰気にして沈鬱、その登場は不吉な現象にたとえられる。

著者は**久生十蘭**（仙波阿古十郎の項を参照）。

参考図書『魔都』（創元推理文庫）

大心池章次（おおころちしょうじ）

ＫＫ大精神病学教授。神経症や幻視にまつわる犯罪を、精神分析的手法によって暴いてゆく。『わが女学生時代の罪』など、人間心理に眠る謎を解き明かす名手。

著者は**木々高太郎**（一八九七〜一九六九、山梨県生）。詩作を志しながらも医学の道を進み、留学先のソ連ではイワン・パブロフに師事した。本名の林髞（たかし）では条件反射学の研究者として知られる。海野十三の強い薦めで執筆した、三四年「新青年」掲載の「網脈脈視症」に始まる創作のほか、科学・医学評論家としても活躍する。三七年、長編『人生の阿呆』で第四回直木賞を受賞。

参考図書『日本探偵小説全集7　木々高太郎集』（創元推理文庫）、『木々高太郎探偵小説選』（論創社）

西村支配人（にしむらバー・テン）

「カフェ・青蘭」の支配人で衆目のもとで行なわれた不可能犯罪である「銀座幽霊」事件を見事解

決に導いた。
　著者は**大阪圭吉**（青山喬介、大月対次、東屋三郎の項を参照）。
参考図書『銀座幽霊』（創元推理文庫）

南波喜市郎（なんばきいちろう）
　四十過ぎの元警視の私立探偵。南紀白浜での富豪夫婦殺害を発端に、壮大なスケールで展開する『船富家の惨劇』、美しい瀬戸内海の無人島の頂で、白昼鳥に啄まれる女の白骨死体が発見されるという衝撃的な幕開けで始まる『瀬戸内海の惨劇』などの事件を手がける。
　著者は**蒼井雄**（一九〇九～七五、京都府生）。電力会社の技師を本職としながら三四年「ぷろふいる」に「狂燥曲殺人事件」を発表。クロフツ、フィルポッツの影響下で書かれた、日本初となる鉄道ダイヤを用いたアリバイ崩しもの『船富家の惨劇』は松本清張、鮎川哲也にも影響を与えた。また、山岳や海岸などの流麗な自然描写に定評がある。
参考図書『日本探偵小説全集12　名作集2』（創元推理文庫）、『瀬戸内海の惨劇』（国書刊行会）

折竹孫七（おりたけまごしち）
　想像を絶する人跡未踏の大秘境で未知の動植物や怪物、獣人を捜し求める、世界的知名度を誇る鳥獣採集人。日本の間諜としての顔も持つ。
　著者は**小栗虫太郎**（法水麟太郎の項を参照）。
参考図書『人外魔境』（河出文庫）

神津恭介（かみづきょうすけ）
　東京大学医学部の法医学教室に勤務する白皙の美青年。「神津の前に神津なく、神津ののちに神津なし」と称されるほどの天才性を探偵行為でも発揮し、『刺青殺人事件』『呪縛の家』の後、警視庁嘱託として犯罪捜査に関わるようになる。旧制高校時代にもさまざまな事件を解決し、その記録は『わが一高時代の犯罪』などで読むことができる。シリーズ代表長編の『人形はなぜ殺される』は戦後本格推理小説における金字塔的傑作である。

著者は高木彬光（一九二〇～九五、青森県生）。四八年、長編『刺青殺人事件』が江戸川乱歩の推薦を得て発表される。五〇年『能面殺人事件』で第三回探偵作家クラブ賞を受賞。『白昼の死角』『破戒裁判』『誘拐』のような法律・法廷をモチーフとした作品のほか、本格のみならず、時代・歴史小説、ジュヴナイルなど多彩な分野で傑作を残し、同時代の作家たちを牽引する活躍で圧倒的な存在感を示した。乱歩は「宝石」デビューの島田一男らとともに「戦後派五人男」の一人に数えた。

参考図書『刺青殺人事件』『呪縛の家』『人形はなぜ殺される』（光文社文庫）

北崎（きたざき）
東京日報社会部部長。デスクの片桐、遊軍の亀田らと連携し、新聞記者の矜持をもって粘り強く事件を追う。第四回日本推理作家協会賞短編部門受賞作を収める『社会部記者』や、『社会部特信記者』、『特ダネ記者』などで彼らの活躍を読むことができる。

著者は島田一男（一九〇七～九六、京都府生）。三一年「満州日報」に入社以降、従軍記者として活動の後、在満邦人の引き上げに尽力した。四六年「殺人演出」が「宝石」の第一回短編懸賞に入選、以降精力的に執筆。その経験を元として新聞記者を主役とした〝ブン屋〟ものを手がけ、この分野は島田をもって嚆矢とする。警察小説、時代小説なども多数ある。また、NHKのテレビドラマ「事件記者」の脚本も担当した。

参考図書『社会部記者』（双葉文庫）

郷英夫（ごうひでお）
大学の法科を卒業し、「生来の頭脳の緻密さ、思考力の正確さ、血気盛りの勇猛心」の持ち主と評される。D市（大連と思われる）の豪華ホテルでの密室殺人、名馬「彗星」の射殺とその騎手の不審死など、エキゾチックな香り漂う大陸都市で謎解きに挑む。
著者は大庭武年（一九〇四～四五、静岡県生）。大連での中学時代、一学年後輩に島田一男がいた。

満鉄に勤務する傍ら、新聞に文芸創作を発表。ガストン・ルルー『黄色い部屋の秘密』から探偵小説に興味を持ち、ドイル、ヴァン・ダインを愛読した。三〇年「新青年」に「十三号室の殺人」が掲載。戦死するまでに、郷警部ものを中心とする十数編を遺した。

参考図書『大庭武年探偵小説選』（全二巻、論創社）

菊地勇介（きくちゆうすけ）
捜査一課警部。著者（藤雪夫）が上京中、空き巣に入られた際に捜査を担当し、その後も見回りのたびに親身になって声を掛けてくれた刑事「探偵長」をモデルとしている。また、先輩の相沢警部は、鮎川哲也の鬼貫警部をイメージしていると思われる。
著者は**藤雪夫**（一九一三～八四、宮城県生）、**藤桂子**（一九四三、神奈川県生）。五〇年「宝石」百万円コンクールに上位入賞した「渦潮」、同じく講談社主催の「書き下ろし長編小説全集」新人公募最終候補に残った『獅子座』は、それぞれ鮎川哲也の『ペトロフ事件』『黒いトランク』と競った。八四年、改稿を重ねた『獅子座』を長女・桂子との合作という形によって世に送り出すが、その年の内に雪夫は急逝。翌年、桂子が「渦潮」を元とした『黒水仙』を発表。その後も菊地警部ものを単独で刊行する。
参考図書『獅子座』『黒水仙』『疑惑の墓標』『逆回りの時計』（創元推理文庫）

加賀美敬介（かがみけいすけ）
警視庁捜査一課長。著者が愛読したジョルジュ・シムノンのメグレ警視に容姿と特徴が共通しており、並外れた長身と広い肩の愛煙家である。
著者は**角田喜久雄**（一九〇六～九四、神奈川県生）。時代小説家としても一家を成し、特に『髑髏銭』や『風雲将棋谷』など伝奇ものの傑作で知られる。三五年連載開始の『妖棋伝』の好評を受け、以降時代小説を中心に執筆。四六年発表の「怪奇を抱く壁」から推理ものを商業誌に発表、翌四七年には戦後期の本格のなかでも五指に数えられる『高木家の惨劇』（別題「蜘蛛を飼ふ男」「銃口に笑ふ男」）を「小説」に一挙掲載する。他の加賀美ものに『奇蹟のボレロ』などがある。
参考図書　『日本探偵小説全集3　大下宇陀児・角田喜久雄集』（創元推理文庫）、『奇蹟のボレロ』（国書刊行会）

中村善四郎（なかむらぜんしろう）
警視庁捜査一課係長。「二十面相」と名乗る怪人からの挑戦を、名探偵・明智小五郎やその助手である少年探偵・小林芳雄とともに受けて立つ。
著者は**江戸川乱歩**（えどがわらんぽ）（一八九四～一九六五、三重県生）。言わずと知れた近代日本探偵小説における偉大な父であり、敬意を込めた「大乱歩」の呼び名は現在でも広く使われている。二三年、「新青年」掲載の「二銭銅貨」でデビュー。名探偵・明智小五郎の登場する「D坂の殺人事件」「心理試験」など英米作品の影響を受けた論理性の高い本格派として評価されたが、猟奇的かつフェティッシュな要素を盛り込んだ通俗探偵小説でも大衆的な人気を博した。三六年より連載した『怪人二十面相』に始まる子供向け作品が少年読者に多大な影響を与え、以降乱歩にとっても重要な創作分野となる。三九年、「芋虫」の発禁以降厳しさを増す検閲によって、終戦まで探偵小説の執筆が不可能となり、著書も絶版状態となる。創作を再開した戦後は、評論活動ほか、新人発掘や欧米のミステリの紹介、雑誌社の運営なども手がけ、探偵小説の発展に於いて絶大な功績を残した。
参考図書　『怪人二十面相』（ポプラ文庫）

波越（なみこし）
捜査一課の鬼刑事として知られた警部。『蜘蛛男』『魔術師』『黄金仮面』『猟奇の果』に登場する。
著者は**江戸川乱歩**（中村善四郎の項を参照）。
参考図書　『蜘蛛男』『魔術師』『黄金仮面』（創元推理文庫）『猟奇の果』（春陽文庫）

田名網幸策（たなあみこうさく）

「アミさん」の愛称で親しまれる捜査一課係長（警部）。休暇にきた樺太の恵須取で雪の中の密室殺人を解く。長編では『模型殺人事件』『いつ殺される』に登場。なおジュヴナイルで田名見警部と表記されるのもおそらく同一人物。

著者は**楠田匡介**（一九〇三～六六、北海道生）。四八年「探偵新聞」に発表した「雪」が田名網の初登場作となる。

参考図書『楠田匡介名作選　脱獄囚』（日下三蔵編、河出文庫）

小林芳雄（こばやしよしお）

少年探偵団団長。『吸血鬼』事件で依頼人の三谷が明智小五郎の事務所を訪ねたところ「十三、四歳のリンゴのような頬をした、つめえり服の少年」が取り次ぐが、『怪人二十面相』より六年前に書かれたこの作品が小林の初登場作となる。

著者は**江戸川乱歩**（中村善四郎の項を参照）。

参考図書『吸血鬼』（創元推理文庫）

秋水魚太郎（あきみずうおたろう）
熊座退介（くまざたいすけ）

秋水は高身長と鷲のような鋭い目が特徴の科学者。孤独な娘が謎めいた誘いによって辿り着いた「東方の星会館」で奇怪な殺人劇に巻き込まれる「ミデアンの井戸の七人の娘」や第三回探偵作家クラブ賞候補作「盲目が来りて笛を吹く」などで活躍。その補佐役を務めた警視庁捜査課警部の熊座は、後に個人で謎解きに挑むようになり『青鷺はなぜ羽搏くか』『幻女殺人事件』など抒情的な事件と対峙する。

著者は**岡村雄輔**（一九一三～九四、東京生）。四九年、秋水魚太郎名義の「紅鱒館の惨劇」が「宝石」第三回探偵小説賞の選外佳作に選ばれデビュー。「ミデアンの井戸の七人の娘」が収録された『本格推理マガジン　絢爛たる殺人』（光文社文庫）で編者の芦辺拓は、小栗虫太郎『黒死館殺人事件』から多大な影響を受けていることと、しかし幻想怪奇の方向には寄らずあくまで本格推理の枠を維持していること、また、現代に通じる人工性や遊戯性に注目している。
参考図書 『岡村雄輔探偵小説選』(全二巻、論創社)

津田皓三(つだこうぞう)
少年タイムス編集長で膨大な知識と猛烈な饒舌の持ち主。古墳群の中で殺害された旧友の考古学者の遺した謎の詩の解読に挑む『古墳殺人事件』、義経伝説の影が覆う連続密室殺人を扱った『錦絵殺人事件』などで活躍する。
著者は**島田一男**(北崎の項を参照)。
参考図書 『古墳殺人事件』(扶桑社文庫)

園田郁雄(そのだいくお)
名古屋Q大法医学教室の教授。東京地方検事局の芥川鯉七検事の依頼で調査に乗り出す。代表的事件に「火山観測所殺人事件」「青鬚の密室」など。
著者は**水上幻一郎**(みずがみげんいちろう)(一九一六~二〇〇一、東京生、「みなかみ」の読みもあり)。大学在学中より探偵小説を愛読し、探偵趣味の会関東支部などに出入りして甲賀三郎らと交流を持つ。従軍の際に『黒死館殺人事件』を携行したエピソードは有名である。新聞社に勤務しながら、四七年「ぷろふいる」に園田を主人公とした「Sの悲劇」を発表しデビュー。オーソドックスな本格もののほか、犯罪実話を執筆した。
参考図書 『水上幻一郎探偵小説選』(論創社)

尾形恵美子(おがたえみこ)
数え年一六歳の女学生で少女探偵の先駆け的存在。女学校始まって以来の秀才で、兄の献太郎を救うため、友人の祖父である柳探偵らと秘密組織との戦いに挑む。
著者は**野村胡堂**(銭形平次の項を参照)。
参考図書 『六一八の秘密』(ソノラマ文庫)

明石良輔(あかしりょうすけ)
夕刊新東洋の記者。粗野で無知な一九歳の少女から完全犯罪を行ったと挑発された明石が探偵としてすべてを見届ける様を描いた、第十一回日本探偵作家クラブ短編賞受賞作「笛吹けば人が死ぬ」や、金魚売り場のタンクに青酸カリを放り入れた少年を明石が発見したことから、一族全員が奇矯な振る舞いに及ぶ麻耶家で起きる連続怪死に同僚の**鳥飼美々**と挑む『虹男』などで知られる。鳥飼美々は『歪んだ顔』で積極的な活躍を見せる。

著者は**角田喜久雄**（加賀美敬介の項を参照）。

参考図書『角田喜久雄探偵小説選』（論創社）、『虹男』（春陽文庫）

古沢美和子（ふるさわみわこ）
古沢三千夫（ふるさわみちお）

著名な科学者、古沢三郎博士を父に持つ姉弟。博士が発案した生物の色素を消す薬物が起こす異常事態を名探偵・神津恭介と共に追ったり、猟奇的犯罪者である「死神博士」と死闘を繰り広げたりと大人顔負けの活躍を見せる。

著者は**高木彬光**（神津恭介の項を参照）。

参考図書『覆面紳士』（偕成社）、『死神博士』（ソノラマ文庫）、『白蠟の鬼』（ソノラマ文庫）、『悪魔の口笛』（ポプラポケット文庫）

伝法義太郎（でんぽうよしたろう）
加藤六郎（かとうろくろう）

伝法は元刑事で、大阪に事務所を構える私立探偵。「硝子の家」事件では、知多半島の先端に建つ総ガラス製の家での密室殺人を皮切りに起きる連続怪死事件の謎に挑む。加藤六郎は伝法の助手を務める少年探偵で、「死神館の恐怖」「怪犯人赤マント」などジュヴナイル小説で活躍する。協力者に**近藤青年**と**南刑事**がいる。

著者は**島久平**（一九一一〜八三、大阪府生）。関西探偵作家クラブ黎明期からの会員。四八年、「黒猫」に「街の殺人事件」を発表しデビュー。同年、江戸川乱歩と横溝正史が選考を務めた「夕刊岡山」の第一回探偵小説懸賞に「悪魔の手」が、翌四九年第二回に「女人三重奏」がそれぞれ入選。五〇年、「宝石」百万円懸賞コンクール（長編部門）に三等入選する。

参考図書『本格推理マガジン　硝子の家』（鮎川哲也編　光文社文庫）、『島久平名作選　5－1＝4』（日下三蔵編　河出文庫）

三原三雄（みはらみつお）
満城十四郎（みつきじゅうしろう）
長身でミステリー愛好家の三原検事と、「和製メグレ」と呼ばれる巨体で愛煙家の満城警部補は、どちらも探偵でありその助手となるという変則的なコンビを組む。樽の中から発見された女の死体に端を発する、複雑なアリバイ崩し「三つの樽」が初登場作。
著者は**宮原龍雄**（みやはらたつお）（一九一五～二〇〇八、佐賀県生）。佐賀新聞社会部記者となったのち、一九四九年「宝石」百万円懸賞コンクール（短編部門）で三等入選となった「三つの樽」でデビュー。九州の本格派として乱歩からも期待を寄せられた。地方の風物と伝奇ロマン的趣向を盛り込んだ「不知火」「ニッポン・海鷹」などの佳品を含む、二五作を超える三原と満城のシリーズを執筆するが、探偵小説誌としての「宝石」廃刊以降はコンスタントな創作から遠ざかる。のちに夕刊『新佐賀』の論説委員長および編集局長を務めた。
参考図書『宮原龍雄探偵小説選』（論創社）

古田三吉（ふるたさんきち）
初登場作「茶色の上着」では三五歳。色白で丸顔の人好きのする青年と描写される。ほかに扱った事件に変則的な二重密室の謎を扱った「二つの遺書」、出色のアリバイトリックと評された「勲章」、鮮やかな構図の転倒で強い印象を残す中編「歯」などがある。
著者は**坪田宏**（つぼたひろし）（一九〇八～五四、愛知県生）。大陸からの引き揚げ後は広島に住む。四九年、高木彬光『刺青殺人事件』に触発されて書いた「茶色の上着」が水谷準の目に留まり、「宝石」に掲載されデビュー。五年ほどの短い作家生活のなかで二〇作近い作品を遺した。
参考図書『坪田宏探偵小説選』（論創社）

砧順之介（きぬたじゅんのすけ）

私立探偵。「砧最初の事件」で登場して以降、「銀知恵の輪」「金知恵の輪」「死の黙劇」と難解に入り組んだパズル的犯罪を見事に解き明かす。

著者は**山沢晴雄**（一九二四～二〇一三、大阪府生）。五一年「宝石」懸賞短編佳作入選の「仮面」と最終候補作「砧最初の事件」が「別冊宝石」に掲載されデビュー。知恵の輪にも喩えられる論理の超絶技巧を特徴とし、宮原龍雄、須田刀太郎（および天城一）が書き継いだリレー小説のそれぞれアンカーとして二種類の解決編を提示した「むかで横丁」「新むかで横丁」、芦辺拓が「本格推理小説とは、ここまでやるのか?」と評した「離れた家」などでその特質を遺憾なく発揮した。

公務員として勤めた後、執筆を再開。二〇〇七年初の単著となる『離れた家』を刊行した。砧ものを含む長編が何作か残されており、刊行が待たれる。

参考図書　『離れた家』（日下三蔵編　日本評論社）、『本格推理マガジン　絢爛たる殺人』（鮎川哲也監修、芦辺拓編　光文社文庫）、『死の黙劇』（戸田和光編　創元推理文庫）

毛馬久利（けまきゅうり）

ジェラール・フィリップと三船敏郎を綯い交ぜにしたような容姿の探偵小説家・毛馬と、その助手でストリッパーの川島美鈴は、不可能状況下での奇妙な犯罪に度々遭遇する。彼らの活躍は代表短編「白魔」が収録された『悪魔の函』にまとめられている。

著者は**鷲尾三郎**（一九〇八～八九、大阪府生）。四九年、江戸川乱歩の推挽により「魚臭」が「探偵実話」に掲載されデビュー。日本探偵作家クラブ賞ほか、数度に亘り文学賞の候補となる。毛馬シリーズほか、奇想天外なトリックとナンセンスなユーモアが混在する作風で知られる。

参考図書　『鷲尾三郎名作選　文殊の罠』（日下三蔵編　河出文庫）、『本格推理マガジン　絢爛たる殺人』（鮎川哲也監修、芦辺拓編　光文社文庫）

参考図書　『野村胡堂探偵小説全集』（作品社）

明智小五郎（あけちこごろう）

日本の名探偵を代表する存在。初登場作は「D坂の殺人事件」。探偵小説を愛読する貧乏書生で、モジャモジャの髪と無頓着な和装が特徴的。数年後の「心理試験」では、すでに世間から名探偵と認識されており、お茶の水の「開化アパート」に事務所を開く頃には洗練された洋装の紳士となっている。事件の合間にも度々洋行を重ね、国家的案件も手がけている様子が描かれる。ライバル的存在である怪人二十面相ほか、『一寸法師』『蜘蛛男』『魔術師』『黒蜥蜴』など、さまざまな怪人的犯罪者と対峙する。

著者は**江戸川乱歩**（中村善四郎の項を参照）。

参考図書　『日本探偵小説全集2　江戸川乱歩集』（創元推理文庫）、『明智小五郎事件簿』（全一二巻、集英社文庫）など

尾形幸彦（おがたさちひこ）

片目珍作（かためちんさく）

探偵作家志望の雑文家にしてメイ探偵。「『二十の扉』は何故悲しいか」で初登場。「化け猫奇談」「片目珍作君」など、今日でいえば脱力系のユーモラスな事件を扱うことが多い。

著者は**香住春吾**（びっくり勘太・天満の五郎長の項を参照）。

花房一郎（はなぶさいちろう）

平凡なサラリーマンとしか見えない警視庁の名探偵。しばしば関東新報社会部の記者、千種と早坂の協力の下に捜査する。戦後の未完作品「笑う悪魔」で階級が警部であること、千種とは銀座の呑屋で隣り合ったのがきっかけで十年来の親友として付き合っていることが明かされる。変装術の達人で、刑事というより「探偵」と呼ばれるような活躍を披露することが多い。二八年「文芸倶楽部」に掲載された「呪の金剛石」が初登場作。

著者は**野村胡堂**（銭形平次の項を参照）。

東京G大国文学助教授。名前や属性から著者自身をもじった存在であると思われる。「幽溟荘の殺人」改稿版「黒い断崖」などに登場。代表的事件は富士山麓の研究所で起きた爆殺トリックを解く『樹海の殺人』、原子力スーパーテレビジョンをめぐるジュヴナイル『黒い太陽の秘密』。なお、「裸女観音」でも同名の探偵が登場するが、工学部助教授のため別人と思われる。

著者は**岡田鯱彦**（一九〇七～九三、東京生）。東京学芸大学教授に就任した四九年、「妖鬼の呪言」が「宝石」の懸賞短編選外佳作に、「噴火口上の殺人」が「ロック」懸賞一等入選となる。国文学者としての知識を活かした、『源氏物語』の世界で「紫式部や清少納言が殺人事件を推理」する『薫大将と匂の宮』が代表作。

参考図書『薫大将と匂の宮』（創元推理文庫）、『岡田鯱彦探偵小説選』（全二巻、論創社）

森江春策（もりえしゅんさく）

初登場作『殺人喜劇の13人』では、京都のD＊＊大在学中、友人の住まうシェアハウスで起きた連続殺人をみごと解決する。だが実は、森江は小学生の頃からたびたび不可能犯罪に遭遇しては謎を解いている。仮名文字新聞文化部記者から弁護士に転身。主な協力者に元同僚の来崎四郎記者と秘書の新島ともかがいる。著者からは「日本一地味な名探偵」と称されるが、扱う事件の幅広さと状況の異常さは、同時代の名探偵のなかでも突出している。

著者は**芦辺拓**（一九五八、大阪府生）。八六年「異類五種」で第二回幻想文学新人賞に佳作入選。九〇年『殺人喜劇の13人』で第一回鮎川哲也賞を受賞し、本格的にデビュー。多彩な知識を鏤めた王道の本格ミステリの書き手として知られる。ほか、戦前戦後期のミステリ及び少年少女小説の発掘や選集・アンソロジーの編纂など、幅広い領域で探偵小説の普及に携わる。

参考図書『殺人喜劇の13人』『名探偵・森江春策』（創元推理文庫）

星影龍三（ほしかげりゅうぞう）

丸ノ内に貿易商として事務所を構える素人探偵。気障なコールマン髭を備えた端正な面立ちだが、性格は傲岸不遜で自信家と評される。完全な密室状態の解剖室の台上に出現したバラバラ死体の謎（「赤い密室」）、欧州帰りの資産家が住む一風変わった館の殺人の真相に迫る〝犯人当て〟（「薔薇荘殺人事件」）、スペードのAの札が傍らに置かれた男の遺体の発見にはじまる連続殺人（『りら荘事件』）など、奇想と趣向が凝らされたトリックを解き明す、まさに天才型名探偵の典型。

著者は**鮎川哲也**（あゆかわてつや）（一九一九～二〇〇二、東京生）。少年時代を大連で過ごす。在学時、病の療養中に読んだ推理小説、とくにF・W・クロフツの影響を受ける。五〇年、本名の中川透名義で「宝石」の百万円懸賞小説に投じた『ペトロフ事件』が第一席に入選。五六年講談社の「書下し長篇探偵小説全集」第十三巻当選作となった『黒いトランク』で鮎川哲也に筆名を改める。戦後から半世紀に亘り、本格ミステリの中心的存在として活躍し、高木彬光とともに「本格派の驍将」と称された。デビュー前使用した筆名に中川淳一、那珂川透、中河通、薔薇小路棘麿、青井久利、Q・カムバア・グリーンなどがある。創作・アンソロジー編纂に於いて多大な業績を築きながら、精力的に新人の発掘に取り組む。「鮎川哲也と十三の謎」と題した東京創元社の書き下ろし推理小説シリーズ監修のほか、同企画を発展させた長編推理小説新人賞・鮎川哲也賞では没する前年の第一二回まで選考委員を務めた（本書の著者、芦辺拓は第一回鮎川哲也賞受賞者）。ほか、光文社文庫刊『本格推理』編集長として、短編分野での後進の育成にも尽力した。『黒い白鳥』『憎悪の化石』で第一三回日本探偵作家クラブ賞を受賞。第一回本格ミステリ大賞特別賞、第六回ミステリー文学大賞特別賞受賞。

参考図書　『りら荘事件』『五つの時計』『下り〝はつかり〟』（創元推理文庫）

鬼貫警部（おにつらけいぶ）

東京警視庁刑事部捜査一課に所属し、丹那刑事と組んで行動する。ロシアの文化に造詣が深く、甘党。汐留駅で発見された、男の死体が詰まった黒いトランクの発見から展開する鉄壁のアリバイをめぐる大事件（『黒いトランク』）や、五重に張り巡らされた不在証明に挑むなど（「五つの時計」）、主にアリバイ崩しを得意とし、綿密をきわめた調査と大胆な発想力で事件を解決に導く。

著者は**鮎川哲也**（星影龍三の項を参照）。

参考図書　『黒いトランク』『五つの時計』『下り〝はつかり〟』（創元推理文庫）

＊

怪人二十面相（かいじんにじゅうめんそう）

言わずと知れた……？

※本稿は東京創元社編集部が作成した。

※文中の著者名の敬称は略した。

あとがき――あるいは好事家のためのノート

子供のとき楽しみだったものに、漫画雑誌の夏休みやお正月増刊号がありました。そこには、ふだんよりボリュームたっぷりで舞台のスケールも大きく、キャラクター勢ぞろいの読切が掲載されて、大喜びで読んだものです。ときには、本誌の執筆陣による合作漫画なんて企画もあり、その出来栄えはともかく、何ともにぎやかでカオスな楽しさは、ふだん味わうことのできないものでした。

テレビも年末年始には、東西のお笑い陣総登場のスペシャル喜劇などをやったものです。今でも覚えているのは捕物帳で、悪徳商人がE・H・エリック扮する外国人（ダゲールという名前でした）から時限発火装置を買い付け、江戸だか大坂を火の海にしようとする陰謀シーンが出てきましたから、もしかしたら後出の香住春吾氏あたりが脚本を書かれたものだったのかもしれません。

これらの何が好きだったかというと、祝祭的というか、ふだんは味わうことのないお祭り気分だったようで、それらへの嗜好は今も変わっていません。三つ子の魂何とやらというか、私という人間の変わらなさには呆れるほかありませんが、そこにもう一つ、十代のころからずっと愛してやまない〈探偵〉なるものを加えてできあがったのが、本書『帝都探偵大戦』ということになりそうです。

◇

パスティーシュ・ミステリ――ポオのオーギュスト・デュパン以降、星の数ほど誕生した名探偵たちを、別の作家がときに実名そのまま、あるいはパロディ化して書く〝贋作〟は、ミステリならではの遊び心の産物として盛んに試みられてきました。

　特定の探偵単独の場合もありますし、本来は別シリーズに属するはずのキャラクターが共演したり、まるで違う作家の作品世界がクロスオーバーしたりといったことも珍しくありません。

　たとえば、フランスを代表するミステリ作家の一人、トーマ・ナルスジャック氏は、自国の誇るアルセーヌ・ルパンやメグレ警視をはじめ、ファイロ・ヴァンスやネロ・ウルフら著名探偵たちを登場させた短編連作を何十作も書き続けました（そのほんの一部が『贋作展覧会』として翻訳されました）。

　また日本では、西村京太郎氏の『名探偵なんか怖くない』に始まる長編四部作では、明智小五郎やエラリー・クイーン、エルキュール・ポワロらが登場して推理合戦を展開し、ルパンと怪人二十面相が手を組むという夢の共演まで実現しました。

　私もまたその種のものを書く機会に恵まれ、それらの大半は原書房から刊行後、創元推理文庫に入った『真説ルパン対ホームズ』『明智小五郎対金田一耕助』の「名探偵博覧会」シリーズ二冊にまとめられています。

ですから、こうした既存の探偵たちを起用して新たに書かれる物語というのは、ミステリでは珍しくないどころか、むしろジャンルの一つといっていいほどなのですが……しかし、これほど多くの〈探偵〉たちが一堂に会し、右往左往し入り乱れつつも謎を解く、なんてお話は、いまだかつてなかったはずです。

何しろ、総登場探偵数五十、ワトスン役や相棒を入れれば六十数名。原稿に手を入れれば入れるほど、新たなキャラクターが加わり、とうとうこんな大所帯になってしまいました。

そんな次第で、今回本書にまとめることができた各編につき、収録順とはちょうど逆になる執筆順に、その裏話などを語らせてもらうと——

◇

『帝都探偵大戦』の第一作となった「戦後篇」(初出時は無印)執筆のきっかけは、敗戦後初めて日本に本格探偵小説の時代が到来し、さまざまな名探偵たちがドッとばかりに登場したこと——そして、その大半がきれいさっぱり忘れられたという事実でした。

雑誌「幻影城」や鮎川哲也(あゆかわてつや)先生のアンソロジーによって紹介された作品群は、限られた枚数の中にトリックを詰めこんだ無骨さや、個性的だけれども今日言うところの過剰な〝キャラ立ち〟はしていない探偵たちが好もしく、何より古い日本映画を見ているようなムードが、実にこたえられなかったのです。

そして、この時代は今に続く素人探偵たちのほかに、「警部」と「少年探偵」の時代でもありました。まず前者に関していえば、新憲法の制定と民主警察の誕生、それに次々公開された外国映画の影響もあって、これまでにない捜査官イメージを生み出したのです。

当時作られた映画から挙げれば、横溝正史原作「蝶々失踪事件」の由利警部（岡譲二）、木々高太郎原作「三面鏡の恐怖」の落合警部（船越英二）、江戸川乱歩原作「パレットナイフの殺人」の川野警部（宇佐美淳）ら、どれもスーツにソフト帽の紳士で、何ともダンディでかっこいいの一語。活字の世界で輩出した〝警部さん〟たちも、きっとそうしたビジュアルを担っていたに違いなく、またそれが大好きなものですから勢ぞろいさせてしまいました。

そういえば、さまざまな物語のエッセンスを詰めこんで、敗戦直後に花開いた手塚漫画もまた田鷲、中村、下田と警部キャラだらけであり（長編アニメ「千夜一夜物語」にまで！）、私の中のルーツはそのあたりかもしれません。

――後者の少年探偵については、鶴見俊輔氏にみごとな論考があります。

「ここにあつめたいくつかの少年探偵物には、いずれも、おとなをあまりあてにしないで少年が自分の考えで社会の問題にあたるという気ぐみがある。敗戦までの日本では（略）少年たちは、おとなの命令を無条件でうけいれて戦争で死んだ。その子どもたちの父親、母親にあたる人びとは、大正期の民主主義と平和主義に育った人びとであり、そういう教育をうけてきた人だったはずだが、（略）自分にのりかかる災難をおそれてこどもたちをこの戦争からひきとめることをしようともしなかった。

戦後の少年探偵の活躍の背景には、その作者たちと同世代の戦後少年兵士のもう大人たちをあてにするなという声がひびいている」（筑摩書房『少年漫画劇場7　探偵推理』解説「少年の知性」より）

敗戦後の混乱と大人の権威の失墜は、その後の漫画やアニメにもつながる〝少年ヒーロー〟を擡頭させました。少年探偵は、まさにその先駆けであり代表選手だったのです。

彼らだけでなく、当たり前のようにお上とは別の見解を打ち出す素人探偵たちも、今の警察小説には登場しなさそうな警部たちも、戦後の民主主義と自由の産物であり、あのときあり得た経済至上主義以外の可能性だったかもしれないと考えた結果、かくもにぎにぎしいお話となりました。

「戦前篇」の発想は、甲賀三郎が戦争真っただ中の昭和十七年に出した『印度の奇術師』（善渡爾宗衛氏によるデジタル・リプリントエディション）のこんな一節からでした。

「之が以前なら（略）獅子内は得意の手腕を奮つて、他社を出抜き、昭和日報の機敏な特種を誇つた事であらう。然し、今は時勢が変つてゐる。米英との最悪事態を前にして（略）銃後には、従来のやうな痴情や怨恨などの殺人は絶無になつてゐる。（略）かういふ時勢下に殺人を敢てするやうな人間は、実に憎むべき非国民といはなければならない」

個人的な犯罪は非国民のしわざであり、そもそもそんなものはもはや存在しない！　何と作者自ら、ミステリの前提そのものを否定してしまったわけで、これは思想統制とか表現規制を超えて、探偵たちに死を宣告するものでした。

それと絡めての開戦前夜のドラマは、山口由美（やまぐちゆみ）氏『消えた宿泊名簿　ホテルが語る戦争の記憶』（新潮社）に負うところが大きいです。箱根富士屋ホテルで、日本最大の悲劇を押しとどめるための最後の交渉が行なわれたのは、ある程度知られた事実ですが、それが具体的にどこで、どのような人物の動きをともなっていたのかについては、同書に細かな推理分析があり、それを参考にさせていただきつつ、探偵たちのありえざる、しかしあらまほしかった物語を構築しました。ここに記して感謝する次第です。

また、この物語はいわゆるクトゥルー神話の要素を背景に取りこんでいます。〝輝くトラペゾヘドロン〟やそれに伴って出現する〝黒いファラオ〟こと××××××××がそれで、その部分も楽しんでいただけたら幸いです。

「黎明篇」は先の二作を受け、さらに探偵たちの歴史をさかのぼってみるべく、捕物帳の世界に分け入ってみました。実際には、江戸の捕物名人たちの誕生は現代になってからであり、現実の八百八町（はっぴゃくやちょう）に彼らのような存在がいたわけではないのですが、だからこそその意味を考えてみたかったのです。

凶器も手口も限られ、密室殺人をやろうにも日本家屋は開放的すぎ、時間の感覚が今と違うゆえにアリバイの概念が成立しない世界で、近代的な探偵には何ができ、何をすべきなのか――その答えは、ぜひ本編でごらんください。

◇

これらの執筆に当たっては、漠然としたルールを二つだけ定めました。一つ目は、ちょん髷ヒーローが現代に説明もなく出現するようなことは避けるけれども、そのキャラクターと時代との関係をシャーロッキアン的に厳密には詰めないということ。たとえば原典での少年少女に（彼らが大人になった姿を描くのが主題ならともかく）年代に忠実に年を取らせる必要はないということ。

もう一つは、作者がかりに亡くなっていたとしても、彼の創造した登場人物が、その年以降は存在しないということはない（江戸川乱歩は『仮面の恐怖王』で作者ルブランと同様、ルパンを死んだことにしてしまっていますが）。ただ引退ぐらいはしているだろう……ということです。

今回何よりうれしかったのは、SNSを通じて、探偵作家であるとともにラジオでは「エンタツの名探偵」「蝶々・雄二の名探偵」、テレビでは「びっくり捕物帳」「どろん秘帖」などのミステリ・コメディを多数執筆された香住春吾氏のご親戚にあたり、現在著作権を管理しておられる映画監督・脚本家・アーティストの花野純子さんと知り合うことができ、香住氏の愛すべきキャラクターたちを登場させるお許しをいただけたことです。

常に御尊父の愛読者との交流を大事にしておられる高木晶子さんからは、雑誌初出時から神津恭介、ジュヴナイルで大活躍する古沢姉弟らの登用にご理解をたまわりました。また島田一男研究で知られる、いなばさがみさんからは大庭武年の郷警部ものの中絶長編「曠野に築く夢」を見せていただくことができました。

あわせて感謝するとともに、私のこの夏休みｏｒお正月増刊号ないしスペシャル喜劇的お祭りミステリで、みなさんのご存じでないかもしれない探偵たちに興味を抱いていただき、彼らの活躍する作品を手に取っていただけたら、これに過ぎる幸いはありません。そのために「名探偵名鑑」を付しましたので、どうか読書の参考になさってください。

最後に一言——名探偵万歳！　そして、彼らが一度は完全に消し去られたことを決して忘れないように。

文庫版のためのそえがき

夢想への水先案内人。それが芦辺拓の描く名探偵たちが果たす役割である。

私にとって初の自選短編集であり、キャラクター名鑑をも兼ねた『名探偵総登場　芦辺拓と13の謎』（行舟文化、二〇二〇年）への書評を、若林踏（わかばやしふみ）さんは右のように書き出され、こう結論づけられました。

ミステリ、特に探偵小説や本格ミステリと呼ばれるものは、ジャンルの定義についての議論が絶えない。しかし芦辺にとって〝探偵小説〟の定義は確固たるものに違いない。探偵たちがここではないどこかへと連れて行ってくれる物語、それがミステリであり、〝探偵小説〟であるのだ、と。

（「週刊読書人」二〇二一年三月五日号）

面映（おもは）ゆくも本質を射抜かれた指摘と思いますが、これはまさしく本書『帝都探偵大戦』に当てはまると思います。ミステリ、とりわけ本格と呼ばれるジャンルを他と分かつものは、まさに〈探偵〉の在不在であり、彼ら彼女らが導く物語世界こそが重要だったのです。

あいにく私が探偵たちの活躍に夢中になり始めたとき、少なくとも同時代の日本では彼ら彼女らの姿は地を払っており、当時のいわゆる「名探偵論争」にしても、どういう条件だったらその存在を許してやってもいいかとか、いやあくまで許すわけにはいかないみたいなレベルで、何もそこまで嫌わなくともと思ったことでした。

幸いそういう時代は案外あっけなく終わりを告げましたが、〈探偵〉なるものへの思いは自身の創作にとどまらず、またパスティーシュという形式が私自身の小説作法に進歩をもたらしたこともあって、折に触れて忘れられた探偵たちの復活を試みてきました。とはいえ、その数はあまりに多く、エーイ一人二人は面倒だ、みんなまとめて今のミステリ読者に紹介しようということで書いたのが本書収録の作品群で、最初は「戦後篇」前後編だけのつもりが「戦前篇」全三回、さらに「黎明篇」の書下ろしを加え、これだけで一冊をなすに至ってしまったのでした。

初刊時には、江戸から昭和戦後まで五十人もの探偵たちが入り乱れるムチャな内容を、彼らになじみのない読者のみなさんが大いに喜んでくださった一方で、事件がゴチャつきすぎているというお叱りもありました。これは〈探偵〉たるもの事件と取り組んでこそ、そう呼ばれるべきという考えのためで、特に「戦前篇」「戦後篇」は、「ミステリーズ！」掲載時から出演探偵を増量するに当たり、単なるカメオ出演ではなく個々に事件を受け持たせるように心がけたせいかもしれません。どうかこの点はお許しいただきたいのですが、実は今回の文庫化でも、さらなる探偵と事件追加の誘惑にかられたほどでした、

そのかわり、というのでもないのですが、今回は日本を代表する名探偵であり、ホーリン・ウォンさんの翻訳とジョン・パグマイアさん主宰のロックドルーム・インターナショナルからの“The Red Locked Room”刊行によって、英語圏へのデビューを果たした鬼貫警部と星影龍三の登場するトリビュート短編「黒い密室――続・薔薇荘殺人事件」を特別収録することといたしました。これは、二〇一二年に「ミステリーズ！」誌上にて組まれた特集「没後十年鮎川哲也を読み直す」に寄稿した短編で、冒頭に鮎川先生のエッセイから引いた“書かれざる事件”二題を合体のうえ作品化したものです。

この物語の舞台は昭和三十年代。登場人物のセリフにあるように松本清張作品を中心とした推理小説ブームの真っただ中でありながら、それまでの名探偵たちが急速に活躍の場を失ってゆき、生みの親たちも忘れられてゆく不幸な時期でした。あげくの果てにはシリーズキャラクター否定論まで飛び出した、まさに名探偵受難の時代。そんな中、新本格ミステリの勃興までを支えたといっても過言ではない鮎川哲也先生の二大名探偵を競演させた本作品は、さしずめ「帝都探偵大戦　雌伏篇」、いやむしろ「捲土重来篇」とでも言えましょうか。

なお、「作者付記」の答えというか種明かしは、「鮎川哲也先生の長編のタイトル」でした。

最近、テレビアニメ「ルパン三世PART6」にて「帝都は泥棒の夢を見る」前後篇の脚本を書かせてもらったのですが（初回放映＝二〇二一年十一月十三日・二十日深夜、監督・菅沼栄治

氏、シリーズ構成・大倉崇裕氏、文芸担当・米山昂氏、前篇絵コンテ・亀垣一氏、同演出・原田奈奈氏、後篇絵コンテ・辻初樹氏、同演出・浅見隆司氏）、昭和初期の江戸川乱歩ワールドに半世紀にわたりおなじみのキャラたちを投げこみ、大暴れさせる試みは、この文庫版『帝都探偵大戦』と並ぶ一つの集大成となった気がします。もし、あのエピソードをご覧になり、いささかでも楽しんでいただけた方があったら、ぜひこの本も手に取っていただければ幸いです（そして、その逆パターンもまた……）。

今回の文庫版では、鈴木康士画伯に〝名探偵群像〟ともいうべき装画をお描きいただいたほか、玉川重機画伯が初出時に担当された扉絵の一部に新規イラストを加え、収録することができました。両先生ならびに担当編集の古市怜子氏に厚く御礼申し上げるとともに、「黒い密室」の収録につきましてご理解をたまわりました、鮎川哲也先生の著作権継承者であられる小池純代様に、この場を借りて感謝の意を記させていただきます。

そして最後に再び一言――名探偵万歳！　相変わらず真実も事実もないがしろにされ続ける世の中だからこそ、彼らのことを忘れてはならないと心に念じつつ。

二〇二一年十二月

芦辺　拓

本書は二〇一八年、小社より刊行された『帝都探偵大戦』に、「黒い密室――続・薔薇荘殺人事件」(〈ミステリーズ!〉vol.55)を加えて文庫化したものです。

検印
廃止

著者紹介　1958年大阪府生まれ。同志社大学卒。86年「異類五種」で第2回幻想文学新人賞に佳作入選。90年『殺人喜劇の13人』で第1回鮎川哲也賞を受賞し，デビュー。著作は『綺想宮殺人事件』『スチームオペラ』『奇譚を売る店』『異次元の館の殺人』『楽譜と旅する男』『大鞠家殺人事件』など多数。

帝都探偵大戦

2022年 1月28日　初版

著者　芦辺（あしべ）　拓（たく）

発行所　（株）東京創元社
代表者　渋谷健太郎

162-0814/東京都新宿区新小川町1-5
電話　03·3268·8231-営業部
　　　03·3268·8204-編集部
URL　http://www.tsogen.co.jp
萩原印刷・本間製本

ISBN978-4-488-45608-5　C0193